《沙县之味》编委会

主　编　纪任才　李若兰

副主编　颜全钦　罗榕华

成　员　连论庄　程梅琴

　　　　郑敏之　庄婷婷

三明市文学艺术界联合会
三明市沙县区文学艺术界联合会 编

海峡出版发行集团
海峡文艺出版社

图书在版编目(CIP)数据

沙县之味/三明市文学艺术界联合会,三明市沙县区文学艺术界联合会编. —福州:海峡文艺出版社,2024.11
ISBN 978-7-5550-3872-6

Ⅰ.I267

中国国家版本馆 CIP 数据核字第 2024BC7785 号

沙县之味

三 明 市 文 学 艺 术 界 联 合 会
三明市沙县区文学艺术界联合会 　编

出 版 人　林　滨
责 任 编 辑　刘含章
出 版 发 行　海峡文艺出版社
经　　　销　福建新华发行(集团)有限责任公司
社　　　址　福州市东水路 76 号 14 层
发 行 部　0591－87536797
印　　　刷　福建新华联合印务集团有限公司
厂　　　址　福州市晋安区福兴大道 42 号
开　　　本　720 毫米×1010 毫米　1/16
字　　　数　240 千字
印　　　张　18
版　　　次　2024 年 11 月第 1 版
印　　　次　2024 年 11 月第 1 次印刷
书　　　号　ISBN 978-7-5550-3872-6
定　　　价　58.00 元

如发现印装质量问题,请寄承印厂调换

幸福的沙县之味

◎陈发棣

　　每每念起家乡，葱郁的山峦就浮现在眼前，山间的清风就吹拂在身上，亲朋好友熟悉的乡音就回响在耳畔，当然，还有对家乡独有味道的回忆和想念。"四方食事，不过一碗人间烟火。"家乡的味道，伴随每一位游子走遍天涯海角，始终萦绕在鼻间，缱绻在味蕾。

寻味·印记：时间与空间的归属

　　我读书时，食堂的菜品和口味远没有现在丰富，最盼望的就是吃上一碗扁肉。那时，没有像样的沙县小吃店，一副担子既是一个流动的厨房，也相当于一家流动的小吃店。担子的一头是鸳鸯锅，一边熬着高汤，一边煮着烫扁肉的水。担子的另一头是个台面，摆着各种小瓶小罐的佐料，台面下有一层抽屉，装着肉馅和扁肉皮。书中《儿时的庙门扁肉》一文描述："他右手持一根约莫手指头宽的薄竹刀，用竹刀粘取一张面皮，摊于左手掌心，然后又用竹刀刮取一团肉馅，迅速划向左手心，指节与掌对捏，拇指把边压紧，扁肉便包成。"回想起来，这确实是记忆中非常生动的画面，也是儿时馋虫作祟，又不得不耐心等待的"煎熬"。我喜欢在汤里使劲放米醋和辣椒酱，酸爽和鲜辣，与高汤的醇厚完美结合，煮熟的扁肉一粒粒白花花、圆滚滚地浮着，送入口中，满足了味蕾，更填满了幸福。

　　后来，我在南京寻到正宗的沙县小吃，或者回到家乡，在干净明亮的小吃店吃一碗扁肉，口感虽好，但总觉得少了点滋味。想来，家乡的味道其实是时间与空间共同的归属，我怀念的味道是读书时的纯粹与真挚。沙县之味，在无数个岁月年轮的缝隙里穿插交织，惹人怀念。

传承·创新：传统与现代的碰撞

20世纪80年代刚来南京的时候，要坐二十几个小时的火车，还经常只能买到站票。时代在进步，城市与城市之间的交通时间大大缩短，食物也少了地域之限。但每年腊八一过，烟火气息重叠堆积，蓄满厨房，升腾而上，不断蔓延，终究溢出成为浓浓的年味，催促着他乡游子快快回家。

小时候，最盼望过年，最爱吃的是炸油饼。这是一种用米粉、豆粉混合后再经过油炸的食物。吃油饼讲究趁热，从滚烫的油锅里捞出，金黄色的外壳又酥又脆，玉白色的糍肉嫩滑鲜美，真叫人齿颊生香，配上一碗锅边糊，又是另一种"情侣套餐"。油饼是否炸得地道，其奥秘全在于米、豆的搭配上。豆掺少了，硬涩难吃，豆掺多了，容易腻口。搭配比例，甚至原料浸水时间的长短，都要根据季节、气候变化及时调整。这些技术的掌握主要是凭经验，正如书中《沙县小吃与乡村风味》一文中写道："如果美食有独门秘诀，那是心灵与手巧的完美契合，是心领神会的妙手偶得。"

无腊不成年，板鸭也是沙县人过年的必备菜肴。最好用田间放养的半番鸭，以竹签撑开风干，地炉上盖木炭，慢火熏至金黄，历经三晒三烤，才能成就香味浓郁、不腻不柴的地道沙县板鸭。腊味是人类储存食物的智慧，是在味蕾的驱使下，迸发出的巨大潜能。绵厚坚实的腊味里，蕴藏着悠悠岁月。

我现在从事农业高等教育和科学研究工作。农业，关系着人类的生存与发展，更关乎人类的健康与美好生活。我和同事们致力于以科技创新让粮食更丰产、生态更优美、食物更美味、品质更安全……但仍然感叹，一代代老百姓对于自然，那单纯的热爱、天然的敏锐、纯熟的技法以及基于大量经验的智慧。传统工艺与现代科技的碰撞，可以打破横亘在游子与故乡间的高墙，也可以让有着中国传统饮食文化

"活化石"之称的沙县小吃，迸发新的生机。

融合·发展：人与自然的和谐共生

我出生在沙县南霞乡，书中《请用米粉款待我》等多篇散文对南霞的牛肉粉、泥鳅粉都润足了笔墨。我向很多外地的朋友都推荐过这些粉汤。他们问我到底是什么味道，我仔细想了想，只能用"原汁原味"来形容。"平溪渌静见游鱼，十里无声若画图。"这是宋代名臣李纲谪居沙县时写下的诗句。好山好水好生态，孕育出好吃好味好食材。自古以来，沙县物产丰饶，民风淳朴，沙县人与自然和谐共生，用美食感知世界，唇留初心本味。

在青山绿水间做大产业，在小吃百味中绘壮美画卷。"一元进店，两元吃饱，五元吃好"，这是沙县小吃最初的市场定位，用"物美价廉"一招征服全国市场。随着不断发展壮大，面对食品安全难监管、鱼龙混杂难鉴别、标准参差难统一等难题，沙县以"创新、协调、绿色、开放、共享"为引领，对沙县小吃进行全产业链转型升级。如今，沙县小吃正向"标准化、连锁化、产业化、国际化、数字化"再出发。坚持本味，又融合创新，推动产业健康、绿色、可持续发展。

沙县流传一句话："扁肉是砖头，拌面是钢筋，建起沙县的高楼大厦。"千锤万打，是制作扁肉、敲打米粿的美味诀窍；千锤百炼，是沙县人"实说实干、敢拼敢上"的改革精神和奋斗之路的真实写照。从最初单打独斗的肩挑手提和路边小摊，到如今握指成拳的统一标识，沙县小吃成了富民大产业。我这个身在他乡的游子下个楼、转个弯就可以吃到一笼蒸饺，喝到一盅炖罐。

沙县小吃以其脉脉温情滋润着这片绿水青山的千年古城，也慰藉着每一个在沙县的建设者、身在异地的思乡者，以及每一位勤劳勇敢的奋斗者。

"民者，国之根也，诚宜重其食，爱其命。"小吃是沙县人的小幸福，也是大产业，更蕴含着国家大方略。如果有一天，您随手翻开这本《沙县之味》，被其中一款美食击穿味蕾，循着墨香或回乡寻味，或专程前往，以食为媒，共谱沙阳新篇，是为幸事。

（陈发棣，教授、博士生导师，现任南京农业大学校长）

目　录

时令知味谈小吃

◎罗榕华

春之味，生命的朝气

对于沙县人来说，把春天请到舌尖，是对春天最好的尊重。看！鼠曲草是不可或缺的，和米浆一起烙成碧绿的烙粑，清新爽口。怎么能少了春笋呢？加红酒糟炒一炒，放进切开的花椒饼里，就成了沙县特色小吃"笋夹饼"，仿佛在唇舌间奏起味觉交响乐。每年农历三月三，乌稔叶正是最嫩的时候，乌米饭倾情呈现。黑色油亮的米粒在碧绿的粽叶间若隐若现，色泽诱人，香甜可口。

太阳到达黄经 315° 时为立春节气。立春意味着春天的气息来临。明代《群芳谱》云："立，始建也。春气始而建立也。"立春是春天的前奏，并不意味着春天真正到来。沙县人"立春"好吃春卷。春卷又名春饼，最早的春卷是合菜同放在一个盘子里，故曰"春盘"。以有拉力的面筋浆热炙成皮坯，将猪肉丝、冬笋丝、香菇丝、白菜丝、虾仁、豆芽菜、菠菜、韭菜、泡发粉丝等加调料炒熟作馅，舀"馅"少许入皮坯，折叠成圆筒状，即春卷。包口处用面浆糊住，下油锅炸至金黄，即为炸春卷。元宵圆系沙县民间正月十五元宵节必备节令食品之一，因立春节气常与元宵节交集，故元宵圆也是沙县人立春时的主食。元宵圆与汤圆不同之处在于它以五花肉泥调味为馅，口感绵糯，油润浓香，老少皆宜。

沙县人对"立春"很重视，若逢"双春"（阴历出现两"立春"），夏茂镇有游春牛习俗。夏茂春牛为纸扎牛。牛高四尺，代表春夏秋冬四季。牛身八尺，代表"四立"，即立春、立夏、立秋、立冬。牛尾一尺二寸，代表一年中十二个月，遇闰月（十三个月），则改为一尺三寸……预示着来年风调雨顺，五谷丰登。游春牛要在"立春"正点时辰后的两个小时完成。追根溯源，夏茂镇游春牛源自远古的打春习俗。《京都风俗志》载："宫前'东设芒神，西设春牛'。礼毕散场之后，众役打焚，故谓之'打春'。"游春牛是重农劝耕的精准演绎。

太阳到达黄经330°时为雨水节气。《月令七十二候集解》说："正月中，天一生水。然生木者必水也，故立春后继之雨水。且东风既解冻，则散而为雨矣。"雨水节气意味着气象上的春天。雨水时节农耕开始，农作时经常捕获泥鳅或黄鳝，加工成红糟鳅或黄鳝粉干，是沙县时令美食。将泥鳅放在清水中养一两天，让它吐尽泥味。煮前加入茶油、酒糟、鸡蛋液喂养二到四小时。煮时锅中入冷水，文火烧，使泥鳅在游动的状态下被煮熟，如此泥鳅又软又滑。泥鳅熟后，在汤中加入腌菜、米酒、生姜、荜茇、桂叶等，即是美味。红糟鳅与粉干搭配为泥鳅粉干。精选本地上好米粉，开水烫软待用，葱白切段，葱叶切花。喂养好的泥鳅用清水冲洗一下，倒入大盆，调入精盐、味精、料酒、荜茇，放在蒸笼中用旺火蒸30分钟，至泥鳅肉质软烂。炒锅下猪油烧热，用葱白、生姜、酒糟煸出香味，下虾油，冲骨汤，烧沸后再将烫过的粉干放入蒸好的泥鳅中煮开，入胡椒粉、料酒、芝麻油，撒上葱花即成。春耕可是体力活，煎包正是补充体力的面食。煎包的主料是粉丝、包菜、猪油、肉末和胡萝卜，成品乳白色或乳黄色，底呈金黄色，外皮油润酥香，肉馅饱满咸香。

惊蛰古称启蛰，其标志着仲春开始。《夏小至》说："正月启蛰，言发蛰也。万物出乎震，震为雷，故曰惊蛰。是蛰虫惊而出走矣。"惊蛰始进入春雨期，万物萌发、阳气上升、气温回暖、春雷乍动，阴雨连绵。"尝新"是惊蛰的首选。春雷后，蕨菜冒头，正是"食蕨"的最佳时间。拣好蕨菜，热水焯软，拌上薤头。蕨菜性凉，薤头性辛，营养上讲是合理的食物搭配，搁红酒糟同炒，便会香气扑鼻。惊蛰农忙，要补充营养，"金包银"营养丰富，食用恰好。豆腐沥干，下油锅炸至外壳酥硬，侧边划口。五花肉、香菇、虾仁剁碎调味，塞入炸豆腐豁口内，蒸熟即成"金包银"。"春雷响草木新"，惊蛰食用碧玉卷最佳，将大米和韭菜磨成稀浆，在平底锅上烙成薄饼，卷入香菇、鲜笋、肉丝等馅料，成筒状，即"碧玉卷"，它油软润滑，色香味俱全。

春分是春季九十天的中间点，物候学上真正的春季。春分时节，轻风细雨，惜花天气，是"吃春菜"的时节。时蔬加工成汁，与面粉调和，擀制成五彩皮坯，包入肉馅，可做成"五彩扁肉"。扁肉是沙县小吃的"当家花旦"，备受喜爱。春分时节是蕨菜、鲜笋、菜苣上市的季节，沙县人称之"三只老虎进城"。春天正是食欲大增的时候，上述三种菜含有大量粗纤维，可以促进胃肠蠕动，增强消化力，使人饭量大增，称之"三只老虎"十分贴切。酒糟煸炒鲜笋，糟香笋脆，没有新笋的苦涩；韭菜与鲜笋小炒，清香可口，把它们作馅塞进豁口的花椒饼中，为时令小吃"笋夹饼"。新鲜菠菜汁与面粉调和作皮坯，五花肉、鲜虾仁、水发香菇作馅，制成翡翠三鲜饺，成品色泽碧绿，造型美观，口感鲜润爽滑。

《淮南子·天文训》载曰："春分后十五日，斗指乙，则清明风至。""清明风"即清爽明净之风。清明节气，高桥镇、高砂镇、夏茂镇等地会制作独具特色的乌饭食用。把乌稔叶、丹红叶、清明花叶、油茶叶等十余种嫩叶混合捣碎蒸煮，滤其液汁，将糯米浸渍其中，约两小时后将糯米蒸熟，再与红糖的浓液搅拌，即成乌饭。乌饭香味独特，软糯可口。沙县人清明节必做白米粿（加艾草一起捣烂捶打，成品又称艾粿），主要用于清明节上山扫墓祭祖。据说上山扫墓经常会碰到牧童，他们会向扫墓人讨白米粿吃，若无白米粿，就会调皮地唱："扫墓无粿，你厝着火。"扫墓人为讨吉祥，随身带米粿，一作祭品，二塞牧童之口。

谷雨之后就是农历四月初一，四月初一是沙县的"烙粑节"，要做烙粑。把米浆或面浆均匀浇在平锅上，摊平摊圆，煎熟一面翻身续煎另一面，即成烙粑。烙粑分甜和咸两种，甜粑取材面粉，混合白糖或红糖加水调成稀浆，烙成香甜的面粑；咸粑取材籼米，磨成浆，烙制时加入蝴蝶菜、虾米、韭菜等配料，烙成鲜香的米粑。传说，阳春三月万物复苏，冬眠后醒来的毒虫开始张牙舞爪，蛊毒鬼四处收罗，怂恿它们相互争斗，挑出胜出的、毒性最强的毒虫，焙干磨成粉。四月初一，蛊毒鬼会带毒虫粉在身，化装成做饼师傅，偷偷掺进孩子们爱吃的糕点里，人一吃就会身亡。为了阻止小孩贪嘴，这天大人不让孩子出门，想方设法做出比糕点更香更美味的烙粑给他们吃……沙县民间太保斗五瘟鬼的故事，大致与之相类。

夏之味，成长的活力

夏季，关乎农时，需大力补充营养，米冻、喜粿、糟肉都是民间季节性主食。芒种时节恰逢端午节，沙县特色小吃与端午节有关，有传统肉粽、咸粽、豆粽、豆沙粽，更有地方特色小吃蝴蝶包和"龙船吊"。

《月令七十二候集解》说："立，建始也。夏，假也，物至此时皆假大。"立夏标志着夏季的开始。进入夏季，万物进入旺季生长的季节，呈现"绿树阴浓夏日长，楼台倒影入池塘"的景象。沙县立夏特色小吃是米冻，米冻是沙县米制品特色小吃，籼米磨成米浆，加碱和盐搅拌，加工方式很多，有煮搅法、蒸制法、混蒸法和先搅动后蒸法等；食用方法也多种多样，有拌食法、煮食法、煎食法和炸食法。最受推崇是煎食法，米冻切成两三厘米方块，挂上蛋清，平底锅放油两面热煎至金黄，香气四溢。沙县人把米冻制作称为"趤米冻"，趤是折回、旋转之意。"趤"之前，准备好一根木棒，锅中水烧开后，将米浆徐徐倒入，边倒边用细木棒在锅中搅拌，画圈。在沙县民间，立夏这天有制作米冻相互馈赠的习俗，民间盖房乔迁酒开席前也必上糍粑、米冻和豆腐，糍粑和米冻有黏性，借喻新房牢固之意。"米冻"谐音"美栋"，寓意美好。

小满在阴历四月中旬，交节时间在 5 月 20 日或 21 日。元代吴澄《月令七十二候集解》说："小满，四月中。小满者，物至于此小得盈满。"小满是一个与农业生产十分密切的节气，沙县人很重视。他们精心侍弄出满满当当一桌菜肴，青的小笋、绿的韭菜、白的豆干包、黑的田螺、黄的米粿、红的酒糟肉。即便是农家小菜，说辞也很精致，吃韭菜补头发、吃豆腐补头脑、吃田螺补眼睛、吃小笋补脚骨、吃米粿补气力……这些说辞配合美食，让人吃得津津有味，胃口大开。阴历四月，关乎农时，需大量补充营养，糟肉亦是主角。糟肉制作简单，清代袁枚《随园食单》云："先微腌，再加米糟。"腌乃用盐，在中国烹调的词典里，盐是百味之首，以糟腌肉，酒香肉香交织，别具风味。另外，小满宜吃苦。苦菜又叫苦苦菜，苦中带涩，涩中带甜，新鲜爽口，有人体所需的多种维生素、矿物质。

芒种节气一般在农历四月底五月初，此时已能体验到夏天的炎热。芒种时期恰逢端午节，沙县特色小吃与端午节有关，比如肉粽、咸粽、豆粽、豆沙粽等。女婿给丈母娘"送节"的食品叫蝴蝶包，蝴蝶包是馒头类食品，略呈三角形，形状好似蝴蝶并翅而立的样子。慰劳龙舟赛手的食品称"龙船吊"，所谓"龙船吊"，即在烧饼中间夹上两片豆干，两块红烧肉，十块饼串成一串为一"吊"。沙县粽子有咸粽和甜粽两种，咸的最主要是肉粽和豇豆粽，甜的为豆沙粽。沙县粽子在浸泡糯米时经常掺入一种俗名"洋吉历"（田头小坑边生长的类似荆树的灌木）灰的碱水，这样做出来的粽子既有一种天然香味，又可抑制米粽发酸，延长存放时间。

沙县人过端午节，当日门悬菖蒲、艾草辟邪，房屋角落熏燃黄烟以"净气"。儿童用多种草药煮成百草汤沐浴；婴幼儿在胸襟上佩挂香囊，或在手腕和脖子上佩戴五色线、长命缕、百岁索以避邪。全家饮雄黄酒以祛疫除灾，并具牲醴，祭祀祖先，以求平安。沙县端午节赛龙舟（扒龙船），过节则乡下过初四，城关过初五。民谣云："村俗不识字，过初四；城俗不知苦，过初五。"乡下百姓提早一天过端午节，是为了翌日赶到城关观赏扒龙船。

天文学上认为，夏至为北半球夏季的开始。陈希龄《恪遵宪度》也说："日北至，日长之至，日影短至，故曰夏至。至者，极也。"沙县民间有"冬至馄饨夏至面"的说法，此时食用沙县拌面很合适，小吃品类中，扁肉和拌面是最早被人所接受的，它们常以"情侣套餐"身份出现。夏至还宜食碱性食物，可保证人体正常的弱碱性，夏茂碱面是这个时期的主食。碱面由面粉加竹碱擀制而成，成品韧而有劲，与韭菜同煮称"韭菜面"，风味独特。

"喜粿烧烧（沙县俗语，热气腾腾之意），豆豉油麻椒"是流传沙县街头巷尾妇孺皆知的民谣，夸的是夏至节气食品喜粿。喜粿软糯细绵，结实抗饥，米香浓郁，风味独特，深得民众喜爱。夏至做喜粿，取籼米或红米磨成米浆，加适量碱与盐，边加热边搅动，使米浆淀粉迅速膨糊化，等淀粉与水充分结合糊化不见生米浆时即趁热舀出，手中抹油将粉团揪出一块双手一合即成喜粿，拍成小团称喜粿团，包心食用口味更佳，馅心采用糟菜、虾米、韭菜、清笋、瘦肉、萝卜丝、茭白等炒制。

小暑的标志是入伏和出梅。入伏是进入伏天之意，出梅指江南梅雨结束。俗话说:"头伏饺子二伏面,三伏烙饼摊鸡蛋。"头伏吃饺子是传统习俗。沙县水饺的款式多种多样:两头扁中间大的,叫捏饺;水饺脊手工捏,一垒一垒像扭麻花的,叫花饺。因其用馅不同,名称也不同,有猪肉水饺、羊肉水饺、牛肉水饺、三鲜水饺、红油水饺、高汤水饺、花素水饺、鱼肉水饺、水晶水饺等。入伏后,人们食欲不振,往往比常日消瘦,谓之"苦夏",而蛋索面在沙县习俗里正是开胃解馋的食物。蛋索面又名蛋索、鸡肠面。制作时将鸡(鸭)蛋磕入碗搅匀成蛋液,地瓜粉入盆,蛋液加适量清水和调味料混打成稀糊状,平底锅烧热,抹上油,倒入粉浆摇晃至均匀,文火烘焙成薄面皮,熟透后揭下切成条即可,成品色泽黄亮,软韧爽滑,味美鲜香,为面条之上品。蛋索面切条后若与肉丝、香菇丝、白菜丝、冬笋丝一起煮熟,则咸鲜、蛋香、肉香、菇香、笋香融合,令人垂涎。

大暑是一年中温度最高的时期。《通纬·孝经援神契》说:"六月中,大暑,就极热之中,分为大小,初后为小,望后为大也。"沙县谚语亦云:"大暑小暑,夜煮日煮。"在一年中最热的大暑节气吃上一碗仙草冻,赛过神仙。仙草又名仙人草、凉粉草,唇形科,属一年生草本宿根植物。将仙人草洗净入锅,加水和块碱熬煮约两小时,待草梗皮烂,将草捞出,滤去草渣。地瓜粉先用冷水化开再冲入锅中成稀糊浆,待汤再开,舀入大盆中凝固。清凉糕,又称仙草糕,由生糕粉加白糖、薄荷、猪油制成,成品切口外观如意形,甜润生香,清爽生津,特别适合盛夏食用。

草药鸭汤是大暑时期沙县本土菜。草药是草根合称,有百灵草、山苍子根、牛嬭根、盐肤木、乌根等,它们有润燥滑肠、止痛理气、清热解乏等功效。鸭汤选用老雄鸭,雄鸭俗名鸭公,沙县人称之鸭精,总走在鸭群前面,雄激素过旺,肉质结实。草药洗净,下锅煎熬,大开后改小火,待药香浓郁,药味全出时开锅,篦去药渣,留汤待用。鸭肉洗净,焯水沥干,下茶籽油旺火热锅,倒入鸭块、调料,焖香后倒药汤同炖至大开，药香肉香融合即成。

秋之味，收获的喜悦

　　春华秋实，秋天是收获的季节。秋之味，便是秋收之味、喜悦之味。七夕遇上立秋，在沙县除了浪漫，还有启蒙开智，七夕蒙学式是沙县学龄儿童的"另类"七夕节，主角是糖塔。秋分当食芋，秋分时节正是芋子成熟的季节，这时候的小吃很多与香芋相关，如芋饺、芋鳅、芋头粿、芋头丝饼、香芋饼。重阳节吃糕，象征步步登高，意义独特。霜降时期，正值茶籽油"新榨"，水柿"新摘"，"吃新"是对大自然馈赠最好的报答……

　　"云天收夏色，木叶动秋声。"立秋标志着炎热的夏天即将过去，秋天随之而来。沙县民间立秋有"贴秋膘"的习俗。立秋"贴秋膘"，可选豆腐丸或包心豆腐丸。包心豆腐丸以沙县游浆豆腐为原料，沥干捣烂成茸泥，以瘦肉、虾仁、火腿、香菇切碎搅拌为馅心，包制成丸，入锅煮熟即可。如果添加高汤和本地红菇同煮，便是"包心红菇豆腐丸"，其红白沉浮，美观大方，咸鲜味美，诱人食欲。

　　沙县崇文重教，每逢七夕，都会为即将入学的孩子举行蒙学式，孩子会得到长辈赠予的一对糖塔。糖塔是用白砂糖熬制而成的。从白糖到糖塔，要经过清洗模具、选糖、熬糖稀、浇注、冷却、出模、桶装、上色等工序。做七夕的人家一般需要采购糖塔两组，其一为糖福禄寿三星俑，喻示有福，有禄，有寿。其二为糖塔、鳌鱼俑、拜朝俑和麒麟俑。鳌鱼俑为米俑，意出鲤鱼跳龙门。拜朝俑是持笏的文官，以示仕途高远。麒麟俑则喻示太平长寿。糖塔高约一尺，外形酷似西安大雁塔，取意

"雁塔题名"。

处暑已经出伏了，表示炎热的暑天即将结束。处暑节气和中元节交汇，沙县人中元节有做米葡珠的习俗。米葡珠又名小麻球，来源于纪念"目连救母"祭祀供品的演变。清水浸泡糯米粉，磨浆后吊干，揉成粉团，加白糖、饴糖、纯碱、小苏打揉搓均匀，成米葡珠坯。竹匾撒芝麻，下米葡珠坯滚动使其均匀粘上芝麻，再下油锅炸至金黄即可。其外酥香内软粘、芝麻香浓，是很有特点的节令食品。

处暑时节正值晚稻抢收抢晒，沙县人劳累之余，会做烧卖犒劳自己。沙县烧卖皮薄馅多，小巧玲珑，晶莹如玉，味道鲜美，入口松软，细嚼味香，是很好的一道沙县小吃精品。沙县烧卖别具一格，其以泡发粉丝作为主料，加入调味后的肉丝，团包后包花不是冲上的，而是包花冲下。沙县烧卖不是热水和面，而是用冷水和面。沙县的烧卖打粉用木薯粉，所以沙县的烧卖蒸出来是透明的。沙县烧卖品类丰富，有三鲜烧卖、水晶烧卖、虾仁烧卖等。

白露是反映自然界气温变化的节令，它的降临标志着我国大部分地区已入秋。"露从今夜白，月是故乡明。"白露连着中秋，月饼寄存着一份浓浓的思念。沙县人有中秋吃饼的习惯。沙县中秋饼基本上以闽式为主，其中"龙凤礼饼"是古时候传下来的当家品种。以面皮掺猪油作皮坯，肉末、花生碎、冬瓜糖等作馅，饼面密著芝麻，成品酥香甜润，很多人将龙凤礼饼作为中秋月饼来馈赠亲友。白糖饼也受沙县人欢迎，其味香甜，无油，常在庙会使用。

说到沙县饼类，菜头饼和花椒饼也是主角。菜头即萝卜，菜头饼因成品将萝卜丝作馅而称之。菜头在沙县话中与"彩头"谐音，有添彩头的良好祝愿。菜头饼成品玉白色，层次分明，香酥甜软，油润可口。沙县花椒饼因其面上有芝麻且系烤制而成，又称芝麻饼、烧饼、烤饼。花椒饼以面粉发酵制剂，以小剂子蘸油为馅心包入饼坯，擀平后著上芝麻，烘烤出炉便香气四溢。南唐时期，沙县崇信乡德星里（今高桥镇高桥村）吴早山下有一位名叫张确的秀才，从小聪明好学，文章蜚声乡里，北宋开宝八年（975）高中状元。张确一生都爱吃烧饼，十年寒窗挑灯夜读，母亲每晚给他准备几个烧饼充饥，有人说他就是吃了烧饼才越来越聪明，最终考上状元的。所以，沙县烧饼也称状元饼。

按气候学标准，秋分已是秋天了，表现为秋高气爽、丹桂飘香。沙县谚语云："秋风起兮芋子香。"秋分时节正是芋子成熟的季节，这时候的小吃很多与香芋相关，如芋饺、芋鳅、芋头粿、芋头丝饼、香芋饼等。籼米洗净浸泡沥干，入八角、茴香等调味品掺水磨成米浆；芋头去皮刨擦成芋头丝，入味后混入米浆搅拌均匀；舀"丝浆"进长柄勺，下铁锅热油炸成薄饼，即为芋头丝饼，酥香美味，软嫩适口，芋香浓郁。沙县芋饺以芋泥和木薯粉拌匀为皮坯，包入瘦肉、香菇、青笋等捏成菱形或三角形，下锅煮熟后以蘸料拌食，芋香浓郁、润滑可口，有嚼劲，受大众喜爱。制作芋饺时如果芋坯做多了，用手将它们搓成两头尖，形似泥鳅，就是"芋鳅"。民间在秋分时节有扫墓祭祖的习俗，称作"秋祭"。夏茂镇迎佛或秋祭都有吃芋饺的习惯。

寒露时节，雨水渐少，天气干燥，昼热夜凉。《月令七十二候集解》说："寒露，九月节。露气寒冷，将凝结也。"地面露水更冷，俗语说："寒露寒露，遍地冷露。"此时养生的重点是养阴防燥、润腹益胃，此时沙县各类米糕隆重上场。再说寒露恰遇重阳。重阳节吃糕如同中秋节吃月饼一样，乃是时令食品。从民俗意义上看，"糕"与"高"同音，重阳吃糕，象征步步登高，意义独特。沙县人常制作的是年糕、发糕、夏茂玉糕、大肠糕等。玉糕主料是白糖、地瓜粉。粉、糖按1∶1比例加水调成粉浆，入油锅煮熟，熟后置冷，再起油锅稍炒，撒上花生碎、芝麻即可。有大肠糕成品切口外观为如意形，口感丰富，甜润生香。主料是生糕粉，配料为白糖、红糖和猪油。沙县发糕也叫瓯糕、碗糕，乡下还依据它会膨胀的特性称胖糕。发糕初名小甑糕，是将米粉用微火炒熟，加水搓匀，装入特制小甑筒，糕面着糖，蒸制而成。大发糕则用上等籼米浸泡90分钟后下磨成米浆，加老酵搅拌发酵。根据天气变化注意保温发酵，待米浆发酵体积膨胀一倍以上，加小苏打和白糖搅拌均匀上笼蒸，熟后切块。

霜降指初霜。《月令七十二候集解》解释说："九月中，气肃而露结为霜矣。"霜降时期，正值茶籽油"新榨"，水柿"新摘"，"吃新"是对大自然馈赠最好的报答，水柿和茶油类食品是首选。郑湖乡1987年从广西恭城引种水柿，2012年郑湖水柿便获得国家地理标志产品保护。郑湖水柿果大、皮薄、无核、含糖量高，味甜多汁，具有和胃益气、清肺镇咳等功效。水柿晒制成柿饼食用，可降血压、治喉痛、治口疮等。

茶油是沙县特产，营养丰富，被冠以"长寿油""月子油"之雅号。茶油取自油茶果，油茶果从开花、授粉、孕蕾到果子成熟，要经历秋、冬、春、夏、秋五季十三个月的云滋雾养，饱含日月精华和天地灵气，堪称人间奇果。古法榨油是一种传统的工艺。从茶籽到茶油，主要经过动力水车碾粉和开撞榨油等程序，包括摘茶果、晒茶果、脱壳、烘烤、粉碎、蒸炊、包饼、榨油等工序。霜降后，茶籽油"新榨"，此时沙县人有炸浆糍（俗名灯盏糕）习惯。将籼米、黄豆浸泡好后倒进滗箩沥干水分。加熟米饭磨成米浆，入葱白与调味品搅拌均匀，大火烧热茶籽油，将两把装有米浆的浅铁勺轮番下油锅，炸米浆成金黄色浮起，捞起沥干油即为浆糍。"新油"搭配"新米"，既有浓郁稻米香又有茶籽油天然清香。

冬之味，时光的沉淀

立冬补冬，沙县人首选本地菜"红菇鸡"。大雪时节冬补，一般选吃猪脚包。谚语云"霜降过，好打糍"，小雪节气正适合打糍（打糍粑），主料为糯米。沙县人冬至有吃搓圆或汤圆的习惯，取其"团圆""和美"之意。"霜前冷，雪后寒。"小寒时节喝上一碗色香味俱全的"鲜菇鸭血酸辣汤"，既可酸辣开胃，又可暖和身体。大寒时节则以板鸭佐酒，温暖又惬意，岂不快意哉！

立冬是冬季的第一个节气。"立冬，冬日始。"民间习惯以立冬为冬季开始。立冬补冬，沙县本地菜"红菇鸡"是首选，它有"月子鸡"之美称。主料是本地土鸡和野生红菇，将茶籽油烧热，倒入鸡块翻炒，加米酒提香，再加清水、红菇、姜片同煮，出锅即成。夏茂"全牛宴"中的牛肉丸子、牛角膜、药膳牛宝、牛百叶、顺滑牛肉、鲜牛肉羹等，因它们高蛋白、富含丰富胶质、营养丰富，同样适合补冬。

立冬节气后，沙县人开始收腌冬菜。他们口中的"冬菜"主要指芥菜。芥菜杆可新鲜食用，若经霜后更甜美；杆和叶用盐腌后是"咸菜"，可作主食或调料。芥菜砍倒后，在"菜头"处用刀刃划两三道以剖开，再把芥菜横穿于木杆上，置于太阳底下曝晒十天半月，待其半脱水时取下，在菜头上抹上加盐的红酒糟，之后来回对折，成一小捆，菜身再抹上一层盐酒糟，塞进"蒲水瓮"中，整齐码好，数月或整年后，待其发酵充分，开启便是糟菜（咸菜），其咸鲜味美，开胃爽口。

小雪阶段比入冬阶段气温低。有些高海拔山头开始降雪。古籍《群芳谱》说："小雪气寒而将雪矣，地寒未甚而雪未大也。"沙县谚语云"霜降过，好打糍"，小雪节气正适合打糍（打糍粑）。糍粑主料为糯米，新米黏度大，取用最佳。糯米蒸熟后，倒覆石臼里，用木槌反复夯实，直到把糯饭捣成糊状，俗称"打糍粑"。打好的糍粑趁热揪成小团，滚裹豆面（黄豆炒熟磨成粉并与白糖混合），便是沙县人喜欢的豆粉糍。糍粑与艾草混舂，即成艾糍粑，艾糍粑加芝麻、花生碎、板糖水搅拌，软糯劲道，令人垂涎。无独有偶，沙县人除夕也有吃糍粑的习俗，除夕早晨，家家户户忙于打糍粑，民谚上有说："年暝（沙县话，年三十的意思）糍，嗑（吃）了不生祟（沙县话，平安之意）。"沙县人盖新房或家有"新喜"也会打糍粑，糍粑有黏性，前者寓意"新房牢固"，后者寓意"喜事连连（粘连）"。沙县农村有一个约定俗成的规矩：丧事不做糍，喜事不做粿，余事做糍做粿都可以。

大雪时节，除华南和云南南部无冬区外，我国大部已披上冬日盛装。大雪是进补的好时节，素有"冬天进补，开春打虎"的说法。在沙县，冬补一般要吃猪脚包，其酥烂味醇，色泽红润，有"赛熊掌"之称。锅内入葱、姜、大料、糖、酱油，放沸水同煮，猪脚下锅，微火炖至六七成熟，捞出上屉，旺火蒸至酥烂。同样，沙县炖罐适合冬补，传统草药炖罐有百灵草炖排骨、牛嬭根炖番鸭、乌根炖土鸡等。若用莲子炖猪肚、花旗参炖乳鸽、金线莲炖瘦肉，营养则更高。"新糯造酒满洋香"，每年新糯米下来，都是沙县人酿酒的好时机，大雪至冬至为集中时段，酿一两缸好酒对他们来说是家里的大事。沙县米酒色泽微红，口感香糯，酒香浓郁。沙县民间酿酒要经过浸米、蒸饭、淋饭、拌曲、落缸、注水、搅动、装坛、滗酒、压酒等传统工序。

冬至日是北半球一年中黑夜最长，白昼最短的一天，称"日短至"。民间有"冬至不过不冷"之说。沙县人冬至有吃搓圆或汤圆的习惯，盖取其"团团圆圆""圆圆满满""和和美美"之意。汤圆是用糯米粉做成的圆形食品，从种类上分，可分实心和带馅两种。带馅又有甜、咸之分。甜汤圆甜滑清香，咸汤圆油润浓香。实心汤圆若加酒酿、白糖煮食，不仅风味独特，且有益滋补。冬至日，沙县有全家欢聚一堂共吃赤豆糯米饭的习俗。糯米浸泡四个小时，赤豆提前一晚泡软，沥干水分，热锅热油，姜末爆香，放入赤豆、糯米翻炒均匀，再把炒匀的糯米放进蒸屉蒸熟，即成。相传有一个叫共工氏的人，其子作恶多端，死于冬至，死后变成厉鬼，继续残害百姓，因他怕赤豆，人们做赤豆糯米饭以驱之。

"霜风落叶小寒天"，小寒时节南方冬暖显著，北方则常有冰冻。小寒一般遭遇腊八，"喝腊八粥"是腊八节习俗，南北方通用。腊八粥又称七宝五味粥，是一种由多样食材熬制而成的粥，腊八粥的传统食材包括大米、小米、玉米、薏米、红枣、莲子、花生、桂圆和各种豆类（如红豆、绿豆、黄豆、黑豆等）。清《房县志·风俗》称："腊八日，以米和麦豆及诸蔬果作粥，谓之腊八粥。"

沙县俗语云："霜前冷，雪后寒。"小寒时节喝上一碗色香味俱全的"鲜菇鸭血酸辣汤"，既酸辣开胃，又可暖和身体，岂不乐哉。沙县人腊月做腊鸭，宰半番鸭在小寒节气前后，鸭血自然新鲜；再选择香菇和金针菇，择洗干净切块作为主料；辣椒则选用沙县本土最辣的朝天椒；酸味选沙县陈醋或山西老陈醋。酸辣汤煮好后，最后用地瓜粉（木薯粉）勾薄芡以提高黏稠度增加口感。煮汤要注意火候适当，火候的掌握以鸭血成熟为标准，欠则生，过则老。

"北风利如剑"，大寒是一年中最寒冷的节气，雪雨大面积出现。古有"大寒大寒，防风御寒，早喝人参、黄芪酒，晚服杞菊地黄丸"的说法。大寒时必须喝一碗烫嘴豆腐汤或猪皮酸辣汤，可以驱寒暖胃。烫嘴豆腐以沙县游浆豆腐为原料，加黄花菜、猪头骨肉、香菇、蘑菇、蛤干等慢火熬熟而成。烫嘴豆腐汤清澈、味咸鲜，熬煮过的豆腐内密布如蜂窝状小孔，将菜肉菇蛤混合的汤汁强力吸附，咬上一口，美味盈口，食用时夹豆腐蘸味极鲜酱油、朝天椒、蒜泥合味调料，大快朵颐。

大寒节气，以板鸭佐酒，岂不快意哉！沙县板鸭又叫沙县腊鸭、鸭巴。腊月，沙县农家人有做板鸭的习惯，肉鸭宰杀开膛洗净，切去翅、掌、下颚舌等，放入调味好的缸中腌24小时后取出，用小竹条撑开成板状，放置户外自然风吹晒干，风干时表皮抹一层芝麻油，既可以增加香味，又防止苍蝇下蛆；最后地炉中烧木炭进行烤制，先用中火脱水，后用小火烤干；烘烤时若选用茶籽壳燃烧，不但烘烤效果好，还可以让板鸭熏染上茶籽油浓香。熏烤36小时左右，待呈金黄色时取出。沙县板鸭肉质结实，肥而不腻，香味隽永。

沙县小吃与乡村风味

◎纪任才

扁肉、拌面、蒸饺、炖罐，这是号称沙县小吃的"四大金刚"，如果仅仅以为沙县小吃就是这些，未免就有些孤陋寡闻。据沙县官方统计的数据，目前沙县小吃的品种多达 240 多种。在沙县吃饭，也许你吃的是大餐，但是端上桌的菜品，大多也可以在沙县小吃名录中找到。

小吃，是指小食、点心、细点、茶食之类。沙县小吃，是沙县人以五谷杂粮为原料制作出来的，也包括鸡鸭猪牛鱼等加工而成的食品，在加工方法上，以蒸、煮、烫为主，具有小体量、多品种、制作简易、方便快捷等特点。概括起来，沙县小吃有两类风味，一类是制作精细，口味清、鲜、淡，一类是制作传统，口味咸、辣、酸，主要来自乡村。沙县小吃是包含了乡村各种风味小吃在内的。从一副担子，到一个小店，到一条小吃街，再到一座小吃城，在沙县城关，卖小吃、吃小吃成了一种生活习惯，几乎可以在城关吃到各种各样的小吃。如果到沙县的某一个乡村去，也是有小吃的，品类或许单一，却是食材新鲜、做法独特，更能有一种吃过瘾的享受。

一

我有一同村老友曾在高桥镇工作过，邀我去吃鲜红菇。高桥与沙县城关相距不远，所见集镇和村庄都是新楼林立，还能有长红菇的山野吗？一了解才知，这高桥镇有十来个村子，有几个是高山村，有两三个村出红菇。当时是夏季，正是红菇出现的季节，往往是高温酷暑之际，下过一场雨之后，尤可让红菇疯长。接近中午，我们来到吃饭的小店，见厨房后面有人正在清洗红菇，有大如巴掌的，有小如拇指的，颜色并不鲜艳。听人解释，才知是这年雨水太多所致。说是红菇宴，其实就是一大盆红菇瘦肉汤，还有两大盘菇菜，分别是泥菇和杂菇，都是时令鲜菇。那盆红菇瘦肉汤，汤色红得发黑，而红菇本身，煮过之后，基本褪色，吃起来松脆，有点甜。这盆红菇汤下了整整三斤鲜红菇。

在沙县小吃中，以红菇为原料的，最出名的便是红菇豆腐汤，红菇汤是红的，豆腐是白的，红白相间。这个豆腐有切成小块的，也有做成丸子的。制作豆腐丸，取若干块豆腐置于盆中捏碎，加蛋、姜汁、葱头、味精、胡椒粉及少量木薯粉，搅成糊状，再用汤匙舀起包入肉馅，捏成小丸子状，放入热锅中氽熟即可。把豆腐块或豆腐丸和红菇一起加水慢煮，最多不超过一刻钟时间，一碗红菇豆腐或红菇包心豆腐丸就做好了。

还有一次，是春天三月，跟着老友到高砂镇去挖笋。驱车前往一个叫上坪的自然村，有几座老式瓦房，中间流过一条小溪，只见到三五个村民，十分寂寥。再往山上去，进入一片竹林。春天的笋长得到处都是，也很容易挖。大家轮流使用锄头，不一会儿便挖了一小堆，每人提着三两颗回到村里，再回到镇里。中午在镇上吃黄鳝粉干。据说三四月份正是黄鳝肥硕的季节，人们多用篓子捕获，即把篓子安在田里，装点饵料，类似钓鱼一样，是引诱的抓法。现在，有人还使用电击法，又快又狠，一旦触及，黄鳝基本难以逃脱，大多被电晕，放到水桶内，还可以活过来。

黄鳝粉干是高砂的特色菜，是用黄鳝肉和米粉一起煮的，黏糊糊的，可能混了地瓜粉之类。还有一碗黄鳝煲，把黄鳝洗干净，整条放入锅里，和汤水一起煲的，吃起来有点酒味，应是加了酒的。鳝肉用竹签破开，可以从头到尾一整条撕开，又滑又嫩。还有一碗泥鳅汤，清炖的，汤是清香的，一点腥味都没有。在我尤溪老家，煮黄鳝、泥鳅之类，习惯和红酒或酒糟一起煮，不带腥味还带有酒香，比如黄鳝酒，是把黄鳝剪成血淋淋的若干段，和米酒一起炖成的。这酒混了黄鳝血，有些浑浊，却是大补的。但是，那次在高砂吃的黄鳝粉干却是不加酒糟的，吃起来也不觉得有腥味，而且味道还相当可口。后来在沙县城关一家小店，也吃过类似煮法的黄鳝粉干，不知道是不是高砂人开的。我以为，沙县小吃中的黄鳝粉干是不加酒糟的，其实不然，在三明有一家怪味店，听说就是沙县人开的，把黄鳝粉干做成了招牌菜，我看其中是加了酒糟的，可能还加了酸料之类，吃起来酸溜溜的，开胃爽口。

我在三明梅岭路一带住过二十年时间，楼下有家沙县小吃店，早餐、午餐、晚餐都做。店主是一对中年夫妇，来自沙县高桥镇，是老友的熟人。不止有拌面、扁肉之类的小吃，也有蒸饭、炒面、炒粉干，还推出了营养面，是加了猪肝、地瓜粉肉等食材煮的面条，根据客人吃什么下什么料。其中，有一个"烫嘴豆腐"餐餐都有，是把豆腐、黄花菜、蛤干等一起放在汤锅里煮，豆腐被煮得由嫩到老，起泡发胖，汤中有点淡淡的海鲜味。至于"烫嘴"二字，我倒是没有体验过，从字面上理解，应是从热锅里刚舀出来的吧，以至于吃时烫烫的，要不停地吹去热气。不过，对于上班族而言，吃一碗小吃，来去匆匆，店主端上桌的，都是热度适中的。

他不是天天做生意，一逢节假日，他也放假，关了店门，不知是回老家还是去旅游了，来去潇洒。临近年关，便不做小吃，而是卖起了板鸭，把板鸭成箱运来，拿出来挂在店铺里，按只卖，有印好的包装袋。他也不吆喝，坐在门口的躺椅上晒着冬日的暖阳。那份自在，让我等上班族见了，有时也生出几分羡慕。

二

泥鳅粉干列入沙县小吃名录，还被评为中华名小吃，是南霞人的功劳。1997年沙县举办首届小吃文化节，南坑仔村人陈友姬应邀设摊专煮泥鳅粉干，每天卖出三四千碗，每小时要煮150多碗，那时一碗才卖2元钱，一天收入七八千元，一时被传为佳话。

南霞乡与尤溪县管前镇相邻，管前泥鳅粉干也很出名，两地的风俗习惯大致相同吧。历史上，南霞属于沙县八都。这一带，县志说："田广而腴，易于耕耨。"说明田地肥沃，容易耕种，物产丰富。

在南霞，以前来了客人，习惯煮上一碗泥鳅汤，大概是泥鳅不必花钱买，下田即可捉到，可以当作肉类一样的荤菜吧。而且，在他们的酒席上，泥鳅汤是必不可少的一碗菜。泥鳅粉干煮得好吃，关键在泥鳅汤。泥鳅是经茶籽油喂养的，在煮的过程中，加了酒糟、观音菜等在内，酒糟浸透到泥鳅肉之中，一吃便肉刺分离，入口即化，软烂可口。

相对来说，人们印象深刻的还是南霞牛肉粉干。在三明大街小巷，"南霞牛肉粉"的小吃店不时可以遇见，招牌上的字样十分显眼。南霞人中秋节有吃牛肉粉的习俗，家家户户都会煮，没有什么绝招或秘诀。好吃，在于牛肉，还在于酸菜。牛肉必须用刀横着切成薄片，先用红酒腌一腌，再撒一些木薯粉，滴几滴热油进行搅拌，煮熟后非常的嫩。酸菜是芥菜和酒糟一起加盐腌制的。这个芥菜一定是本地的芥菜，长得高的甚至有半人高，收割之后，铺开晾晒，自然风干，再抹上酒糟和盐巴，装在坛子里，把坛口封死，腌上四五个月或者半年，如果不急着吃，最好放上一年，时间越久，味道越醇。南霞人到沙县城关、三明城区开的小吃店有100多家，用的酸菜大多是从老家带去的。这个酸菜，可以说是南霞菜的魂。不论做什么菜，自觉或不自觉地都会下点酸菜。

1992 年，龙松村人夏利华为了照顾在乡里上学的孩子，在南霞市场租下一间店面做牛肉粉，开到今天已有三十多年，开成了一家老店，店名也堂而皇之地冠上"正宗南霞牛肉粉老店"，被当地人称赞：一辈子只做一碗让人记忆的牛肉粉。我们在他的店里，分别尝了泥鳅粉和牛肉粉，他妻子掌勺，动作麻利，几分钟工夫就端上桌。店里用的泥鳅是野生的，他一闲下来就去捉泥鳅，骑着摩托车到偏僻山坑里的荒田、水沟去抓，所获不多，多是半斤左右，有时会有一二斤。他说，野生泥鳅长得更圆更长，更好看，肥田泥鳅多，养鸭子的田，鸭子的粪便增加了肥力，能抓到的泥鳅也会多一些。

　　店铺开在南霞，来吃的多是本地人。乡民家来了客人，也时常把客人带到他店里来吃。赶圩天和周末时间，顾客多了，有时还得排队等候。乡政府把他的店定为"长者食堂"。60 岁以上的老年人，每餐吃了 8 元以上，可以优惠 4 元。吃的人多了，通过大家的口口相传，这个山乡小店成了网红打卡点，有人特地从福州导航开车而来。他有三个姐妹，也跟着他一起做牛肉粉。她们把店开在了沙县城关的繁华地段，尤其是他大妹妹在沙县老火车站的店，也是 1992 年开的，生意一直很好，顾客需要领号排队。夏利华笑着说，有人跟他讲，去他妹妹家吃牛肉粉，要等上很久，还不如直接开车到南霞来，说不定还更快吃上呢。

　　到了南霞，如果没有吃到泥鳅干肯定是一种遗憾。做泥鳅干，说简单也简单，只要用植物油把泥鳅煎熟即可，如果讲究的，最好是用茶籽油来煎。南霞人只把泥鳅煎到五六成熟就起锅了，然后排放在竹架上去焙，即微火烘烤。火是木炭中掺了茶籽壳或茶籽饼的。在焙的过程中，要适时翻动，以便全面烤遍，也避免烤焦，时间可以长达数个小时。一斤泥鳅煎烤之后只剩下二两的分量。这样的泥鳅干看起来硬邦邦的，和红萝卜丝、青椒、酸菜、辣椒之类一起炒，吃起来又香又酥，连骨刺都是松脆的。以泥鳅为主料，南霞人还推出了酱焖泥鳅、酒糟泥鳅、水煮泥鳅、泥鳅钻豆腐、泥鳅酸辣汤等系列菜肴。

南霞板鸭也值得一提。南坑子村村委会副主任刘也城说，第一届沙县小吃文化节上，南霞板鸭就在评比中获得第一名的荣誉。到了 2006 年，全乡板鸭销售量达到最高峰，一年卖出去 30 多万只。有个姓夏的师傅，70 多岁，每年做三四千只，先是在南霞开店，后到沙县城关开店，一连做了三十多年厨师。他早年当过生产队长，拿锄头的手拿起了勺子，从粗活转变为细活，同样得心应手。

刘也城到过泉州、福州、南京以及湖北等地做小吃，2003 年回来当选为村干部。近年来，在外做小吃的陆续有人返乡创业，比如下洋村人袁启木，曾去过北京、上海做小吃，现在从事茶籽茶树种植，种了 300 多亩。他说，用茶籽油做出来的南霞菜才是最好吃的。再如南坑仔村人张是林，他父辈是尤溪县中仙镇长门村人，是个石匠，20 世纪 60 年代来到南霞谋生，娶了当地女子，便定居下来。同时迁居而来的还有几户人家。张是林在天津做了十三年小吃，返乡成立福泽柑橘专业合作社，种上了三四百亩柑橘。

我们坐上他的车，驱车 10 多分钟，上山去参观他的果园。果树不高，间隔疏散，地面种了蔬菜，并不是种来吃的，而是打烂了作为果树的肥料。而且，在市农科院专家的指导下，他还在果树下种草——鼠茅草，"以草控草"，既保水、保肥、控虫，自然枯萎后，还能成为有机肥，促进土壤中的微生物繁殖。他的柑橘是新品种爱媛系列，在福建省优质柑橘评比中被评为金奖。这些产品，除外表稍有颜色上的区别之外，还有果肉、口感的区别，他各采来几个教我们辨别："红美人"皮薄汁多，"黄美人"从皮到肉都是金黄色的，"黑美人"果肉接近于雪橙，"绿美人"长相一般，有点皱，表皮类似于柠檬的颜色，吃起来也有点柠檬的味道。有一家沙县小吃配料企业，从他这里订购了大量柑橘，作为礼品，赠送给沙县小吃业主。他在沙县城关有一个果业仓储中心，注册品牌为

"桔爱一生"，专门销售自家果园生产的柑橘。而且，他的果园还在周末开展现场采摘活动。他说："采完柑橘，再去吃一碗牛肉粉，多爽！"

南霞乡有个茶坪村，坐拥着松柏岩风景区。沙县文联在一座老房子里建了一个书画院，平时由当地一位阿姨看护。她在村里跟人开了一家农家乐。游客在她这里，可以吃到地道的南霞菜。我们去的那天，她刚好晒了几席酸枣糕，是由山上捡来的酸枣加工而成的。自然风光，天然食品，本地食材的南霞风味，便是人们喜爱南霞的理由吧。

关于南霞，我想补充几句题外话。2015 年 8 月的一个月夜，应邀去南霞看戏。这里有个外地嫁来的女子，唱越剧的，平时唱些曲子，颇受当地人喜爱。在乡村干部的帮助下，她办了一个暑期辅导班，成立小梅花艺术团，教中小学生学唱一点越剧。南霞人外出做小吃的，生怕小孩放假玩野了，十分愿意让他们学点曲艺。这个班是封闭训练，吃住都在其中，学员最小 13 岁，最大 18 岁，全是女孩儿。这天晚上是汇报演出。戏台搭建在农贸市场。演的是越剧名剧《碧玉簪》，一出才子佳人的爱情曲折故事。看她们化着靓妆，穿着漂亮的戏服，学着古人的姿势，一举一动，煞是可爱。虽然节奏不够紧凑，比较拖沓，时间将近三个小时，但是不要紧的，台下观众扎堆坐着或站着，看得饶有兴致，几乎没有人中途离开，而且外围的人越来越多。这样的看戏盛况，我想到了"人山人海""万人空巷"之类的形容词，给我留下的美好印象，至今难忘。

三

2024 年 1 月下旬，三明各地普遍下了一场大雪。大雪之后第三日，我们来到郑湖乡，高山上还遗留有大面积的积雪。

在沙县小吃中，郑湖板鸭赫赫有名。郑湖乡与尤溪县西城镇接壤，那里有个文峰村，也因做板鸭而在尤溪县广为人知。历来，郑湖人招待客人的食物，鸡、鸭和蛋是少不了的。鸭是板鸭，适宜长时间贮藏，平时来了客人即可拿出来，一切一蒸，一会儿工夫就能端上桌。这一带，把鸡腿、鸭腿看得最重，把整只鸡或鸭看成有四个腿，视落地双脚为"正腿"，两个翅膀为"背腿"，切成四块，每块都有一把腿，是这样给客人吃的。更有甚者，对贵客敬重有加，鸡鸭全上，直接对半切开，把半只板鸭和半只鸡端到客人面前。

眼下将近年关，板鸭制作也将进入尾声。这板鸭也叫腊鸭，一般在立冬之后开始制作，此时正是农历十二月，也叫腊月，白昼多晴朗，夜间常降霜，昼夜温差大、湿度小，是手工制作板鸭的最佳时机。我问，下雪之后的气候条件会不会更好呢？当地人说，不一定，关键要有风。自然风干，是板鸭制作的关键环节。他们把郑湖板鸭制作的传统手工技艺，总结归纳为"三晒三烤"，就是要经过三轮次的晾晒风干和炭火烘烤，需要将近20天时间，如此反复进行才最终成品。

每年，郑湖全乡出品板鸭大约有100万只，其中单杜坑一个村就有10万只以上。"杜坑板鸭"是郑湖板鸭的名品。这个村有190多户800多人口，每家每户每年至少做二三千只板鸭。我们跟随村支书兼村主任胡定煊进村参观，房屋前、田野里、坪地上，到处可见挂着晾晒的鸭子，不经意间形成了一道风景，蔚为壮观。胡定煊说，杜坑村海拔430米，地处山坑中，四面环山，不过周围的山不高，风很容易吹进来，却不容易吹出去，碰到山后又折回来，在村内循环，自然气候独特，对于板鸭风干极为有利。

这个村有个废弃的礼堂，坐落于村部后面，如今已被村人作为烘烤板鸭的场所。我们走进去，里面温暖如春，一对夫妇正在作业。地上安置了三四个地炉。旁边是几个圆形竹笼，内置有铁架，上面摆放着二三十只板鸭。地炉是烧红的木炭。他们铲了一铲子米糠均匀地撒在木炭上，又铲了一铲子草木灰覆盖在米糠上。然后搬起竹笼罩住地炉，竹笼上面披上一块厚厚的麻袋布，用以捂住"烟火气"。此时是下午五点多，大约在晚上十点，他们要在地炉上添加一次木炭和米糠，而后就可以持续到天亮。

所有的美味都需要用时间来沉淀。胡定煊说，鸭子烘烤多时之后，热量对于鸭子的肉质产生了神奇的作用，油脂流溢出来，颜色也出现变化。一次烘烤之后，还要放在露天继续风干，接受空气的滋润，挥发去表皮的水分，让它越发干透、结实。这样的板鸭是日光和炭火综合作用的产物。如果天气晴好，风干速度就会快些。如果遇到阴雨天，只好借助火力来烘干，在这过程中要时不时翻一翻鸭子，让鸭子两面均匀受热。至于什么时候才算风干，都是凭借各自的经验。摸一摸，看一看，他们就知道了。

传统手工制作板鸭，十分讲究真材实料。所用材料必须是吃谷子的半番鸭，最好的是本地鸭做的。所谓本地鸭，是指当地人自家养的鸭，养在水田里的，自由觅食，充满活力。所用烘烤燃料，一定要用米糠或茶籽壳，在烘烤过程中被吸收进去，外表好像镀上了一层茶籽油，呈现出油黄的色泽，使板鸭带有一股天然的清香。而且，他们习惯把板鸭储藏在谷仓或谷堆上，久而久之，谷香的味道则更加浓郁。

郑湖板鸭是卖出去后才出名的。早年间，快过年时，这里就有人挑着板鸭到城关摆地摊去卖。名声渐起之后，上门来订购的也越来越多。在杜坑村，有些人过完春节外出做小吃，到了10月份就回来做板鸭。每天四五点钟，全家人就起床忙碌，杀鸭子、晒鸭子、烤鸭子，全村弥漫着板鸭的气味。

我们在郑湖吃到一盘板鸭，也许是刚刚出炉的，经热锅一蒸，油光发亮，特别是鸭皮，沁出了油脂，色泽油润，吃起来却油而不腻，充满油香，鸭肉紧实，一咬便是条条丝丝，耐于咀嚼，口齿生香。连同行的沙县同仁也说，很少吃到这么好吃的板鸭。套用一句广告语，或许可以这么说："不吃板鸭，就等于没到过郑湖。"

在郑湖，我认识了魏克汉，今年58岁。他是箭坑村村委会副主任，创办了罗凤岩农场，其中柿子树就有50多亩。他还管理过乡里的果场，全是柿子树，有300多亩。郑湖这个柿子叫水柿，果大形美、味甜多汁、皮薄无核，是1987年从广西恭城县引进的，由乡政府牵头，在各个村推广种植。郑湖现已成为全省最大的水柿生产基地，郑湖水柿作为国家地理标志保护产品，每年产量2万多吨，主要销往广东、江西、浙江以及本省厦门、泉州、南平等地。柿子有"柿柿（事事）如意"等美好寓意，在民间深受人们喜爱。

本来，老魏要带我们去看农场，但是天气阴冷，担心要下雨，便没有去成。每年10月至11月底是柿子采摘期。但是，刚摘下的柿子不能直接生吃，而是要经过一番脱去涩味的过程。最常用二氧化碳输入、石灰水浸泡，也有用白酒浸泡的，必须是50度以上的高度白酒，用塑料袋装上五六十斤柿子，倒进2斤白酒，再把袋口扎紧。还有用酒糟的，把柿子装进大缸，柿子铺一层，酒糟抹上一层，最后用盖子盖紧封好，一个星期之后就可开缸，据说柿子外表带点酒红，散发出淡淡的酒香。我们在郑湖没有吃到生柿，却吃到了柿饼，是老魏自己加工的，扁圆形状，柔软而有弹性，香甜可口。

老魏的祖先来自尤溪，全村人都讲尤溪方言。我们跟他去箭坑村看看，海拔600多米，屋顶上的积雪还很厚，屋檐边的雪和冰柱正在融化，不停地滴水。以坑为名，的确是名副其实，一点也不平，房屋依山而建，呈现吊脚楼形状。箭坑是主村，另有江地溪、坑源、罗坪头等自然村，都有人居住，全村共有230多户近千人口。

罗凤岩海拔高达1100多米，山势陡峭，如箭头射入云霄。山上怪石林立，有石将军、风动石等奇特景观，还有一块凹陷的大石，积水成了天池，直径有五六米。我们从村部抬头仰望，但见峰顶白雪皑皑，雾气升腾，与阴沉的天空相互牵扯，山峰在涌动的云雾中若隐若现，给人感觉又有雪花将从天而降。从山上流下两条小溪，在村庄交汇，遇上大雨天气，溪水暴涨，却是一浊一清两种水色。浊者水色金黄，清者水色银白，便被当地人称作金溪、银溪。

箭坑多山泉，水质好，有人进村来，特地装上几桶水带回去。这样的水，最适合酿酒。家家户户都有酿造米酒的传统，全村每年总计有2万斤左右，大部分是拿来出售的，一般是存上四五年再卖，卖的是老酒。去年，一座房子不慎着火，所存100多缸（一缸100斤左右）老酒也因而燃烧，全部化为乌有，实在可惜。老魏家每年酿酒十几缸，销往海南等外省的沙县小吃店。

一斤糯米饭，加上一斤山泉水，以这样的比例调配，再加入适量红釉，经过发酵之后，红酒基本成型，他们把酒和酒糟一起舀起，装进布袋，用本村独特的木制压酒设备压出酒水，装进锡制大壶里，可容纳20多斤的量，放到大锅炖上15分钟，再倒入酒缸，把缸口封紧。这酒经过炖煮，可以长久保存，存上十年八年也不会坏。酒精度大抵在35度左右，好喝，在小吃店用来炒饭、炒米粉、炒面、炒菜，闻着香，吃着更香。

老魏曾经在广州做过小吃。他的农场，还有毛竹林，出产冬笋、笋干。这个冬笋，比春笋价格贵十几倍，个头比春笋小，笋肉白嫩，长在地表之下，很难被人发现，却是难不倒山里人。过了冬天进入春天，冬笋长成春笋，就不值钱了，人们要赶在春天到来之前，赶紧把冬笋挖出来，有时在春节期间也上山挖笋。老魏说，正月初一还有人挖笋呢。他还从事收购冬笋的业务。每年，那些在外地做小吃的，经常请他发货过去，最远的寄到了马来西亚，是沙县人在海外开的小吃店。本土的，才是世界的。用沙县本土食材加工的，才算是正宗的沙县小吃吧。

四

沙县小吃中，黄花菜有多种用处，比如制作烫嘴豆腐、炖罐之类，习惯添加些许黄花菜干，至于新鲜的黄花菜，则当作蔬菜类，下锅油炒一番，口感清脆。据说，在沙县人的酒席中，头尾菜都是上汤的，头碗菜是蛏干豆腐汤，汤中也加了黄花菜干。最后一道菜是酸辣目鱼汤。

在南阳乡大基村，我们见到一片黄花菜种植基地，听说有400多亩面积，是一对来自台湾花莲的老林夫妇经营的。他们在2002年来到大陆，先在建宁种植油茶树，套种黄花菜种苗，2020年来到南阳开辟新的种植基地。老林在田间建了一座小屋，兼做办公室和茶室，面前便是墨绿色的黄花菜。河流一般向前方流淌开去，周边群山围拢，形态如五匹马伸长脖子同向一处，当地人说是"五马落槽"。老林把这一片基地叫作"南阳忘忧谷"。因为，黄花菜富有营养价值，具有清热解毒等药用功效，食后有舒畅安逸之感，亦被人称作"安神菜"或"忘忧草"。

黄花菜一年种，可以年年收获。老林说，他父亲五十年前在台湾种下的黄花菜，至今还在采摘。他在南阳种的黄花菜，是他培育的新品种，一年可以收获两季，四五月份是第一季，八九月份是第二季。此时是四月天，黄花菜正迎来采摘季，最好是长成花苞时，即含苞待放之际采摘下来，但也因为忙不过来，导致采摘不够及时，便让花苞迫不及待绽放出了淡黄色的花朵，朵朵织成繁花似锦。

大基村原名叫大箕，因其地形像簸箕而得名。也有人说，大基村人历来勤劳吃苦，所用农具簸箕比其他村的大，故称之以"大箕"。这里的养殖业也很有特色，建起了全县最大的肉兔养殖基地，年出栏2万多只。沙县小吃中有个草根兔子汤，就是兔肉和山苍子、牛奶根等草根混合加工而成的，滋补又养颜。一位年轻人回到大基村养甲鱼，挖了八九口池塘，并通讨抖音来卖甲鱼。在凤坡洋村，有人养起了肉鸽，年产量达到5万多只。鸽子草根汤，是沙县小吃炖罐中的特色菜。在竹山村，存栏百万只的蛋鸡养殖场正在建设之中……

南阳与郑湖相邻，也做板鸭，而且毫不逊色，一年也出产百万只。两者比较，郑湖板鸭更干，南阳板鸭相对湿一些。这与当地的气候有关系。南阳的海拔比郑湖低，冬天雾多，湿度大，上午十点之后逐渐散开，才有太阳显露出来。日照时间短，影响了板鸭的晒干程度。也好，这就更加凸显了南阳板鸭的地理特征和独特风味。

在南阳，有一道特色菜，叫熏鸭汤，类似清流县的"兜汤"，是南阳人用以招待客人的。做好这道菜，要花费小半天时间，大清早把鸭子杀了，腌制两个小时，再放米或米糠烟熏个三五分钟，使鸭肉变色，再切成小片，与地瓜粉搅拌，投入锅中煮汤，一般是午餐时端上桌的，吃起来有烟熏的味道，即是所谓的烟火味。在此基础上，南阳人加工出了熏鸭汤粉。熏鸭煮汤，滗出鸭汤，把煮熟的粉干放入熏鸭汤碗中即可，成了沙县小吃的"南阳一味"。

谢德琳是竹山村支部书记，曾经在武汉、北京等地开过沙县小吃店，擅长做蛋索面。这是南阳人的传统面食，用木薯粉、地瓜粉和鸡蛋调和成糊状，再沿锅边倒入均匀铺开一层，如同制作锅边糊一般，烙成蛋面皮，然后切成丝，可炒可煮。面皮切块包馅，把红萝卜丝、包菜、香菇等切得细碎，与肉末同炒作成馅，包在面内，制作成包心蛋索面，是谢德琳的发明。他称之为"功夫菜"。

2023年沙县小吃节，三明市人社局、沙县区人社局、沙县区总工会等单位举办沙县小吃制作职业技能竞赛，45名选手参赛，评选出一等奖1名、二等奖3名、三等奖6名，谢德琳获得二等奖，一等奖获得者是他的妻子吴凤金。两人都是凭着蛋索面的制作手艺而获奖，他做的是包心蛋索面，妻子做的是炒蛋索面。也因此，他被沙县区总工会授予"沙县区五一劳动标兵"。妻子获得了更高荣誉，被三明市总工会授予"三明市五一劳动奖章"，被三明市人社局授予"三明市技术能手"。

我们去南阳早了一天。如果迟一天去，就能赶上圩天。南阳圩日是逢4逢9日。每个圩日，圩场上都有现场炸油饼的，把一勺米浆下到滚烫的油锅中，滋滋作响，吸油，膨胀，颜色由白变成金黄，香气四溢。有人来南阳赶圩，就是专程为了吃这一口油饼。这油饼，当地人称为"灯盏糕"，大概因其形状如同古代油灯盏吧。南阳传统美食有"三大糕"，除此以外，还有年糕和玉糕。三四十年前，圩场上的年糕卖得最好的，是两位老人。一位叫其舍叔公，炉底人，住在街上，开店卖；一位叫下厝婶婆，木科下厝人，嫁到华村，她背着方形竹篓卖。他们做的年糕不烂不硬，又糯又软，十分好吃。虽然原料都是粳米、糯米、糖之类，但是其中的调配比例及制作手艺，都是大有技巧的。如果美食有独门秘诀，那是心灵与手巧的完美契合，是心领神会的妙手偶得。当地人说，他们之后，再也没有更好的年糕。所谓"玉糕"，是把木薯粉与红糖加水调成羹状，倒入锅内，慢火烧煮，边煮边用勺子搅拌，煮熟后盛上一碗，是南阳人用来请亲家请女婿的一道甜点，上桌即吃的第一道菜。吃了玉糕之后，才上头碗菜，正式开启宴席。

南阳旧称"七都"，便称南阳圩为"七都圩"。这里与尤溪县西城镇、管前镇交界，赶圩的不乏附近村落的尤溪人。南阳乡最高点乌石顶，海拔1249米，也被尤溪县视作管前镇最高峰。我去过管前镇浯溪村，在葛竹寺自然村近距离见识过乌石顶。葛竹寺海拔1003米，是管前镇海拔最高的自然村。从高海拔的村看高海拔的山，看出的只是一个小山头。

葛竹寺人习惯到南阳或南霞来赶圩，得走三十多里山路，去和回各需要三个多小时，几乎要花上一天的时间。20世纪四五十年代，葛竹寺闹虎灾。村人打死了一只老虎后，发现还有虎患，时不时地开喉嚎叫，吓得人心惶惶。他们四处寻找也不见踪影，就去南阳乡把罗岩庙太保公的神像抬过来，再请来道士作法，此后就不见了老虎的骚扰，便归功于太保公，把那只被打死的老虎的皮剥了下来，送到罗岩庙给太保公当坐垫。

罗岩庙建在罗岩山上，重修于宋嘉定六年（1213），距今已有八百多年历史。去罗岩庙，可以上盘山公路驱车前往，也可以沿溪边古道徒步拾级而上。罗岩古道是连接沙县与尤溪的官道，如今已做了改造提升，沿途石头、石壁镌刻着不同书法的"福"字，被世人称作罗岩福道。值此春季，罗岩山绿意葱茏，栲树花、梧桐花竞相绽放，尤其是梧桐花，花色洁白，远望如同撒落在树梢上的雪，而又容易掉落，亦如雪花般缤纷飘落，极富美感。溪涧遍布巨石，哗哗流水声响彻山谷。行至半途中，见路边一块石头刻有"蝴蝶谷"三个字，正要询问，却见几只黄蝴蝶仿佛从天而降，在眼前翩翩起舞。

罗岩庙是八闽众多太保庙的祖庙，每年农历十二月至次年三月为香火旺季。远道而来的外地信徒敲锣打鼓抬着香炉到祖庙"取真火"，然后将"真火"迎回住地太保庙，以庇佑家乡五谷丰登，人畜平安。罗岩太保信俗，已被列入福建省省级非物质文化遗产名录。农历三月三，在太保公诞辰日这一天，罗岩庙举办流水席，每年都摆了100多桌，最多时摆了160多桌。每桌上十道菜，按照南阳酒席的习俗来操办，头、尾两道汤菜，加上鸡、鸭、鱼、蛋，以及猪肉粉干，这七道菜是固定的，其余三道菜，可根据实际情况搭配，比如海鲜、牛肉、羊肉之类。

所谓固定菜肴，也在不断改进和变化中。谢德琳说，猪肉粉干，其实是两碗菜构成一道菜，一碗粉干是炒粉干，一碗猪肉是五花肉，现在是寸肉，以前是大块肉，一桌十人就上十块肉。在南阳，我们吃到一盘清蒸鸡，把鸡肉切块清蒸，只把鸡胸脯肉留下来切细煮汤，并把清蒸时产生的鸡露倒入汤中，再添加几朵红菇，汤色鲜红，清淡而甜美，真是一道色香味俱全的美食。

　　我把吃这道菜的感受说给谢德琳听。他笑着说，如果让他来做，他会做得更好吃。他正准备在沙县城关或三明选址再开一家小吃店。

　　期待他的新店早日开张。

沙县小吃的文化密码

◎李若兰

历史让一个城市厚重，美食让一个城市温暖，而文化让一个城市浪漫。每一种美食的背后都蕴含着丰富的文化内涵和历史故事，沙县小吃不仅是满足味蕾的美食，更是传承历史、品味文化、抒发情感的载体。

创造——北方味蕾邂逅南方食材

沙县自古水运交通便利，闽中滨水小城的码头人来人往。客家先祖跋山涉水，披荆斩棘，从中原故土出发，一路向南，一路奔波，来到八山一水一分田的沙县。这里四面环着山地丘陵，中间是盆地，给人一种避世的安全感，他们一部分人选择留下，一部分人顺着水路继续南下四散。

在沙县这个闽中小山城，南迁的中原先民"客而家焉"，与当地的闽越人逐渐融合。南迁的中原客带着北方的烹调手艺，故乡的味觉引发的温暖回忆，挥不去又化不开，于是他们充分发挥人的创造性，衍生出新的饮食文化和兼具南北特色的小吃品类。

譬如芋饺，北方人喜食饺子，但当时沙县作为南方稻作地区，不产面粉，而盛产稻米、杂粮、薯芋等作物。聪明的客家人，敏锐且用心，用芋子和木薯粉做成饺皮，包上馅料，便成了芋饺。在岁月流变和时光沉淀中，芋饺慢慢形成一个固定的小吃品类。一个小小的芋饺，对食材的选择也有着严苛的要求，本地的红芽芋，加上传统的手工制作技艺，是对味蕾最好的尊重。

为适应闽越地区的气候与环境，在食物存储手段不发达的古代，为了吃饱肚子、储存食物，勤劳颖悟的先民开启创造历程。他们不断寻找着最合适的吃食和最完美的食物保存方法。比如沙县板鸭蕴含着古老汉族饮食文化的"基因"，也叫作腊鸭。腊制肉类食品，统称腊肉，早在周代，就设有"腊人"这一职务，执掌着加工干肉的事务。中原移民喜欢吃腌制风干的食品，南方梅雨天气较多，比较潮湿，食物容易腐坏，他们用腌制腊肉的方法保存食物，这一古老而繁复的手艺，包含着人与自然和谐相处之道，是生活的智慧。

沙县的冬酒，被戏称为"沙县可乐"，其色泽清澈、酒味微甜、香醇绵长，这是母亲最喜欢喝的酒，她常说喝冬酒补身体。我曾带记者去拍摄过它的制作过程，通过查找资料，发现沙县的酿酒法与《周礼》中记载的酿酒方法如出一辙。《周礼》将酒分为"五齐三酒"，"五齐"指的是未经过滤的五种薄酒，其中的"醴齐"一宿而熟、其味稍甜，分明就是沙县人所称的"酒酿"。"三酒"为三种过滤去糟的酒，临事而造的酒称为"事酒"，冬酿夏熟的酒称为"昔酒"，酿造时间长于昔酒称为"清酒"。沙县城关、夏茂当年酿制当年饮用的酒称为事酒，《沙县志·物产》记载：夏茂冬酒有"长水、短水"之分，"长水"酿造时间较长，"短水"酿造时间较短，同《周礼》中记载的"昔酒""清酒"制作方法一致。

年年岁岁，先民们在辛苦劳作中祈盼着稻熟酒成，寒炉美酒时时温，这觥筹交错间的温情与快意，是辛苦一年之后的一次放松，也是对自己的犒赏。醉眼看墨花月白之后，在杯盘狼藉中醒来继续辛勤地劳作。

在今天的我们看来稻米是再普通不过的食物，但在农耕社会，却来之不易。南迁的中原先民们在这里安家落户，耕读传家，却也要靠天吃饭，遭逢自然灾害等吃不饱的年岁，他们摸索出一些新的食物制作方式，既简便节约食材，又能果腹。比如沙县米冻皮，用早稻米和冷饭一起磨成米浆，倒在铁皮平底锅隔水蒸一两分钟，类似北方的凉皮，但更柔软细腻。还有米浆与猪下水的巧妙结合，在生活不易、肉类较少的年代，先民们将米浆灌入猪肠、猪肺、猪血等，既能吃饱，又有肉香味可以解馋。这些都是先民们为应对生活而发明的小吃，它们的美妙之处在于把截然不同的食材融合在一起，不仅烘托出各类食材的闪光点，还赋予小吃多种创意，装点了一个又一个生活不易的年岁。

可以说，沙县小吃既深蕴古中原汉族饮食文化遗韵，又受古代闽地先民（古闽越族）的饮食习俗影响，是南北交融的产物，是北方的味蕾与南方食材邂逅续写的故事。所以沙县小吃有汉族传统饮食文化"活化石"之美誉。

传承——业缘与血缘的联结

如今的沙县交通便利，是全国 100 个、福建省 3 个的交通枢纽之一，在古代它也是南北沟通、东西交流的重要通道。沙县小吃在民间形成后，为方便南来北往的客货交通、商贾游人，形成一种生意。特别是明清时期，沙县小吃制作工艺日趋成熟，专营的沙县小吃店繁荣发展。1928 年出版的《沙县志》以及 1938 年出版的《福建通志》中都有记载：明清时期，县城已有专营庙门扁肉、花椒饼、滚粉豆腐丸、烧卖等店铺。说明沙县小吃在明清时期已有明确的社会分工，在技艺上达到较高水平，沙县小吃以业缘传承的方式得以延续和传扬。

能够传承下去的事物一定是被需要的，除去业缘传承，沙县小吃在日常生活中也同样扮演着至关重要的角色。它伴随着节气文化、民间习俗衍生并传承下来。千百年来，祖辈们遵循着以节气和时令为规律的自然转换之道，渐渐形成节气时令小吃，用来滋补调理身体；节日庆典、婚嫁、丧葬、祭祀、宗教等各种礼仪活动，也需要小吃美食点缀加持。时和岁稔，天地人伦，应时日常都归于小吃，是对季节变迁的一种回应，是人与自然和谐地互动，亦是饱含情感寄托的生活仪式感。

在节气、节日、民俗里品尝美食，不仅仅是一种美食体验，也是对生活的希望和祝福，更是一种文化传承。各类小吃被赋予美好寓意，注入文化内涵，缀饰在生活中的重要时刻，这是感时应物的莫大智慧。

清明粿是很多地方都有的小吃，但沙县的清明粿自有它独特的故事。沙县人清明节上山扫墓祭祖，必带米粿。据说上山扫墓经常会碰上牧童，他们会向扫墓人讨要米粿，如果没能讨到米粿，就会调皮地唱："扫墓无粿，你厝着火。"扫墓人为图吉祥，随身带着清明粿，既是当祭品，又可以用来塞牧童之口。清明粿是石臼中的粳米、糯米、艾草，经过木槌数百上千次捶打，糅合而成。一如沙县的春天，三分绕指柔情，七分隽永韧性。

"喜粿烧烧，豆豉油麻椒"是每一个沙县人都耳熟能详的吆喝声。每到农历立夏，沙县家家户户都会制作喜粿。"喜粿"也叫"习粿"，这名字一听就很讨喜，而它也恰是沙县人民寄予着丰收希望的一种美食。它由红米和早稻米磨成米浆制作而成。老人们说："夏天到来，百种落地，喜粿米冻，丰收有梦。"立夏，万物蓬勃，人们吃喜粿，不仅是品尝美食，还是一种充满朝气的人生态度，流淌出生命的赤诚，寓意着将迎来一个丰收喜庆之年。

小满即安，安乃圆满，一切都刚刚好，正如沙县小吃烙粑蕴含的智慧。小满接近农历四月初一，四月初一是沙县特有的烙粑节。据说，烙粑是沙县百姓为对付恶鬼下蛊毒而制作的一味小吃。传说古时有一种"蛊毒鬼"，专门在农历四月出来活动，在街上卖的食品中投放蛊毒，毒害百姓，所以农历四月，人们不去街上买点心。大人们可以忍得住，孩子们却嘴馋忍不住。四月初一这天，沙县家家户户都会制作烙粑给孩子吃，意为将嘴"粑"（糊的意思）住。吃了烙粑，便要等到农历五月初四，端午节前，大人才带孩子上街买各种点心解馋，而且一定让孩子吃个痛快，俗称"逃疳"（逃过毒杀的意思）。

虽是传说却也并非全无道理。农历四月初一过后，正值春夏之交，天气日渐转暖，各种病菌大量繁殖，如果食品不卫生，很容易引起肠胃疾病。烙粑加入艾草、黄花菖蒲（俗称蝴蝶菜）等制作而成，可以养生祛湿、调理脾胃，这看似普普通通的民间小食竟有着药食同源的功效，所以民间就衍生出放蛊毒的传说和吃烙粑的习俗。

传统的民俗、节气、节日等文化源远流长，这些不仅对沙县人生活、农事、生产各方面产生深远影响，也塑造出他们独特的饮食习惯和美食文化，"家家做小吃，户户有香气"是沙县人最真实的生活写照。

沙县小吃的形成有历史的巧合，有时代的催生，经过无数道工序的杂糅，才变成如今这个模样呈现在我们面前。节气、习俗与小吃的联系不仅是美食的传承，更是与先辈的情感联结、血脉延续，这些小吃文化融合在日常生活中影响着一代代的沙县人。

创新——转型与文化完美融合

沙县小吃并不是什么高岭之花，而是家家户户都会做几道的寻常烟火，是淳朴百姓怀着向云端的积极心态和对美好生活的向往，不疾不徐，一步步探索，一点点完善，日渐形成的一个体系，是民间美食技艺于时光中沉淀而来的奖励。

聪明颖悟的沙县人，很早就意识到小吃要转型升级，走向产业化发展，离不开文化的赋能和加持。文化是一张网，它可以让零零散散各自为政的小吃，都容纳到这张网中，可以让老百姓在做小吃的同时，有更多精神上的获得感。

"实说实干，敢拼敢上"是沙县的城市精神，这句话是 1997 年由本地的一位老干部总结而来，经过二十多年传播，这句城市精神口号深入人心，几乎每个沙县人都知道，我想除了朗朗上口、朴实好记，最重要的是它确实归结出沙县人的精神内涵及特质，才能得到人们的认可。

做小吃虽不是什么复杂的手艺，但它却也不简单，起早贪黑，从清晨四五点干到深夜一两点，异乡创业尝遍酸甜苦辣，这不仅是沙县人追求幸福生活的一种态度，更深藏着沙县人的精气神。"实说实干，敢拼敢上"就是沙县人在干事创业过程中锤炼出的品格，而这种精神的总结、包装、推广也可以说是一种文化形成的过程。

沙县人在小吃文化上下功夫，践行着"实说实干，敢拼敢上"的精气神。1997 年，可以说是沙县小吃开启产业化进程的元年，沙县成立小吃办、小吃同业公会，开始有机构有组织地发展小吃产业。这一年也是沙县小吃文化进程中至关重要的一年，举办了第一届沙县小吃旅游文化节，这个属于沙县人自己的节日，定在每年的 12 月 8 日，接近岁末年终，回顾盘点一年的成果，规划展望新的一年。历经二十余年，沙县小吃旅游文化节这样一个地方性节日，不仅成为全体沙县人民的节日，还吸引全国各地的人前来参加，这个节日为沙县小吃文化的输出打开一扇门，小吃文化得以深远的传播，离不开小吃旅游文化节活动的接续推动。

我们不仅为沙县小吃文化创造节日，还为它打造一座城。一下高速就可以到达沙县小吃文化城景区，我第一次见到它，就被古朴、典雅的明清建筑风格深深吸引，更巧妙的是，它和谐地融入淘金山人文、历史、自然景观之中。在这里开着许多沙县小吃门店，很多小店都挂着沙县小吃技艺传承人牌匾，可以吃到最地道的沙县小吃和特色菜肴，还可以买到沙县小吃特色产品。它集合多种的体验和功能，园林景观、亭台楼阁、文化展示是它的静美，文旅参观、美食体验是它的动美，美美不同，却又美美与共。沙县一千六百多年的悠久历史和饮食文化在这里得到展现。

行走于小吃文化城，穿梭在古色古香的院落，品几道正宗的小吃，听一段沙县的故事，感受烟火人间沉淀下来的心安。

对沙县小吃文化的挖掘研究从来没有停止过，前辈们拍摄小吃题材电影《走出廊桥》，沙县小吃旅游文化节二十周年献礼片《小吃父子》，编撰出版《沙县味道》《沙县小吃故事》《沙县小吃大观》《沙县小吃谱》《创业路上》等文化读本，还编写一系列的沙县小吃制作技艺教材，甚至还有手绘沙县小吃传说故事的连环画，这些举措都为沙县小吃文化的挖掘与传播打下坚实而良好的基础。

从这些对沙县小吃文化挖掘的举措和成果中，我看到一种"向云端"的精气神，那是沙县人对未知、未来的向往和探索，是不断挑战、超越自我，追求更好生活的积极心态。文化的加持，更增添沙县小吃"走向云端"的底气。

探索——涵养与提升文化内核

沙县小吃业发展已经实现"山那边，海外面"，走出大山，开遍全国，进而走出国门，走向海外，现在的它要"向云端"，更加深入地涵养提升文化内核，方能继续引领风骚。

沙县小吃无论走得多远，它的根还在沙县，历史文化就是它的灵魂。为更好地涵养历史文脉，沙县进行老街巷提升改造，在青砖灰瓦间完美植入历史文化，特别是融入小吃文化，让老街巷在烟火气中重焕活力。池尾小院汇集着从前散落街头巷尾的小吃摊点，烟火气交织氤氲着文化味。专营烧饼的班厝巷，罗兰烧饼、香兰烧饼……每一家烧饼铺子都是老手艺的原汁原味。这些慢工细作的地道小吃，于快节奏的时代来说是最奢侈的"工艺"，定会让你收获饱满的惊喜。

留住文化之根，传承非遗之魂，是维系优秀传统文化生生不息的根本。沙县始终坚持不懈地申报国家级非物质文化遗产。2021 年 6 月，沙县小吃制作技艺正式入选第五批国家级非物质文化遗产名录。申遗的过程不可谓不艰辛。早在 2007 年 8 月，沙县小吃制作技艺就入选福建省第二批非物质文化遗产代表性项目名录。自 2011 年起，沙县着手组织申报国家级非物质文化遗产代表性项目，其间经历三次申报，历时十年，申报材料几经修改完善，终于在 2021 年 6 月圆梦实现沙县国家级非遗品牌零的突破。

经过对比，我发现被评为国家级非物质文化遗产的美食通常是一个品类，比如北京烤鸭、天津"狗不理"包子制作技艺，而沙县小吃包含着 240 多个品种，每一种小吃的制作技艺各不相同。可想而知，将沙县小吃制作技艺这样一个整体申遗成功是多么来之不易。

沙县小吃被评为国家级非物质文化遗产，正是由于它承载着沙县文化、文明的丰富内涵和历史记忆，因此对沙县小吃文化的进一步挖掘至关重要。2021 年沙县小吃产业发展实施"五项提升行动"，将提升沙县小吃品牌及文化核心价值作为其中的重要一环。为更好地挖掘传承和保护沙县小吃文化，沙县成立小吃文化研究院，并被评为福建省新时代特色文艺示范基地。

对沙县小吃文化的挖掘，我们从制作技艺、民俗文化等层面，逐步转向更有深度的文艺创作领域。邀请福建省文联副主席、省作协主席陈毅达先生创作《沙县小吃》长篇小说，这部小说虽然还在创作过程中，但是已被列入中宣部 2022 年主题出版重点出版物选题。

为筹拍沙县小吃题材电视剧，我陪同编剧刘卫兵老师采访了许多典型人物，剧本中每一个人物都能够找到原型。刘卫兵老师说："沙县人创造出来的沙县小吃，本身就是一部作品。"剧本几经修改，我都认真地读过，可以说这部电视剧反映了 95% 的沙县小吃人真实的生活状态。用文艺的形式折射出两代沙县小吃人的内心和情感，对幸福、成功，做出多重定义。

2023 年，编剧薛伟强老师为沙县小吃创作的广播剧，在中央人民广播电台神州之声、福建新闻广播、福建东南广播等平台播出。广播剧通过触摸小吃人物，进而触摸时代脉搏，用温情的声音娓娓道来，为我们讲述沙县小吃那些慰藉心灵的故事。

同年，还推出音乐剧《幸福的烟火》，在上海虹桥艺术中心、福建大剧院、三明影剧院等进行展演，这部音乐剧我多次观看，每一次总能被打动。音乐剧从幸福出发，用民间视角，从小人物入手，通过原创音乐、舞蹈、表演等新颖的形式，诠释出沙县小吃的幸福滋味。我真真切切地感受到沙县小吃是最幸福的小吃，因为它关乎许许多多普通人的生活与未来，也关乎经济社会的发展与进步。

这些文艺作品的创作过程我都参与其中，陪同老师们采风，一起开剧本讨论会。真的应该特别感谢那些愿意把经历讲给我们听的小吃人，他们一遍一遍不厌其烦地为每一个创作团队讲故事，可以说这些作品是献给他们的赞歌，也是献给每一个沙县人的赞歌。

在采风过程中，我遇到了有着形形色色经历的小吃人，他们简单、真切、踏实，我从中领悟到珍惜当下、积极生活的人生态度。他们有些几十年如一日守着一家小店，恪守着传统的小吃制作技艺，坚持手工制作，千锤百炼只为让那碗面条更筋道、扁肉更 Q 弹；有些经营着餐饮连锁企业，标准化门店遍布四海，随时随地为客人提供温馨的服务、可口的小吃；还有些从事小吃食品加工，几百名工人在厂房里手工制作沙县特有的柳叶饺，那细腻的纹路及制作技巧有着机器所不能替代的优势；还有人凭着对食物天然的热爱，对美味执着的信仰，历经千百种尝试，调配出让人垂涎的味道，做成小吃配料加工厂。

这些普普通通的小吃人无一例外都选择坚守，怀着对生活的热爱，坚守着那份将沙县小吃做好的初心，因为坚持，那些寻常小事都变得难能可贵。在今天的我们看来这些作品中的故事，也许只不过是发生在普通人身上的寻常事，但是对于我们的子孙后代而言，这些就是历史、是文化，通过这些作品能够窥见沙县小吃在这个时代的模样，也能够解析出沙县人在这个时代的生存发展历程。

文艺创作是给小吃立传也是为人民立言。沙县小吃的发展过程中，有无数的小人物为之努力，他们本来微不足道，但是通过文化的挖掘、艺术的书写，小人物也能展现大主题，他们也是沙县小吃文化中不可或缺的部分。

近几年，沙县还紧跟时代，设计开发沙县小吃形象 IP，建设沙县小吃文化主题乐园，通过灯光秀、水幕秀、VR 光影秀等载体进一步展示、传播沙县小吃文化，让文化变得更加鲜活。

2023 年，我参与主编《食赏沙县》一书，这本书以沙县小吃为切入点，介绍沙县的历史人文、民俗风物、地道小吃、生态美景，既展现千年古城风范，又品味人间清欢美食，还能欣赏风情美景。我做这本书的初衷是希望小吃不仅只是"吃"，还可以"赏"，透过它追寻沙县的历史人文，探索沙县的风土民情，游览沙县的青山绿水。"食赏沙县"四个字既是生活日常，也是历史文化，我想只有文化的注入和浸润，才能让沙县小吃的内涵愈加丰富。

人间的烟火，来自乡间的沙县小吃，需要文化的不断加持和沉淀，方能更好地承载人民对美好生活的热切向往。沙县小吃文化是源自生活的智慧，更是一部未完待续的作品，等待着我们不断去挖掘与完善。

江城渔火通沙县

◎百越山

在闽中地区的诸县（市）中，历史上地位下降最大的，沙县要是排第二，就没哪个县敢称第一。把时间的跨度拉长到一千六百年，沙县其实是闽中地区的历史源头。沙县最早于东晋义熙年间（405—418）立县，初名为"沙村县"，唐武德四年（621）更名为"沙县"，一直沿用至今。一千多年后的明景泰二年（1451），从沙县西南部的属地划出13个都（元代乡村地区实行乡、都两级制，属县管辖，明代沿用之），成立永安县。过了二十年，明成化六年（1470），沙县西部部分区域又划出，与清流、宁化、将乐划出的部分区域成立归化县（今明溪县）。至于现代闽中地区的行政中心三明市所在的三元区，更是迟至1940年才从沙县划出成立三元县。

令沙县人没想到的是，一千多年的行政区划变迁，使沙县从闽中地区的龙头降为一个普通的县，却又在20世纪的90年代，因一个意外的机缘，再次成为闽中地区知名度最高的县城。

这个机缘就是沙县小吃，如今要问福建省之外的人，闽中地区有哪些县市，估计应者寥寥，但说起沙县，市井坊间肯定不知者甚少。正是开遍全国各地街头巷尾的沙县小吃店，让世人对"沙县"二字耳熟能详。

不过名扬四海的沙县小吃，并不是在20世纪90年代凭空出世的。至今我的脑海中还有一个模糊的记忆，20世纪70年代，刚上小学的我，陪伴父亲到县医院就医住院。由于我们家早已下放到农村，只有我最有空能陪父亲到城里住院。母亲专门交代我，每天到医院外的公家饮食店买一碗扁肉，盛在搪瓷杯中，端回医院给住院的父亲吃。在那个物资匮乏、生活贫困的年代，一碗好吃的扁肉，既能开胃改善病人食欲，又容易消化补充营养，不啻是最佳的养病食品。

在童年的我眼中，扁肉就是世上最好吃的东西。每次我把扁肉端到父亲的病床前，他总叫我先吃，我都骗他说我不喜欢吃扁肉。如今我早已忘了那个年代一碗扁肉的价钱，但我记得以当时家里的经济条件，扁肉并不是能经常吃得起的食物。

没错，我记忆中的那碗扁肉，就是如今沙县小吃的当家花旦之一，不过已经叫馄饨的多，叫扁肉的少了。随便走进街头的一家沙县小吃店，墙上的红纸菜单上十有八九写的是"馄饨"二字，基本看不到"扁肉"二字的踪影。个中原因并不复杂，沙县人到省外开小吃店，类似扁肉的食品，全国各地都叫"馄饨"，沙县人客随主便，自然也改叫"馄饨"。结果反而影响到沙县小吃的家乡，也把"扁肉"改称"馄饨"了。

"扁肉"改称"馄饨"，是外出经商的沙县人，适应市场经济规律使然，本无可厚非，不过换个角度，从文化的意义上着眼，却令我心生唏嘘。因为"扁肉"一词，有深远的文化内涵，是闽中地区族群追寻祖先源头的重要线索。

以沙县、三元、永安为中心的闽中地区，都分布在沙溪河流域，属闽中方言区，即这三个地方的本地人都是讲闽中方言的族群。从语言学的分类来说，福建省境内有五个本土方言加一个外来语，即闽东话、闽南话、闽北话、闽中话、莆仙话，以及分布在多省的客家话。这些方言的源头，都是在各个历史时期，先后从北方迁徙而来的汉人族群，在福建境内各个相对封闭的区域定居下来后逐步形成的。

由于沙县于闽中地区最早立县，因此沙县也是闽中方言的源头。也许是沙县邻近闽西的客家话区域，有些沙县本地人以为沙县也是客家人。

其实从两种方言的语音系统特点上，就可以明显看出，沙县人和客家人是两个不同的汉语族群。

沙县话有 17 个声母、36 个韵母以及 6 个声调；而客家话有 21 个声母、63 个韵母和 7 个声调，两者语音系统明显不同。不过在对"馄饨"的称呼上，两种方言却是一致的，都叫作"扁食"。在沙县，"扁肉"与"扁食"是通用的，指的都是同一种食物。其实不只是沙县话和客家话，闽南话也称"扁食"。

但是放眼整个中华大地，有"扁食"称谓的只有闽语区和晋语区。从历史的角度上看，晋语的形成年代早于闽语，仅从共有"扁食"一词而言，两种方言是否存在一定的传承关系，是很有意思的一个课题。

不过令人吊诡的是，山西话的"扁食"和福建话的"扁食"指的不是同一种东西。山西话的"扁食"，其实是饺子，而把"馄饨"称为"头脑"。饺子和馄饨是汉族饮食文化中最常见的两种食物，两者的区别很明显，饺子个大馅多，馄饨个小馅少。据学术研究资料，至少在唐代，饺子和馄饨就已经明显区分开来。

自唐代以来，馄饨在中国的北方和江南，都统称"馄饨"，仅在四川称"抄手"，在湖北叫"包面"。在粤语中"馄饨"被称为"云吞"，其实是"馄饨"的变音。北宋宣和元年（1119）在朝中担任起居郎国史编修的李纲，被贬到沙县当"监税员"（监莞库），他虽是福建邵武人，但祖父一辈迁居江南无锡，说的是吴语，并不通晓闽语。据说李纲很喜欢吃沙县的扁食，专门题诗一首："浑沌乾坤一包中，常存正气唱大风。"可见李纲还是按江南和中原的说法，把沙县扁食称作"馄饨"。

从沙县话及其所在闽语区至今仍存"扁食（肉）"的说法来看，"扁食（肉）"一词，显然隐含着久远的历史密码，也许是探究族群迁徙源头的一把钥匙。在沙县小吃闻名全国之前，福建扁食（肉），最出名的并不是沙县，而是在福州。福州有句俗话，"无燕不成宴，无燕不成年"。这个"燕"就是扁肉燕。

肉燕之所以名贵，因为她是扁食（肉）的升级版，包裹肉馅的皮不是普通的面皮，而是由捣烂的肉蓉与地瓜粉混合，以人力捶打后经过数次碾薄，最后制成晶莹剔透、薄如宣纸的燕皮。不过肉燕太过精致，价格不菲，福建人更常吃的是肉燕的降阶版：扁食（肉）。很简单，将燕皮换成面皮就行，两者的肉馅都是一样，区别就在于包裹的皮不同。

福州的老话将扁肉称为"建郡扁肉"，历史上"建郡"指的是建安郡，于三国吴景帝永安三年（260）设立，郡治在今南平市建瓯市，是福建境内最早成立的郡县。从"建郡扁肉"的说法来看，福建扁肉的源头无疑就在建安郡内。一千多年的岁月流逝，究竟是谁最早发明了扁肉做法，众说纷纭，至今已难以考据。不过沙县自建安郡设郡一百多年后设县以来，多数时间都归属建安郡管辖，因此沙县扁肉同样也可称为"建郡扁肉"，也许和历史上的建安郡其他地方一样，同样也代表着建郡扁肉的古老传承。

沙县的历史，通过"扁肉"和建安郡紧紧地联系在了一起，但是却给我们留下了一个难解的疑问。历史上建安郡的中心区域，主要位于今天的闽北地区，如今闽北中心地带的建瓯、建阳等市（区），其名称中的"建"字，无疑都源自建安郡，其代表方言是闽北方言。可是沙县却是闽中方言的代表，沙县是何时，又是因何与闽北地区产生语言文化隔离的？

行文至此，我不由想起了流传在三明地区的一个民间戏言。三明人在谈及三明地区诸县人文地理时，常说"一沙、二尤、三清流"。这个座次仅指美女排名，并没有其他含意。这个说法产生于何时，为何这么排座次，已难以考据，三明地区没排上的其他县市，肯定也多有不服气。但是沙县坐上头把交椅，却没多大争议，原因无他，因为沙县来过皇帝的后宫。

1644 年，明朝北京政权灭亡后，福王朱由崧在南京称帝建立弘光政权，第二年 5 月就被清军所灭。随后唐王朱聿键于 1645 年 8 月在福州称帝，建立隆武政权。隆武帝立志北伐，他于 1646 年 3 月，把行在（临时首都）从福州迁至位于出闽交通要道的延平府，计划率兵亲征，抗击清军。不料未及实施，隆武帝寄予厚望的福建总兵官郑芝龙，却暗中投降清朝，放开入闽的仙霞关任清军长驱直入。隆武帝闻讯从延平仓皇逃往汀州，于 8 月 28 日在汀州被清军俘杀。

沙县民间传说，隆武帝出逃汀州时，其后宫的众多宫女失去庇护，只能就近向南逃亡到离延平最近的沙县，从此散落在沙县民间，成就了沙县"一沙"的地位。这件轶事一直为沙县人津津乐道，甚至有说法，正是南明小朝廷把行在设在与沙县相邻的延平，追随皇帝而来的大批皇亲贵戚和明朝官员，涌入沙县生活居住，改变了当地原有的文化和语言，从而造成了沙县与闽北地区的分野。

上述说法相当有趣，似乎对解释沙县脱离闽北文化圈的成因，有一定的合理性。不过经我查阅资料，此说法不见于史书记载，也没有这方面的学术研究资料。再进一步研读南明历史，此说法就显出破绽来。

逃亡到闽北的南明隆武政权，是明朝北京政权灭亡后，在南方建立的第二个小朝廷。隆武帝朱聿键在崇祯皇帝未亡之前，仅是一个被废黜的藩王，被崇祯帝囚禁在安徽凤阳的宗人狱（也称凤阳高墙，是明代专门用来关押有罪的皇家宗室成员的地方）。南明第一个朝廷弘光朝在南京建立时，弘光皇帝大赦天下，朱聿键才以庶人的身份从凤阳高墙获释，旋即恢复唐王的爵位，因其原属地河南已被清军占领，被放到广西安置。

1645 年 5 月，前往广西途中的朱聿键才走到浙江，弘光朝就被清军所灭，弘光帝身亡。逃亡到浙江衢州的崇祯朝礼部尚书黄道周（福建漳浦人，明末著名学者和民族英雄），力劝朱聿键即帝位出面领导抗清大业。此时正逢南明弘光朝镇江总兵官郑鸿逵（原名郑芝凤，郑芝龙的弟弟，郑成功叔父），从镇江率兵退往原籍福建，朱聿键遂在郑鸿逵的护卫下离开衢州，过仙霞关入闽。

此时福建的地方实力人物，正是郑鸿逵的哥哥郑芝龙，时任明朝的福建总兵官。郑芝龙掌握着福建境内最强大的军事力量，他虽然拥戴朱聿键称帝，却不愿听从朱聿键的命令，把自己的军队派出福建去征伐清军。朱聿键无法调和郑芝龙与文官的首领黄道周之间的矛盾，只好离开郑芝龙把守的福州，把行在迁往闽江中游的延平。

史料记载，隆武帝朱聿键在福建称帝后，过着清廉的生活，衣着朴素，饮食简单，拒绝为他建造宫殿，只有一位曾姓皇后，不纳任何妃嫔，后宫侍奉他们的宫女和执役人数很少。同时他的小朝廷规模很小，虽有许多原明朝官员南下投奔他，但是大多数官员和军队都是福建当地人，不足以对当地原有的文化生活造成太大的影响，更不用说影响到邻近的沙县了。

最关键的是，隆武朝廷在延平仅存在了五个月，就被清军所灭，如此短的时间，根本改变不了延平及相邻的沙县原有的语言文化。如此看来，沙县脱离闽北语言文化圈，与南明小朝廷的这段历史并无多大关系，那么其真实原因何在呢？

其实从史料记载上看，早在南明小朝廷入闽之前，沙县已经是闽江上游（沙溪河流域）繁荣的商业城市，已经具有相对独立的地方文化。

明末著名的诗人和学者，安徽桐城人钱澄之，在追随南明隆武帝入闽后，被任命为延平府司理。明朝司理也叫推官，执掌一地的司法，相当于现代的中级人民法院院长。钱澄之任职的延平府，管辖范围包括南平、顺昌、将乐、沙县、永安、尤溪、大田等七个县。由于清军很快杀入福建，钱澄之任延平府司理时，主要活动地限于南平、沙县、永安、大田一带，写了大量描绘当地风情的诗歌，在《行延平诸县即事·其二》一诗中，他写道："画毂无歌行路难，连朝星露点征鞍。江城鱼米通沙县，山郭园林入永安。"诗中沙县作为交通便利的水陆码头的地位，跃然纸上。

在钱澄之另一首《哀哉行》中，他写道："沙县昔富盛，苦遭墨吏虐。开门揖义兵，如何反驱掠！"这首诗是南明灭亡后，钱澄之重返福建，在沙县故地重游时所作，回忆了清军入闽之前，沙县曾是一座富盛的县城。

从钱澄之的记载来看，明朝时的沙县，虽隶属于延平府管辖，但显然已有区域中心城市的地位。明代延平府的治所在南平县，即今南平市延平区。该地是闽江上游最大的支流沙溪与另两条支流富屯溪、建溪的汇合处，从延平开始，向东的河流才称为闽江。因此延平作为闽北水路交通的要冲，当仁不让地成为闽北的行政中心。但是闽北的区域太大了，随着北方汉人移民不断向福建内陆山区迁徙开发，必然会形成新的中心城市。因此作为沙溪河流域水运条件最好的沙县，成长为闽中地区的中心城市，是历史发展的必然。

历史上闽中地区还有另一个中心城市永安县，其与沙县共同组成了闽中方言的中心区域。永安县是明朝建立八十年后，在明朝第七位皇帝明代宗景泰二年（1451），划出沙县西南部区域而设。从共有方言文化的角度考虑，永安县的成立，标志着闽中地区文化圈正式确立。因此我大胆推测，最迟在明景泰年间，沙县就已脱离了闽北文化圈，形成了独立的闽中方言。

"浑沌乾坤一包中，常存正气唱大风。"在行文即将结束之时，我再次引用李纲的诗文，似乎脱不了附庸风雅之嫌。其实我是推崇李纲，不仅仅满足于沙县小吃的口腹之欲，而是把沙县小吃的美味，升华到文化的高度。但愿如今的我们，在享受沙县美食的同时，能够追寻到更多历史文化的传承，不仅把沙县小吃的流行看作是一种商业现象，更要探究其背后隐藏的文化内涵。

褶皱之蕊

◎苏诗布

一

这是多少年的事了，从大田的梅山到尤溪的八字桥过沙县大洛而水南，路途不是太远，但是转来绕去，饥肠辘辘。一家小店的馄饨竟然征服了我的味觉与视觉。

"水南扁肉"，粉笔字写在一块特别小的黑板，挂在店面的隔挡上。邻居家的竹篓、竹匾、竹竿、竹扫把全面地张扬着，倒是几把竹凳子随意地摆着，好像是在告诉客人，水南的扁肉店门面虽小，但可以坐在它们身上。竹凳子似乎有好多人光顾了，浅浅几缕光影磨去了竹蕊。小桌子是很古旧的四方桌，比普通的桌子矮，大约是用来摆门口摊的。扁肉摆上来的光景，温温地浮着散淡的葱花。老板说，可以坐在这！四方桌的一边已坐着一位女孩，眼睛很大，看了我一眼，似乎也认可，只是她的桌面上已摆着一碗扁肉，一小碟的豆腐干，只剩下两片叠在一边，还有三枚不同的"扁肉"，是干的，颜色重了些，不是粉肉色的那种。是后来才知道那是芋饺，是沙县小吃系列另外的食品。女孩一边拿着竹勺子，往嘴里慢慢地推着，一个一个地推着，而在另一边，眼睛却一直盯着四方桌上的《唐诗三百首》。这是一组特别的画面，甚至是吸引着坐下来的画面。我有一个不是太好的习惯，对于食物，我喜欢纯朴，不喜欢杂在一起的食品。比如豆腐的白就得白到干净，紫菜的丝丝缕缕得有丝丝缕缕的分量。就是在饥肠辘辘之下，这种习惯依然是习惯。眼下的女孩，她一枚一枚地推着，往嘴里慢吞吞地送着，眼中一直没有离开她的唐诗。我细细地跟着她的眼神游移，她应该是喜欢王维，喜欢王维的诗句。

我坐下来，把双脚紧紧地收在四方桌下面。这个架势让我特别紧张起来。女孩又看了我一眼，接着笑了起来说，叔叔，你可以坐在那张大桌子边上，那是大人的桌子，这小桌子是小孩子的桌子。老板见了，也跟着笑，说那是小孩子写作业的桌子，你一个大人坐在那儿，脚要放在哪儿？

这是一句简单普通的话，却一直影响了我的行程。你的脚要放在哪儿？沙县的小食店，在哪儿几乎都一样，都会摆上相应的小四方桌和小椅子，这是给孩子们留着的位置。

从小店铺绕过一条青石板的通道，就是我暂住的宾馆。宾馆名叫"云来宾馆"，两层的小楼，古朴得很，看起来像是一条新建的船，二楼的走廊连在一起，四周都能通。从门道再绕过去，虬江一瞬间奔流而来，一座小城稳稳当当地站在江的另一边。依稀的烟雾泛着，江水竟然如此近，雨水打下去的感觉，一圈子一圈子地淡开。波纹连着波纹，雨渡而去。

这是一种记忆，一直重复在心里的记忆。沙县总是在云与水的环绕中，隐约地晃现出那位女孩。如同她摆在四方桌子上的唐诗和食物，多少年了，只要随意地坐在那家沙县小吃的店铺之外，熟悉的甚至是相同的语音里，我都能记住那女孩一嘴一嘴地推着扁肉的感觉。

二

在沙县小吃的食谱上，馄饨也称扁肉。广东潮州一带叫云吞。

我一直喜欢云吞，这称法有诗意，但是吃到嘴里，却一直不能淡化。

反而扁肉有更浓厚的质感。这必是身体内的需求，必是嘴上的味蕾的引导。肉的质感是生活的另一个层次的力量，肉的质感不管在哪个位置都是力量的指引。在沙村，或是其他的许多地方，有沙县小吃展示的地方，都有那位代表沙县男性的绅士。捣肉泥是件体力活，沙县小吃的制作在手工时期，捣肉泥必为男人的生活。其中的韵味，已远超出了捣的过程。用一件雕塑艺术品来解读沙县小吃的力量，所展现的效果，需要艺术家丰富的想象力和实战经验。与此相比，我更在乎的是与沙县小吃的手工艺者的交往。早年在梅山税务所时，沙县的夏老在梅山老街道开了家沙县小吃，他总是自己到街市上去采购上等的猪后腿肉，他总是亲自捣肉馅。在他的眼前，他的每一个动作，似乎都有相应的动词跟着，比如掏、掐、拧、抻、甚至于捶，这一系列的动作，一个动作与另一个动作连接得几乎没有丝缝，丝滑得像是同一个动作。一连串的大动作过后，案板上的声音弱小了，像是跑累了马，慢慢地在原地转着圈子。转动之间显现出来的肉馅竟然如同花朵一样开放起来。很难想象肉泥竟然会开花，开出与花儿一样的花蕊。肉馅如花蕊，一层一层地释放。木槌子似乎拉动着无形的力量，让花蕊团团成圈，荡漾成浪漫。如急雨而来，喜雨而去。

与夏老的交集在于扁肉，在于丰富的沙县小吃。可惜的是时间很短，只有短短的几个月的时间，缘于工作的关系离开了梅山，也离开了夏老的口味。

有时候，独坐于沙县小吃的店铺，点一份扁肉，必先慢慢地温润自己的眼界。白色的瓷碗下面，一枚一枚相倚的扁肉，早已经超出了扁肉本身，它更多的是人与自然，人与人之间的关联。扁肉的馅，扁肉的皮筋，它们的团聚虽说是温和的，只是很奇巧的相互包容，可是在汤水的引导之间，如同茶与茶盏，与茶水的融合。扁肉的融合几乎是从扁肉的馅里透露出来。温火快煮，皮筋收缩得更紧一些，看起来就如同人脸上的皱纹，一层一层写着生活的阅历。我喜欢一嘴独吞，让嘴上的味蕾全面地接触扁肉的质感，从左边到右边，在嘴里绕着几个道道，具有生吞一件食品的感觉，直到渗着男人力量的肉馅淡然化解，才慢慢地提着一口气，把带着缓缓的清新气息的扁肉吸食而尽。

这个过程其实就是云吞。

我喜欢云吞，大概也在于此。在于食品演化的时光与记忆。传说苏东坡贬到惠州时，留存下好多的食品，比如羊脊骨、梅菜扣肉、谷董羹、玉糁羹、烤芋头等等。这些食品在沙县的食谱上一样可以找到影子。与苏东坡相伴的女子王朝云，他们相映成趣的故事，倒也激发了更多的想象，如果王朝云是天空飘浮的祥瑞，那么苏东坡就是留住云朵的乾坤。一个人的世界与两个人的世界，包容才是祥云。扁肉的相互包容，它的褶皱之美是简约的，是深藏在肉的质感里，甚至于是从外及里，每一次啜食的过程都吞没于其中。

三

与扁肉相类似的烧卖，它的褶皱却是显化的，一眼便能见着，一眼就能明了。扁肉讲究于肉馅。而烧卖讲究的是皮筋，包藏其中的食物因人而异。沙县小吃的烧卖也有发展，在众多的地方特色小吃摆盘而上的时代，保持传统的食味，只是一个方面，更多的还在于迎合人们的味蕾。

一次的褶皱只是个开始，往同一个方向折起来，手不能松劲，要捂着，一而再折着，直到烧卖成型。这个过程大部分有七至八次的轮换。这种手艺活显现在实战上面，我的妻子总是那样，眼睛盯着手中的烧卖，生怕包藏的食物从中滑落。我喜欢一些精致的小吃，可是我无从下手，只能从商店里购买。几年前，妻子退休了，倒也投了我的喜好，不时地制作相应的小吃。虽说没有精品师傅制作得那般地道，却也能释放嘴上的食欲。

小时候，我也吃过烧卖。只有在喜事的时候才有。童年里打开的味蕾，能记住大半辈子。家乡的烧卖有个好听的叫法，用闽南语的习惯，称为"客蕊"。闽南语的习惯，不知是哪一个语音好些，蕾与蕊，如果说是蕾，更接近了食品的原味。"客蕊"的食材几乎是地瓜粉，地瓜粉打成的皮筋地道，筋糯有弹性。只是有一个弱点，颜色差了些。"客蕊"的内质，与皮筋相似，都是取之于常用的食材，大部分是竹笋干，有的杂着其他相对厚实的，能鼓起皮筋的硬货，比如萝卜干。这些乡间常用的食材，相互佐制起来的食品，在乡间的手艺师的手法上注入了更浓郁的乡间愁绪。也有突如其来的惊喜，在"客蕊"内包藏着整个的辣椒，一口下去，热辣全身。也有喜欢添加硬币的，那时候，一枚硬币就是一份糖，在热闹的喜庆场面上，吃到了带着硬币的"客蕊"，必是锦上添花。

"客蕊"与烧卖必是同源，只是食材不尽相同罢了。沙县小吃谱上的烧卖，与其他烧卖的品相有些差异。如果说用水晶包来衡量，沙县小吃系列中的烧卖与它更是亲近。近乎透明的外表，看得清清白白的粉丝，一节一节地架起来，把食欲从内而外地扩散着，让人无法分心，让人无从下手，让人无法把它当成食品。

在氤氲的略带着春天潮湿的街巷里，从蒸屉里抽出来的一篓，它们相互依偎着，像一群穿着素裙的少女，有序地从巷子走出来，在青石板路的古街上弥散成仙。

几乎每一回，路过沙县小吃街，我必打包一份烧卖回来。即便是演化了它的容颜，即便是缩水了，缺失了它原有的温润。从打包盒里取出来，妻子依然觉得惊喜。这种惊喜在于它的品相，原本只是微微地稍微带着皱纹的透明的皮筋，却是越发有褶皱感。它蜷缩起来如同少女的裙摆的纹路，与粉丝所构架起来的空间，横竖之间，填满了食欲。皮筋的糯与粉丝的脆，一直都没有改变。我的妻子是喜欢打点食品的，她一手托着烧卖，一手悄然地把烧卖的身子挑开，虽说已经没有原来的温度，她还是慢慢地把它往嘴里送。还依然慢慢地咀嚼着，生怕一丝的粉丝掉落，生怕烧卖的皮少了韧劲。这种咀嚼方式，只有一种爱，对烧卖的钟爱，才能在冷食之间吃出烧卖的原味道。

四

沙县郑湖板鸭，是沙县小吃食谱上的干货。它的品相曾经一度让我觉得鸭子的刚烈。几乎与其他的干腌制品一样，板鸭的制作方法也不例外。挂在露天之间，承受阳光的清晒，这个过程更需要呵护。沙县板鸭的制作工艺可追溯到周朝，是中华民族传统饮食文化的"活化石"。其历史的久远足够改变它的品相，可郑湖板鸭正好相反，依然保持自然的生态的原相。被腌制过后的鸭架，仅靠两片相互穿插的篾片，保持着阳光与露水的多重渗沐，其演化的、收缩的空间越发地张大了鸭子的纸面模式。就是牵挂在竹架子上的那一抹绿色野棕榈叶片，也注释了人与自然同道而行的智慧。阳光透过鸭子的身体，一层光缓慢地散放出来，油面的厚度，温润而跳动的辣椒籽，同样显现出花蕊般的美感。如果说烧卖、扁肉的褶皱是手工的，那么板鸭所积存起来的皱褶却是自然的，生态的。浓郁的乡间味道，在板鸭的肉质里，显化的是人们的思乡之情。

传说，苏东坡在流放惠州时，演化了一道美食"羊蝎子"。话说苏东坡在惠州，买不上羊肉，屠夫给了苏东坡两根羊脊骨。没想到苏东坡竟然创制了人间至味的羊蝎子。他写给弟弟子由的书信里，铺叙了这人间至味："惠州市井寥落，然犹日杀一羊，不敢与仕者争。买时，嘱屠者买其脊骨耳。骨间亦有微肉，熟煮热漉出。不乘热出，则抱水不干。渍酒中，点薄盐炙微燋食之。终日抉剔，得铢两于肯綮之间，意甚喜之，如食蟹螯。率数日辄一食，甚觉有补。子由三年食堂庖，所食刍豢，没齿而不得骨，岂复知此味乎？戏书此纸遗之，虽戏语，实可施用也。然此说行，则众狗不悦矣。”

时光的流逝，让这封家书成为美食的经典美文。如果没有具体翻译也大抵能够感受到羊蝎子的美味。肯綮、蟹螯、堂庖、刍豢，这些相对陌生的老词语，解读之间，味蕾被悄然打开，在脊骨之间剔除下来的骨肉虽少，但其中的感觉如同挖蟹脚。平时里出入于食堂间，所食的家畜自然无法知道这人间至味。

掏蟹脚显现的吃相，游移于俗与雅之间。对于食客，吃在于品，而对于蟹脚，没有现代的食用器械的帮助，要吃出雅相，其间的难度，只有亲力而为才能知晓。在郑湖板鸭的品食上，也有豪放与雅致的融合。

年节期间，我与诗苗大部分都能依着传统的习俗相聚在一起。茶园与木屋，已经升不起传统的炊烟，在新式的灶台上面，板鸭的烹制相对费了些心思。蹲在木地板上面，借助一把不算锋利的砍刀，一刀一刀地肢解生硬的块。每每这时候，我倒能成为烹制的助手，把板鸭分解摆盘。单一的摆放显得冷清，把它们摆在茶叶上面，绿的盘面上多出了几分的浓郁，柔软与厚实如同阴与阳一般地融合成新的菜点。诗苗喜欢素食，随性到茶园采些野菜，春天有苦菜、板蓝根、苦笋，夏天有野茼蒿，秋天少了些，茶叶是最好的佐料。啤酒与红酒，在板鸭的界面上，几乎能达到相同的境界。早年，在梅山朋友的客桌上，板鸭是要放进红酒的碗里，他们俗称为鸭架，一只整鸭切成四大块，谁能轻松地食用。这当中，鸭的部位写满了客人的身份，稍不留意反成了尴尬。而我在朋友之间，少了这些传统的礼节，酒与板鸭成为谈天说地的佐料，一天的时光弥散在田野与炊烟之间。这种吃法，在板鸭的过往之间必是豪放的，必是真诚的。

而在更多的场景上，板鸭显现的必是雅吃。几乎每一位客人，都只是把板鸭放在盘子上面，不时地用筷子夹着，放在嘴里慢慢地咀嚼。我也习惯于用筷子给兄弟朋友夹菜，只是在板鸭这道菜上，我倒习惯于用手，用拇指与食指夹着，细微地用些力，把翅膀或是鸭脖子放在孩子们的盘子上，这意味着让他们有更厚实的读书上进的空间。至于沾在手指上的微微油迹，让两个手指头相互搓着，搓得热了，搓得干燥了，就着灯光下的家人，透过手指间，看见一个心字眼里的他们，他们欢笑浅谈的相处，内心里浮现出来的还是食品的味蕾，它像花蕊一样开放在食场上面，丰富又祥和。

五

夏茂的夜越来越短了。俞邦村民宿的灯光穿透了龙峰溪的两岸。一场大雨过后，溪水涨了好多。蛙声与蝉的声响藏在远处，只有老樟树托着巨大的树荫，让雨点滴落成珠。

夜的恍惚在白云的朗诵声里迎来了流光，朝阳是无拘无束的，它的光芒穿透田野，如诗而来。白云说，平时很少与母亲相见，他要读一千遍心里的经典献给母亲，这是一位孝子的心怀，一千遍不是数据，而是一种坚持。这种情怀让诗歌更明亮，更有光泽。这次夏茂采风，这种情怀让我看见了老樟树与田野里的水稻秧苗，或许是青草，他们一样都能显现花蕊般的孝心。孝心如糖塔而制，一层一层往上，直至另一个高远的空间。

糖塔是古代孝义的表证。而在沙县，在夏茂，在俞邦村民俗文化馆的老樟树前，我听到了"七夕"的另一层深解。《沙县志》也记载："七夕，小学蒙童设酒肴，焚所习字纸乞巧。"家长给孩子做乞巧，在七夕期间，从初一到初七。这种厚实的习俗。其实是把孝义融合到孩子的心怀。把糖塔和糖俑福禄寿组合作为礼品，有平民化的倾向了，如同沙县小吃是国民小吃一般。

糖塔又称"寿仙"，在闽南的许多地方，是做寿必备的礼器。

我的老家屏山内洋万应庙供奉着先祖苏十万，先祖在南宋末年与文天祥、陆秀夫、张世杰同朝，为保卫南迁的景炎帝和怀宗，坚守了七年的海战。最终功成佛相，以武烈尊王食养子民。每一年的正月十四，庙会必延续宋代的做寿习俗，从摆场到礼乐都依旧制而行，保持了糖塔的供养。父亲是老党员，也是老孝子，对先祖的忠义总是体现在行动上。破四旧过后，万应庙重新开放时，父亲让我们供养了一座糖塔。

制糖塔的老人守着一座祖房，一条台阶往上连接着，台阶之旁藏着一口古井，古井的右边是粮站，古井的左边还是几座特别老旧的祖房。我从第一阶台阶上去时，脚就有些滑。九层的台阶似乎就是一座塔，丁香草、车前子、芦苇草从石阶的缝隙里钻出来，两只小石狮子藏在草丛间。阳光晃动其间，几只蝴蝶扑闪着，台阶之上，老人站在阳光里，身影被拉得特别远。这是一种特别的记忆，对于糖塔，其制作过程是如何繁杂，老人是如何泡糖花，他的手指是如何轻松自如地拉糖衣，这些精准的手艺已全然忘记。倒是阳光下的老人的身影，他与祖房与古旧的台阶，他与车前子，与芦苇草相处的那些影子，一直就藏在每一次的供养之间。只要时间到了，只要村里的戏台搭上来了，老人的身影就会站在某一个地方，站在阳光里，站在蝴蝶丛中，站在手掌的褶皱里。对于糖塔，我只能仰望，只能审视，只能把它与古树，与古塔，与老人相互揉进记忆里，成为一种文化元素，藏在更高的阁楼之上。

在夏茂，孩子们是愉悦的，他们在仰视糖塔过后，在接受亲人宴席过后，他们听到了相同的声音，大人敲动糖塔的声音，亲切又慈怀。做工精致的糖瓦片，一层一层，一叶一叶地相互叠起来，放在嘴里又是另外的味道，甜甜的都是亲人的祝福与希望。糖塔的顶层，亮着脊梁龙脊的那一份，是最有希望的一份，只能留一个龙脊或是龙爪了。花落蒂熟的模样，在嘴上的感觉似乎不会溶解，似乎一直在跳跃着。还有那几枚窗花，框是框，格是格，规规矩矩，像极了书写的格子，像极了田野上的稻田格子。这些格子也如同花蕊，永远释放着光泽。

在写下这些文字时，我才知晓白云的不易，一千趟的阅读，一千次的精准付出，这当中只是为了平常又富有的孝义。平时能给母亲，能给亲人留一些食品，这已经是富有意义了。用语言，用一声一声地阅读，如同我们在节日里给远去的人们所做的礼制。寒食节，为亲人存留更多的食品；端午节，为屈原投几个粽子；中元节，备百味五果，置放于白瓷盆之间，让更多的古人能吃到丰盛的食物，品尝人间至真的美味。

在沙县，每每与食品交流，与食味相近，这种情怀便会油然而生，直抵曾经占有我们生活的许多空间。这种空间感如同水域里的涟漪，接受了粽子的问候，它变得更有波纹感和褶皱感！也如同白云的阅读声浪，一声一声地往一个空间推让。这是诗的语言与祝福。所以，沙县是幸运的，它每一次的接纳与演绎，都一直随行了一个影子，随行着韩偓，他的诗歌也一直随行着，从来就没有丢落："水自潺湲日自斜，尽无鸡犬有鸣鸦。千村万落如寒食，不见人烟空见花。"

如果按韩偓当时的心境解读，确实有些荒草萋萋。而在眼下，诗人给的浪漫情怀，一直显现的寒食的真实意义，人与自然最终的归宿，炊烟淡了，花朵浓郁了，此时正合我的心境，美味成蕊，弥散成云。

淘 金 沙

◎苏诗苗

　　沙溪到了大洲地段，逼仄的河床突然有了变化，跌宕起伏间，形成一个喇叭口，自上游一路奔涌而来的溪水，从刚解开系绳的米袋涌出一般，哗哗然洒向临近沙阳的十里平川。

　　我曾于沙县老城的食肆里见过一张早年拍摄的临着沙溪的吊脚楼照片，照片中晨雾弥漫，自溪流中升起贯通到吊脚楼肆的闲适与安逸，让人心生对彼时彼城的向往。人生的境遇但凡如此，对一个地方生出往来之心，方才有迈开腿脚，去走近它、了解它、深入它的欲望。

　　沙县，沙村，就是这样一个地方。

　　我于沙溪沿岸游走，感觉自身似乎融入了这条溪流，但每每近身岸前，对它却又感到十分陌生。大概在三十年前，沙溪右岸的悬崖峭壁迎来了一场轰轰烈烈的施工建设，这项名为"先行工程"的道路建设，打开了三明通往沙县的公路要道。那时候施工条件十分简陋，车流与施工作业同步进行，每每停停走走，尘土飞扬，继而车轮深陷，也是常有之事。道路通达了，方有世居沙村人们的一路向外。单从三明与沙县来看，继这条先行工程之后，福银高速连接线，快速通道，直至最近的两城高速通行零收费，这些变迁，都在速记着沙村味道的晋阶。

　　走水路的人，与行陆路的人，一路所见风景自然不同。然而，真正不同的，似乎还在于行走间的态势。一水的激滟与湍急，一陆的坚紧疾驰，唯有行者自身能够完全彻底感知。我曾采访当年于沙阳水道行走的撑船老者，他们并不自称人们所习常的艄公，因为遇水一路的险艰，并非人们所想那般。谈话末了，老者丢下一句，命悬一杆，又如何？他们兀自喝茶而去。

由此条水道，延展开去，心中有所思，那端上桌的沙县小吃，为何少了与水生生物相关的吃食？比如，与鱼沾边的，或就是鱼身本有的。或许，因少见寡食而有想漏。这样的问题，其实并不需要答案。

当年，往来沙村的人们，更多地倚赖沙村外边的沙溪。溪水奔涌，却自有静意与安然，如同那幅临溪吊脚楼留下的影意。让人心生羡慕的是，这座沙村城吸引了众多文史名士前来。

据传，宋时的李纲，在此地谪居，不自觉地引入了当年朝中美食谱。食肆是一座城的烟火之地，这位当朝宰相于南方之地，必经水土不服的调适时光。那些沙村民间的食谱，今时人们熟知的，当年或早已寻常饭桌见。李宰相于洞天岩，与幻身老僧的定光佛的一番对话，传了近千年。老僧用"青着立，米去皮，那时节，再光辉"语他或于靖康年间复出，历史的脉络果真如此。这番对话，有了真实的意义。那去糠的好米，倒与沙县吃食本味有了链接。

再往前看，唐代诗人韩偓有一首记述自沙县往尤溪道途所见的诗作，成了诠释其人其诗的代表作。观其诗背景，读者必然见识，诗作所指是当年地方军过后的萧索之象。两岸青山季迭而变，其风其景，不离当代人与事。人事的变迁，与自然的衍转，本来就有着千丝万缕的联系。韩偓眼中的沙溪景致，已成过往。现代的，翠绿弥漫开来，一眼旺盛油然，所现的生命力，与溪流丰沛，相映成趣。

诗人是善于歌咏的。这份歌咏蕴藏着内在的志向。按道路所向，当年的李纲或沿水路而行至沙村，韩偓所经之陆路，展现了闽北的丘陵地境。水土相搏，当中的村庄，却是人事温婉与魅力的所在。

那么，那些于沙村周边村庄世代生活的人们，又如何走出一条小吃之路呢？这似乎需要当代诗人的再度歌咏。

一个人在城中行走，便可以醉意地看见这座城的脸色。沙村这座古城的脸色，就是这般被无数外来者慢慢看出的。

我曾于20世纪90年代初，就小吃的话题访问，行走闽南。在厦门鼓浪屿的小巷，寻访两三户举家到此地做小吃的沙县人家。恍然记得，当年做小吃的大军，正迈开步子，进军各地。鼓浪屿岛域的静谧，与热闹时游客的喧嚣，给这几户人家带来了新的生活光景。他们从早上一直忙到午后，再从午后继续忙到入夜时分。当夜晚的灯火逐渐稀疏，也是他们闭店歇憩时分。那时的巷子格外安静温馨，不远处的海涛，荡漾着此身安处是吾乡的素味。

我想象着每座城里都与这几户小吃人家所相同的生活场景，而新一代的小吃人家，早已接过上一代人手中的棒子，行走在各自的江湖。

读懂一座城，终究为难。但一个人若与一座城始终保持着若即若离的距离，在宽窄相间有着随遇而安的探寻，这份读懂却是迟早的。

当越来越多的人担忧预制菜会改变我们完整的餐桌，探寻着如何让一日三餐更加牢靠，小吃的意味，也更为突显。沙村，小吃原乡，聚结了各种机缘，显现出更为繁复的食肆场面。人们开着车打高速公路口下来，走进小吃城，找到一家肆馆，耐心地安顿好自己和他人的胃。有心的人，开始为小吃寻找下一途，让它更加精致，让它更为便捷和一味。小吃城，升腾起道法自然的味道。那句"治大国若烹小鲜"的古语，犹在耳旁。

这座四方通达的城，随时向各路行者敞开着城门；这个以沙为名的村子，随地搭建着属于自身的烟火江湖。

沙村小吃城往西北方向，行两公里，有一道水瀑。雨季时，水自瀑顶奔突而下，如银珠窜挂，激越之势，撩人眼界。这里就是洞天岩所在处。沿着瀑流往上，就到了淘金山。山上人文胜景，不可胜数。当中有处潘了拳的行迹遗址，隐于翠植巉岩清流当中。潘了拳生长于这座城乡，后远游南地，终以惭愧禅师闻名于世。拳之法义，可击可了，拳心直指，又当何如。

一座城的味道，似乎也是。扁食，小吃的一味，名闻天下。当中制作有个竹挑，用于捶打时翻转面筋与肉糜。一挑一捶间，方有美味出来。这般，沙里淘金，也应验了众多小吃人家的追求与真意啊。

邻县的小吃

◎姜　君

沙县小吃有"恩"于我。

十二年前，我被抽调到泰宁县旅游局挂职，任泰宁驻远程市场营销副局长，高峰时期，泰宁共选派出十几组五十多位干部，派驻全国各地旅游营销。第一年我常驻河南，第二、三年扩大到北方地域。旅游营销中，让我最抓脑的事情，就是怎么广而告之泰宁地域方位？

好几回，北方旅游业内人士，未待我介绍完泰宁，辄问：

"泰宁，在南方什么位置？"

"泰宁，离泰州不远吧？"

于是，只好耐心解释道，泰宁在福建西北部，在三明地区。估计是"一个不知道的地方，解释另一个不知道的地方"，或是"一个没到过的地区，解释另一个没到过的地区"，听众听完，还是一脸懵圈。

终于有一次，我脑洞大开，用最接地气、最通俗易懂的宣传语推介——泰宁县，地处沙县小吃的"沙县"附近。呵呵！旅游业内人士，听完后全部恍然大悟！

后来，我再给北方的旅行社和旅游人士宣传时，主打"到福建三明，游丹山碧水泰宁，吃地道的沙县小吃"宣传口号，节省很多的解说，居然业内反响很好，市场反应也好。后两年，我负责区域的成绩最好，奖励也最多。现在看来，要分功于沙县小吃，归功于沙县小吃的庞大门店，最有效地帮助广告宣传。

"凡有街巷处，皆有沙县小吃"。据统计，全国有 88000 多家沙县小吃门店，是肯德基中国门店的 15 倍、麦当劳中国门店的 30 倍，应该是中国门店数最多的餐饮连锁店，成为中国最受欢迎的国民小吃。不是所有人都去过福建沙县，但几乎所有人都吃过沙县小吃。

很惊羡沙县小吃野蛮生长，扩张速度之快。据传在日本、韩国等亚洲地区，常能看到沙县小吃的招牌，甚至德国和美国，也能看见沙县小吃店的身影。说起沙县小吃的生前身后，颇有故事传说。

一种说法，为避战乱，客家先祖迁至沙县，带来了中原流域的中华饮食文化。加之沙县地处闽中、群山阻隔的地理，造就了沙县人民勤劳勇敢、心灵手巧、重农重商的优秀品格，他们延续中原饮食文化传统，一代又一代，口传心授，传承至今，形成沙县小吃。改革开放以后，很多沙县人走出沙县，经营沙县小吃，发家致富，打响沙县小吃名号。

记忆里，泰宁县出现了第一家沙县小吃，是 1989 年左右，店面开在泰宁县汽车站对面，店铺非常简陋，摊子好像是用炭火炉的。那时，我还在上高中，我第一次品尝到沙县小吃，是哥哥刚工作发了工资带我去庆祝的。付账时，我听说拌面价格是五角钱时，感觉忒贵，很是心疼，所以把剩下的清汤和葱花，也喝得个精光，平时我是不吃葱的。

实话实说，口舌饮食上，我是个美食盲。所以家里厨艺表演时，出手只有"麻辣豆腐"和"西红柿炒蛋"，重油重味，经常被妻子和女儿笑话，称为"猪八戒食派"。《西游记》中猪八戒说的，"油多些、咸一点，就是好斋饭"，我颇推许二师兄此语。有时妻女外出，一人在家，我连烹煮时间都省下，邻旁就有一家沙县小吃，拌面、扁肉加茶叶蛋，三样即可。我性喜简朴、不耐苛杂，而沙县小吃的便宜、快捷、平民化、家常菜的风格，天然会有亲近感。

在沙县小吃城和俞邦村（沙县小吃第一村），我吃到了两顿地道的沙县小吃，二三十道沙县小吃，品相多姿，香味浓郁。对于美食，我习惯性牛嚼牡丹，未多关注，但两处"烧卖"迥异，印象颇深。两地烧卖的外皮，都是用面粉加木薯粉制成，皮质非常薄，晶莹剔透，如雪透明，正是大食客李渔称赞的"糕贵松，饼利薄"；馅料为上等龙口粉丝、粉丝肉末等，蒸熟后内馅可见。另外，两地烧卖有"咸派"和"甜派"之分，吃时还有门槛，要备不同佐料，"咸派烧卖"，食用时须满蘸豆豉油，"甜派烧卖"，工艺更复杂，食用时要配一杯清茶。

我不反对沙县小吃"食不厌精，脍不厌细"的创新转化，但我更怀念"一元进店，两元吃饱，五元吃好"的历史记忆和传承味道！九百多年前，年轻的沙县儒生罗从彦，辗转在洛阳、浏阳、商丘、无锡以及萧山等途中，向大儒程颐和杨时求索理学大道。为了节省，罗从彦轻装徒步，只带沙县干粮，严毅清苦，笃志求道，后来终成为道学传闽的扛鼎者，史称"鬻田裹粮"。罗先生带着"沙县干粮小吃"求学，"裹粮"是为了果腹，果腹是为了求道，罗先生真是一位沙县小吃的极简主义者；"裹粮"游学多地，不经意间，成为沙县小吃的最早开拓者和传播者。

回到泰宁，已是傍晚，我专程找到一家沙县小吃。我点了碗沙县拌面，遐想着正与罗从彦等沙县先贤邂逅同食的场景。良久动筷，清馨、简朴、永远，还是那种沙县小吃熟悉的味道。

蛋花清汤面

◎张应辉

　　久坐办公室的缘故，我的椎间盘略微突出，影响睡眠，不得已求助医生。我单位隔壁的一家医院有骨科，那老中医花十几分钟在我老腰上扎了五针就神奇地好了，我带着对中医的将信将疑走出医院。已是中午时分，由于身体舒适，我的胃准时提出抗议。我抬头扫一眼对面路边一排小店，一个身姿婀娜的女子正喜笑颜开向我招手，那热情似乎是久违的老熟人，我下意识走过去，定睛一看，果然是熟悉的店主。她不等我开口就帮我点餐说："老样子，蛋花清汤面？"她是沙县小吃店的老板娘，穿着时尚，个子不高却恰到好处地撑起了婀娜的身姿。

　　老板娘刚才点的蛋花清汤面不是沙县小吃菜谱里的常规菜，这道菜是我发明的。我身上有较多家传饮酒基因，但因解酒慢，有时尽兴第二天仍能轻易被人准确判断出饮酒的事实，饮酒后会过量产生胃酸，反酸会灼烧喉咙，我寻找了许多方法都无法压下酸液。于是我调用仅存的初中化学知识，认为既然酸性多，就要找碱性来中和，于是我想到了吃碱面。南方主打米饭，面食不易寻找，我自然就想到了沙县小吃店的拌面。某日清晨，我的胃酸准时分泌过多，我便下意识走到了单位附近的一个小巷子，抬头一看，沙县小吃店牌正笑盈盈地望着我。

　　我走了进去，和大多数沙县小吃店一样，店里面积不大，可容纳不超十张桌子，基本是夫妻俩经营，他们以沸水烫食材为主，少煎炒，简单实惠又健康。我问老板有没有碱面，老板娘的眼睛眯成一条线，说拌面是他们的主打招牌，都是碱面，我交代她要煮成清汤面。主厨是男当家的，他利索地开始烫面，我抬头见墙上五花八门贴了不少菜的样品照片，每一份都令我垂涎欲滴。我突然觉得自己仅点清汤面消费太少，对不住店家，可胃里正酸着，吃不下其他任何东西，老板娘似乎也觉得我点少了，就问要不要加豆皮、鸡翅、香肠、卤蛋等配菜。要是在平时，我胃口好，每道来一点，大扫荡一遍菜单，来一顿沙县小吃饕餮大餐。无奈酒后胃酸抑制了味蕾，我不甘心，仍努力在搜寻能塞进肚子的东西。我转念想想要不吃鸡蛋吧，这是最普通又必须摄入的食物。这鸡蛋怎么做呢？我突然想起儿时给种地干活的父亲送早餐时，那稀饭里打了蛋花。那蛋花散在热腾腾的稀饭间，几乎铺满瓷碗的整个空间，蛋的色泽诱人，蛋香十足，我忍不住用舌尖轻轻触碰了一下，瞬间方悟何为人间美味。那一次给父亲送早餐是我被母亲骂得最厉害的一次，因为我的舌头自从那轻轻触碰后就根本停不下来，以至于父亲清晨干农活挨饿回了家。兴许是印记深刻，我现在有能力任性爱吃几个鸡蛋就吃几个，无需经父母同意。思及此，我便兴奋地叫老板在清汤面里加两个鸡蛋打成蛋花。掌勺的男主以为是清汤面里面放两个卤蛋，或者煎蛋，我耐心地说是把鸡蛋搅匀，等汤面快好时浇到面里。他茫然地说没这样做过。这情形我曾在北京的一家饭店遇见过，说叫煮一份西红柿蛋花汤，老板说没有这道菜，菜单上没有的，他们不会做，那铁面无私的样子让我没有任何吃饭的胃口。北方不兴喝汤，其实是很简单的菜，做和不做是两种态度。

我们常常沿惯性轨迹生活，习惯了，不愿做新的尝试，怕改变后的不确定性，简单的事也不去接受和试验，担心风险，活得一成不变，无论啥事都习惯按部就班，缺乏创意。待我讲完蛋花清汤面的做法后，沙县小吃老板说第一次听这样的做法，马上答应可以试一试。我突然领悟到沙县小吃店之所以能遍布世界各个角落的缘由，他们能够接纳各地口味的革新而作相应的变化，适应当地人的味蕾需求。平日里常听人说"外面的沙县小吃都不是正宗的沙县小吃"，的确我到过沙县本地吃小吃，那里的小吃与我们在外地吃的大都不一样。其实，我们的饮食习惯并非一成不变，随着地域迁徙，文化融合，食材碰撞，饮食文化变得丰富杂糅，地域美食融合创新，即便是著名的洋快餐肯德基、麦当劳，每个城市的味道也有不同，味蕾交融适应成为普遍。沙县小吃能在街头巷尾扎根，是笑脸相迎的沙县人努力融入的结果。尽管很多小店只有百十平方米，但沙县人勤劳朴实，把店收拾得清清楚楚，诚挚待人融入当地，专心致志做好小吃，无论味道与老家的是否一致，他们开店是一种谋生，开的是一种生活态度。我的蛋花清汤面端出来了，那面条并没有达到我的要求，但他们的谦恭足以让我忽略饭菜的本身，他们说第一次做可能不是我想要的，今后会不断尝试。我愉快地吃完了这碗蛋花清汤面。

之后一段时间我没再去那家沙县小吃店，在生活日常中我某天顿悟，改变了生活方式，滴酒不沾，最直接的变化是不再有胃酸过度的毛病，我不再需要吃碱面中和，便逐渐淡忘那笑眯眯的沙县小吃店店主。倘若不到小店隔壁医院修整腰椎间盘问题，那风韵犹存的老板娘也不会又见到我，她依旧那么热情，帮我点了蛋花清汤面，那场面就像是遇见邻里乡亲。我不多说什么，坐下来静等我的蛋花清汤面，小店角落一个小女孩在写作业，我想该是她的女儿吧，一个小家庭背井离乡在异地谋生，只要和睦相处，倒也福气满满。

我老家也在农村，每年不等过完元宵节，亲戚朋友都大包小包奔赴外地谋生，但愿他们都能心想事成，年关回老家平安团聚……蛋花清汤面端上桌了，我惊讶地发现那蛋花成块地飘在碱面上，已是我想象中完美的蛋花清汤面样子。这个城市的角角落落应该也散落着我村子里的人吧，也许他们也都头顶着一块笑盈盈的沙县小吃招牌在热情地招徕天下旅人。此刻，我就用一句老套的祝语送给老乡们：愿生意兴隆，财源滚滚，阖家幸福！

人间有至味

◎尚光一

　　时光如水，无声流逝，从不为人淹留。打开记忆的闸门，回想与沙县小吃的初次邂逅，是在负笈千里、读书京华的青涩岁月。那天，在大雪纷飞的午后，饥肠辘辘的我，走入挂着沙县小吃牌匾的小店，推开吱呀呀的木门，看到了氤氲蒸腾的热气、碧绿的小葱、汤锅里上下翻滚的面条、案板上整齐排列的扁肉，以及桌边鲜红的辣椒油、淡黄的米醋、乌黑的酱油……市井生活的滋味与色彩瞬间扑面而来。一碗简简单单的"人间烟火"端来，不仅暖了身体，也慰藉了心灵。只不过那时的我，还不知道沙县究竟在何方，经询问老板，方知沙县在我从未去过的福建，而更没想到的是，多年后的我，竟与沙县小吃结下了深厚的不解之缘。

　　民以食为天。毕业后四处求职，终于在人间福地、清新福建立足安居。日常饮食中，扁肉、拌面成了常客，让我在行色匆匆的上班早晨、慵懒嗜睡的周末午后，都能方便快捷地满足小小的口腹之欲。此时沙县小吃之于我，是老街小巷中的炊烟正起，是小区楼下的亲切友邻，是烟火人间看似平常却温馨满溢的画面。一瓢一饮，一餐一饭，是心与沙县小吃的牵绊；柴米油盐，人情世态，是情因沙县小吃的结缘。此时想起沙县小吃，她对于我，是日常生活的生动展现，是凡俗生涯的小小期盼。

　　人间烟火气，最能抚人心。岁序常易，朝暮轮转，因工作缘故，机缘巧合下，我多次前往沙县，与沙县小吃间有了更深的缘分。在沙县，我曾徜徉于傍晚的沙县小吃文化城，逐一细尝品种繁多的美味，不觉流连忘返；也曾漫步在"小吃第一村"俞邦村的阡陌，直观体会创业奋斗的艰辛，不觉感慨万千。人间有味是清欢，此时沙县小吃之于我，是花开满径的春日，与众人相伴寻味时的欢笑；是秋意正浓的深夜，呼朋唤友不醉不归的畅快。此时想起沙县小吃，她对于我，是将"浴乎沂，风乎舞雩，咏而归"的潇洒，与华灯初上时、烟火街巷里大快朵颐连接的纽带；她对于我，是把"忆得少年多乐事，夜深灯火上樊楼"的昨夜沉醉，向清晨阳光里、文昌阁街中肠胃唤醒过渡的桥梁。

百味沙县，人间值得。或许沙县小吃不属山珍海味，却胜过众多佳肴珍馐。晨曦初绽，当你走入明丽悠闲的沙县清晨，会看到街边小吃店蒸锅里的腾腾热气，正烘托着哄孙儿吃蒸饺的老奶奶的笑容，而吃完早餐的人们，则边拿出手机扫码，边与老板娘闲叙几句天气家常、闲聊几句风土人情。浓郁的生活气息中，沙县小吃陪伴着平凡日子里从容不迫的稳稳幸福。夜幕降临，当你隐入七峰叠翠景区的夜色，站在凝翠阁的木质檐廊下，俯瞰沙溪两岸温柔的万家灯火，猜想窗口里的餐桌边，此刻端来的是金包银还是炸米冻，而伴着古韵悠悠与婉转歌声，一河两岸的灯光秀，又将沙县小吃的鲜活历史在声光影中激活。绚丽光彩中，天水合一，灯景合一，灯光起伏变化中，或动感、或沉静、或温婉、或浪漫，宛若翩翩起舞，美轮美奂，而在这盛世光景中呈现的，也是沙县小吃走四方的绮丽精彩。

知所从来，思所将往，方明所去。沙县小吃创于汉晋，兴于唐宋，盛于明清，发展于当代。回顾沙县小吃的渊源脉络，可以追溯到南迁的中原百姓，是他们将所传承的烹调手艺与沙县当地的食材、节俗相融合，并使沙县小吃成为一种文化，被誉为汉民族饮食文化的"活化石"。时至今日，许多沙县小吃，依然保留着最初的制作方法，使人们在品味美食的同时也能感念先民筚路蓝缕、以启山林的艰辛，而一些沙县小吃，甚至能从典籍中找到出处，则又让食客由衷感叹传统饮食文化的源远流长。

心怀希冀，追光而行，小吃里有大产业。沙县是一座有味道的城，当了解沙县小吃越深，就越能感到其中大有乾坤，正如沙县父老口耳相传"扁肉是砖，拌面是钢，盖起了沙县的高楼大厦"。20世纪90年代，当朴实的沙县人，迎着晨光，挑着担子外出叫卖拌面扁肉，没想到这一走，竟延展出沙县小吃走向世界的旅程。今天，除了深入发展小吃产业外，沙县还围绕小吃技艺表演、制作体验、健康养生等主题，推动一二三产业融合发展，尤其是积极开发集红色旅游、耕读研学、民俗展示、生态康养为一体的特色旅游，进一步驱动沙县产业经济多元发展。

千帆逐浪，风鹏正举。如今，高档精致的沙县小吃旗舰店已在北京、上海、厦门等城市落户，使沙县小吃不再是街头夫妻店的代名词，而是掀开了高中低搭配、满足群众不同饮食需求的新篇章。集团化、连锁化、品牌化、标准化的深入实施，正推动着沙县小吃产业再出发；供应链信息化平台的构建，"中央厨房"生产模式的推广，则彰显出沙县小吃正在继续探索创新。不啻微芒，造炬为阳。如今的沙县小吃，已经遍布全球66个国家和地区，全国门店达8.8万家，年营业额超过500亿元，真可谓誉满天下。

不辜负岁月的人，时光自有馈赠。眺望未来，沙县小吃，这一从青山绿水、白墙黑瓦间走出的富民特色产业，正伴着时代的春风，沿着飘带般婉约轻柔的沙溪河，扬帆驶入更广阔的市场，必将再接再厉、在创造美好生活新征程上再领风骚。歌声盈途、芳华满路，朝着生机盎然的明天，我与沙县小吃的缘分，也必将随着她踵事增华、再续新篇而日益醇厚，共同圆一个灼灼其华的梦。

悠悠小吃巷

◎方　叶

滨河路悬索桥北侧，有一条小巷叫池尾巷。

不知为什么，小巷南端竟有一个七八米宽、二十来米长的喇叭口，紧挨着大街。于是精明的生意人便在喇叭口两边开起了一家连一家的小吃店。店前道旁还摆着五花八门的小食摊。时间一久，这里变成了远近闻名的小吃巷。

小吃巷虽然不长，却汇聚了虹城的特色小吃。烧卖、芋饺、烫嘴豆腐、泥鳅粉干、卷心面、煎米冻、南瓜饼、香芋球、扁肉、拌面以及牛肉汤、乌鸡汤、鸭血酸辣汤……应有尽有。

不过，来这里的，大都是平头百姓和慕名而来的外地游客。从早到晚，人来人往，摩肩接踵，热闹异常。那些店员和小食摊主一看到人走过，便亮开嗓门大声吆喝："烧卖，热腾腾的烧卖！""过来看看，刚出锅的卷心面！""又香又辣的烫嘴豆腐！"来客看到满意的，就进店，或围坐在小食摊桌子前。这个叫："来一碗泥鳅粉干，多放些香油！"那个喊："5块钱烧卖，豆豉油要辣的！"有的独自一人，有的邀上三五个朋友，有的是成双成对的恋人。一个个神色怡然，愉悦。

小吃看似简单，制作起来并不那么容易。就拿烧卖来说吧。一粒粒才拇指大小，工序却相当复杂。先要将新鲜精肉切得细如米粒，再把龙口粉丝拿开水焯过，泡软，剁成半寸来长，拌上佐料后，用薄如蝉翼的扁肉皮一粒粒包裹起来。包裹烧卖馅十分讲究，不能太紧太松。太紧了，吃起来僵硬，拗嘴；太松了，又容易裂门，走味。因此，包裹烧卖馅既要手脚麻利，又要小心翼翼。最后将包裹好的烧卖码得整整齐齐的放在锅里蒸透。出锅了，一粒粒如雪白的珍珠，散发出诱人的香气。虹城"佳兰烧麦"声名远播，曾荣获小吃奖，《福建日报》等做过专题报道。而烤豆干更是小吃中一绝。一寸大小，薄薄的一片，闪烁着黄澄澄的光泽。小吃巷里，有一家专卖烤豆干的小食摊。摊主是个五十开外汉子。每天下午四点左右他挑着担子颤悠悠走来。刚一落座，顾客便一窝蜂涌了过来。他不慌不忙套上塑料手套，用右手拇指食指默默捏起一片片豆干。假如是现吃，他就摆放在干净碟子里，然后倒上一碗豆豉油，拌之蒜泥、葱花、香油，抬头问你要不要辣椒酱？

我曾经冒昧地问过他，豆干是一板一板地烘烤，还是一块块地烘烤？他笑了，说，先把整板豆腐切割成大小均匀的方块，然后用纱布包裹起来，压干，涂抹上黄栀子浸泡的汁液，又好看又清香，放在竹箩上晾着。我惊讶了，这一箩筐起码上千块吧，你要干到什么时候？他答，你没听说过，做豆腐的人都是半夜鬼，何况烤豆干。每天一家人都要忙到深更半夜。一大早起来接着用炭火烘烤，直到下午二三点才出炉。我忽然想起小学课文中"千人糕"的故事。看来，任何有品位的手艺都离不开时间和精力。

然而吃豆干却是悠闲的。一个个围坐在圆桌前，先用右手拇指食指捏起一块豆干，接着伸出左手拇指将豆干轻轻捏破。这样，浸沾豆豉油时豆干才能吸透，吃起来既有豆干的芳香，又有豆豉油的清甜。难怪那些吃烤豆干的人总是一副悠哉悠哉的样子。拿起豆干，轻轻捏破，沾一沾豆豉油，放进嘴里慢慢地咀嚼，品味。一边家长里短，荤腥笑话，说到得意处，爆发出哈哈大笑。往往吃一碟豆干要花上个把钟头。我常来小吃巷逛逛。也许图的就是这种惬意，自在。吃的是一种闲适。

乡味刻痕

◎林晓雪

板　鸭

板鸭，因鸭身用竹签撑起，风干后僵硬如板而得名，是我国南方地区名菜。在沙县，板鸭又称"腊鸭""鸭巴"，主要集中在每年腊月制作。那时一年农事了了，闲不住的妇人们开始忙着腌制板鸭。有诗云："农事冬闲毕，相邀做板鸭。椒盐搽匀透，竹撑似琵琶，炭火融融烤，香气徐徐发，皮酥肉油润，配酒最堪夸。"说的就是制作沙县板鸭的景象。待一只只色泽棕红的板鸭做好，她们就会把成品拿到县城或圩场上贩卖，赚取收入，添置年货。

沙县板鸭源于建瓯板鸭，并随时日变迁，研发出五香板鸭、椒盐板鸭、蒜蓉板鸭、辣味板鸭、木炭板鸭等新品种。由此可见，沙县板鸭制作也具有"沙县小吃"的精髓之一——注重调味。

沙县板鸭中，数郑湖、夏茂两个乡镇制作的最为有名。郑湖板鸭成品更干、更香、更有嚼劲，保存的时间也相对更长，平时市面上销售的板鸭多为郑湖板鸭。夏茂板鸭的制作方法是"郑湖板鸭＋烤鸭"结合，"烤制"是其主要工艺，成品呈酱红色，肉质鲜嫩，受不爱嚼肉或牙齿不太好的人群欢迎。无论是哪个地方产的板鸭，肉质都是肥而不腻，瘦而不柴，是宴宾待客、馈赠亲友的佳品，也是沙县人必备年货之一。早年间，生活条件有限，蒸一只板鸭腿，煮上一碗带两个鸡蛋的面食，就是很有分量的待客之道。宋代名相李纲谪居沙县时，就将沙县板鸭誉为"禽肉之上品"。

我小的时候，板鸭只有冬末春初才能吃上。后来，有了热泵烘干工艺、冷藏保鲜设施、真空即食包装等，一年四季都能吃到。不过，沙县人还是偏爱传统的制作工艺、古老的保存方法以及原始的蒸煮手法。

我妈退休后也加入做板鸭的队伍。腊月里，她购回已宰杀完毕的半番鸭，大概五斤。褪毛、洗净之后就是腌制，将鸭肉腌渍在含有盐、姜、蒜蓉、料酒、辣椒等佐料的容器中，时长应在一天以上。

邻居们得知我妈第一次制作板鸭，自告奋勇当起志愿者。

张婶说，盐巴要多放点，可以保存更久。

李姨说，辣椒多放一点，味道更鲜美。

吴妈说，你们别吵，我来调配。

我妈看着邻居们争先恐后挽起袖子，根本插不上手。等到次日，邻居们将腌制好的鸭子用竹签呈 X 形撑开，告诉我妈，你就跟着我们晾着，过些天我们再一块烘烤。

板鸭是需要风干的，也就是要看老天爷的脸色——尽量选择天晴的时候风干，两三天就可以完成。如果遇到阴天，就要多晾几天，遇到降雨，还得借助火力。

说起来不难，但做板鸭起码是二三十只起步做，多一天的时间就增加很多工作量，比如，我家的狗狗小白就得多站岗。

风干板鸭需要经常性"巡逻"，除了防止苍蝇下蛆，还要调整板鸭的位置，确保风干均匀。吴妈建议我妈在鸭肉表皮抹上一层芝麻油，不但增加香味，还可防止苍蝇。我妈试了，果真如此。这下，她把板鸭挂在空地后，赏花、种草、追剧、打盹……实在闷坏了，再上街转一圈，把操心的事交给小白。于是，平日喜欢在草地上晒太阳睡懒觉的小白，像临时抱佛脚的学生，进入考前紧张状态。时不时地跑到空地上看着高高挂起的板鸭，馋得直流口水。

傍晚，邻居在院子里收着自家的板鸭，被小白误以为是偷我家的板鸭，冲她们直吠。我妈闻声出来，和小白解释："这是别人家的，我们家的鸭鸭还没有收呢。"小白自觉丢了面子，垂头丧气地进屋了。经过一夜调整，第二天，它又准时上岗。

三四天后，张婶凭借多年制作板鸭的经验，判断风干得差不多了，大嗓门一唤，招呼着大家准备烘烤板鸭。这是制作板鸭的最后一道程序，大家一块烘烤，边做事边聊天，聊着家长里短的话题。

我妈私下和我说，她不喜欢聊这些话题。我才不信，只当她想在我面前打造与众不同的形象，其实她最能聊。我爸偷偷地给她算过时间：从一楼走到二楼，一共四十二个台阶，她整整聊了二十分钟。我脑补了一个画面：两个妇人各持一只鸭腿，边吃边聊，像主持人手持话筒，现场直播。

邻居们把一只只板鸭挂入竹篓里的铁架上，用茶籽壳作为燃料。期间除了时不时地移开竹篓添加燃料，更要移动板鸭的位置，保证受热均匀。烘烤多时后，板鸭油脂流溢，香气浓郁，肉质呈现出棕黄色。之后，板鸭还要继续风干一两天就可以常温保存一个月以上了，如果放在冰箱的冷冻柜，存放三四个月没有问题。

烘烤的当天晚上，各家各户都会蒸上一只刚刚做好的板鸭，一家人品尝。将整只板鸭用水冲洗一下，放入锅里隔水蒸十分钟。起锅后再切成小块。若顺序相反，板鸭肉质会萎缩，失去嚼劲。

蒸好后的板鸭色泽黄润，香气扑鼻，不须加任何佐料，便是一道咸淡适中、清香不腻的美食佳肴。邻居们除了把这新鲜出炉的板鸭同家人一块品尝，还会端着鸭肉在邻里之间走动着：张婶送来一对鸭翅，李姨送来一块鸭胸，吴妈送来一只鸭腿……

我说，这是一场低调的才艺大比拼。

我妈斜我一眼，纠正是"分享"。

我爸说，这是"自查自纠"，通过对比和采纳他人给予的建议，明确下一次制作板鸭的思路。

儿子爱吃板鸭，尤其是鸭腿。他3岁时的一天，在家嘴馋了，拿出压岁钱让我妈给他买板鸭。数年后，我提起这件事，他还记得当时一只板鸭卖五十元。

每年腊月至第二年四月之间，家里经常蒸板鸭吃。原本封存在鸭肉里的香味，在水蒸气滋润下，迅速释放着。儿子闻香而至，直接坐到饭桌前挑着肉多的部位先啃了。我爸几次教育他要学会"孔融让梨"，他装疯卖傻："恐龙也有很多喜欢吃肉的，我就是爱吃肉的霸王龙。"小嘴一张一合，一抿一开，低头啃着鸭肉，小腮帮子一鼓一鼓，活像一只小仓鼠。

没过几天，我准备给儿子洗衣服，随手往他的裤兜一掏，居然掏出半只鸭腿。为了阻止他把课堂发展成"茶话厅"，我参照车辆限号限行的办法，限制他吃板鸭的时间和地点，他举一反三，对我管教他的时间和次数也做了限制。

儿子见我点头，愉快地回到电视机前，继续看他的动画片了。我看着他的背影暗笑：到底还是太嫩了，让我控制说话的欲望容易，你面对拥有一千多年历史的板鸭，估计就难以招架了。

猪 脚 冻

立冬刚过，回一趟娘家，我爸让我带回了两大碗，用搪瓷碗装着的，已经凝固成晶体状的猪脚冻。

猪脚冻是沙县人喜爱的一道冬令美食。以前生活条件差，一年吃不上几次肉，好不容易杀一头猪，又没有冰箱，只能想办法做些可以存放久一点的菜肴，猪脚冻是其中之一。

制作猪脚冻的过程不算复杂。新鲜的猪脚用开水烫过，拿镊子将猪皮上的细毛除去，再将猪脚砍成小块——这样熬出的汤汁容易"出胶"，也就是更好分解出胶原蛋白，便于汤汁凝固成冻。焯水，加入适量的水，放入盐巴、味精、辣椒等调料，大火煮熟，小火慢熬。熬制是制作过程中最重要环节，我爸说，"熬"最难把握的是"度"，加入的水量、使用的火候、熬制的时间，都没有个具体的标准，全凭经验，或者说是直觉。熬出的汤汁太稀了，无法凝固。若熬浓了，成冻后的口感硬涩，不润不滑。熬了差不多二十分钟，他多次用汤勺舀出一些汤汁，用食指尖蘸些许，与拇指轻触，感到汤汁发黏，就可熄火，起锅。切成薄片或丝状后的冬笋就是在首道熬制过程中放入的。

我爸喜欢选择晚饭后熬制首道猪脚汤。经过一夜的静置，第二天清晨便可收获已冷却凝结的固体。这还不是最后成品，他要用汤勺刮除附在表层的膏状油脂，再把猪脚冻放回锅里，第二道熬煮。如果觉得汤汁不够浓厚，我爸会开盖多熬会，蒸发掉一些水分，再出锅冷却。如果汤汁黏性刚好，结晶一化就起锅。再次凝固后的猪脚冻表面没有厚重的油脂，但我爸还会刮下没有除干净的，再重复之前的操作。最后一次起锅，他会放入适量蒜苗，几许绿意倒是点睛之笔，使凝固成型的猪脚冻色彩不再单调，接近琥珀工艺品的精致。我妈说他吹毛求疵，过度注重细节。我爸解释道：刮去油脂，猪脚冻表面坑坑洼洼的，不好看，影响饮食心情……中国美食文化讲究色、香、味俱全，就是一道菜要养眼、养鼻、养嘴，并且养眼排第一。

我爸是土生土长的沙县人，他对美食的讲究不仅体现在味蕾的体验，还注重视觉艺术享受，也就是菜品的摆盘和装饰，哪怕蒸小笼包，他也会把胡萝卜雕成花，将黄瓜切片，摆放在"花"的四周。

许多年后，我在网络上看到这段话：

沙县小吃的宗旨是"注重口感，讲究工艺，追求品位"。这一宗旨体现了对食材的精心挑选和独特的烹饪技巧。沙县小吃不仅重视菜品的美味口感，更注重烹饪过程中细节的把握，以及对食材的尊重和理解。它秉承着对食物的敬畏之心，将每一道菜品都打造成精致的艺术品。

这段话说的是"沙县小吃"，其实，沙县人对家常菜的讲究也是带有这份专注，精雕细琢。

我拿着勺子，打破像被毛玻璃覆盖着的猪脚冻的表面。一勺猪脚冻晶莹剔透、颤颤巍巍送入口中，如燕窝一般的珍贵，如蜂蜜一般的入口即化，如冰块一般的凉爽惬意，如果冻一般的弹滑细嫩。必须小口品，肉香以及葱、笋的清香立即在口腔中有层次地先后绽放。

沙县人一般不拿猪脚冻招待客人。我爸分析，猪脚冻像烧烤、臭豆腐、麻辣烫一样，只能作为小吃，难登大雅之堂。可是，烧烤、臭豆腐、麻辣烫出没在各地街头小巷中，在一些美食展也能看见，只有猪脚冻守在自己的小世界。

同样作为"冻"状的小吃——土笋冻，我最近一次在厦门老二市口吃过。这看起来和猪脚冻外观接近，却是完全不同的东西，经常以闽南特色小吃的身份出现在街头小巷，甚至酒家。土笋冻的"主角"是可口革囊星虫，也叫土笋、海龙，据说有滋阴补肾、活血养颜之功效。猪脚也不差，含有丰富的胶原蛋白质，脂肪含量也比肥肉低。在中医典籍中，关于猪脚滋润皮肤的功效多有记载。《食疗本草》说"猪脚，煮汁服，下乳汁，解百药毒，滑肌肤，去寒热"。清代王士雄在《随息居饮食谱》中说猪脚能"填肾精而健腰脚，滋胃液以滑皮肤，长肌肉可愈漏疡，助血脉能充乳汁"。都提到"美肤"，可以断定食用猪脚能补益精血，有充足的精血濡养皮肤，自然会让皮肤更光滑。

我一直不明白猪脚冻为何一直藏在深闺无人识。随着越来越多的小吃、美食走出家门，猪脚冻更像个留守儿童，缺乏社会的关爱和重视。

直到某个冬天，我吃光猪脚冻中的冬笋。原本作为"配角"出现在猪脚冻里的冬笋，爽脆鲜甜，个性分明，深受我的喜爱。在我看来，它的魅力远超"主角"。我专门挑笋吃，等猪脚冻里没有笋了，我爸把猪脚冻拿去"回炉"，顺便再放些冬笋，加点盐，视情添少许水。如此反复，结晶体和冬笋都吃完了，剩下的不多猪肉，我爸加入一些酱油，制成红烧肉。我脑子里突然蹦出一句话"少年只喜猪脚冻，爱上猪脚已不惑"。如果把猪脚视为拍摄多部优秀作品的"老戏骨"，"猪脚冻"只是其中一部作品。猪脚作为炙手可热的压轴人物，没有傲慢和嚣张，默默打造团队的凝聚力，给予每一个有潜力的后辈不遗余力地支持，哪怕后期只能让贤退位、退居幕后，或是改行。

猪脚冻选择留守深闺，应该受到猪脚的影响。

儿时的庙门扁肉

◎郑善灿

沙县小吃名扬天下，庙门扁肉独占鳌头。在沙县小吃界，庙门扁肉是神级一般的存在，早在 1997 年，它就获得了中国烹饪协会颁发的"中华名小吃"称号，当时是三明市首家且只此一家，那是庙门扁肉的高光时刻。不夸张地说，到过沙县，如果没去品尝一下庙门扁肉，就如到了京城，没吃过全聚德烤鸭一样。

坐落于沙县建国路的庙门扁肉旗舰店，平时总是顾客盈门，每逢节假日，远近游客慕名而来，更是摩肩接踵，门槛踏破，等候的人群排队都到了门外。

然而，你知道庙门扁肉的由来吗？你品尝过几十年前的庙门扁肉吗？每当提起那时的庙门扁肉，骨灰级的老食客们，在唇齿追忆，乃至两眼放光之时，都会唏嘘感慨："唉，现在吃不到那时的味道了！"

我从小在庙门长大，当时的扁肉摊就开在我家边上，对庙门扁肉，有着最亲切的记忆。

庙门，位于沙县旧城沙溪河畔靠中下游地段，对面就是景点七峰叠翠。撩开如沙溪河晨霭般的岁月的面纱，穿越时空，我仿佛又回到了童年，回到 20 世纪 80 年代……

拂晓时分，大地还沉浸在睡梦中，庙门扁肉店的创始人王福儿就雷打不动地赶到猪肉摊点，挑选刚宰杀的猪后腿精肉，扛回家趁着肉的余温犹在，剔去筋膜，顺肉纤维横向切成条状，放木板上用棒槌反复敲打，这是关键且费劲的一道工序，"炮制虽繁，必不敢省人工"，王师傅振臂重锤，大汗淋漓，擦汗的毛巾拧了又拧，直至肉条被锤打得烂如泥黏如糊，加盐、碱、生抽等搅拌上劲，庙门扁肉的核心食材——扁肉馅就做成了。馅好，还得皮薄，才能珠联璧合。皮坯是用面粉加入碱、冷水搅和，经反复揉搓，然后压成薄片，再切成正方形的小面皮，庙门扁肉的皮薄如蝉翼，这里头的制作窍门，我还真不知晓。

所有食材准备完毕，已日上三竿，王福儿挑着扁肉担出门了。这是他维持生计的家当，承载着全家人的希望。那时候王师傅正值壮年，身材魁梧，膀阔腰圆，沉甸甸的担子有节奏地颤悠起伏，古铜色的脸庞迎着朝阳，脚步坚实有力。不多时，他来到离家数百米处的固定摊点。这个摊点就在我家边上，是租用隔壁邻居家靠街的一间小屋子，屋里摆两张小桌子，扁肉担则是放在室外的屋檐下，担子是铁皮钉制的两个方形框架，远看貌似两个方形大灯笼，每个高一米有余，底座有四个脚。两个担子大小一样，功能不同，结构紧凑，其中一个是"灶台"，鸳鸯锅构造，一半烧高汤，一半煮扁肉。锅下是小炉具，最底层则放置柴火。另外一个扁肉担则是操作台，台面上放置扁肉馅和葱花、猪油、味精等调料，台面下一层是收银抽屉，再下面是贮藏室，放备用的馅、皮等。放下担子，摆开阵势，王师傅就开始进入工作状态了。取火烧水后，他得抓紧包些扁肉，一会儿工夫，顾客就来了。

扁肉都是现做现煮的，"螺蛳壳里做道场"，这小小的操作台上，一个盘子叠放面皮，一个碗里装着肉馅。只见他右手持一根约莫手指头宽的薄竹刀，用竹刀粘取一张面皮，摊于左手掌心，然后又用竹刀刮取一团肉馅，迅速划向左手心，指节与掌对捏，拇指把边压紧，扁肉便包成，动作极快。竹刀摆动、手指收缩之间，就包好一小堆扁肉了。王师傅略作点数，便抓起一把扁肉投入右侧"灶台"滚烫的沸水中，盖上盖子，然后将扁肉碗铺开，迅速往每个碗里分别勺入油、生抽、味精，下一步就是加入高汤。高汤，是庙门扁肉的灵魂，由新鲜的猪大骨头熬制，汤汁浓郁，汤色透亮，头几道汤还会泛着奶白色。在每个碗里舀入骨头汤后，揭开另一个锅盖，煮熟的扁肉已个个跃然水面了，王师傅用漏勺默数个数，然后逐一加入碗中，撒上葱花。令人惊奇的是，那薄薄的面皮挺有张力，竟能让扁肉鼓胀如大珍珠，粒粒浮于面上，那手艺真是了得！

热气腾腾的扁肉上桌了，桌面上摆放醋、香油、胡椒粉、朝天椒等佐料，各取所需。有的食客早已按捺不住，埋头就吃，吸溜吸溜，扁肉和着滚烫的高汤，溜入嘴里，有入口即化的感觉，轻咬一口，鲜爽脆嫩，肉汁饱满，越嚼越香，劲道十足。此刻，骨头汤的醇香、肉馅的鲜香，拌着葱香，抑或朝天椒的辣香，瞬间在口腔里弥漫开来，撞击着每一个味蕾，让人欲罢不能，着实痛快。食客们大多会把高汤喝个精光，意犹未尽者还会讨要："老板，能不能加点汤？"这时，王师傅总会回应一声"好嘞"，然后爽快地往碗里送上一勺。当然，这是不算钱的。有时，顾客没那么多的时候，王师傅会端着一碗扁肉，穿过大街，走进对面的一个五保户家，把热腾腾的扁肉送到老阿婆手里，这是王师傅赠送的爱心扁肉啊，是我记忆中暖心的一幕。"积善之家必有余庆"，王师傅虽然早已作古，但福泽子孙，子女们继承父业，每家店都生意红火，兴旺发达。

我那慈祥的爷爷也喜好厨艺和美食，经常亲手制作扁肉给我们吃，但那时的我总不以为然。直到爷爷去世后若干年，在查阅县志时，赫然闪现一段文字："解放前，南门头恭妹扁食久负盛名。"恭妹，是爷爷的父亲，南门头，乃当时沙县繁华闹市！原来，我的祖上也是做扁肉的啊。我的叔公佐证了史料的记载：民国时期，爷爷的父亲恭妹创办了扁肉店，位于城区的南门头。南门是旧时沙县的码头，为商贾云集之地，热闹非凡，恭妹扁肉店即开设于码头上来的街头，店面宽敞有纵深，内设好几张桌子，在当时已属气派规模，店铺每天顾客满堂。据叔公回忆，恭妹扁肉最鼎盛的时候是抗战时期，当时福建省立医学院、福州一中等文教机构搬迁到沙县，恭妹扁肉是最受师生青睐的美食。回忆往昔，叔公骄傲地说，恭妹扁肉的制作水准和美味鲜香，比之现在的庙门扁肉，那是有过之而无不及。曾有过一个真实的趣闻，有一位女子，几天没吃到恭妹扁肉，对家人说"我太想吃恭妹扁肉了，想得肚子里的虫子都快爬出来了"。谁知，过后竟然真有一条虫子从嘴巴爬出来，真是匪夷所思，这是何等的诱惑力！新中国成立后实行公私合营，扁肉店被收并到县饮服公司。我爷爷和叔公先后应招到其他行业吃上了"公家饭"，从此，恭妹扁肉就成为历史。

恭妹扁肉的金字招牌，爷爷生前从不曾炫耀过，这是怎样的朴实和低调，聆听历史，我感慨万千，每当回忆爷爷的音容笑貌和劳作身影，我都为当时的漠视而懊悔，多么想再细品一下爷爷亲手做的扁肉啊！

同气相求是宇宙万物间的一种吸引力法则。在我的孩提时代，庙门扁肉，恰巧开在我家门口，让童年的我能享近水楼台之便，莫非也是爷爷身上的扁肉"基因"吸引来的呢？

每个人的内心深处，都会有一份魂牵梦萦的家乡美食，庙门扁肉是我儿时的最爱，记得经常在放学后，一放下书包，我就会迫不及待到家门口叫上一碗大快朵颐。考上大学后，价廉物美的庙门扁肉就成为我招待外地同学的首选，成为展示沙县小吃的名片，领略市井风情的窗口，增进同学友情的桥梁。庙门扁肉，也寄托着远方游子的一缕乡愁，远嫁外省的妹妹，每次回沙县，都要去吃上一碗庙门扁肉，这是一份童年的味道。

20世纪90年代初，沙县旧城改造，庙门村拆迁，扁肉店搬到建国路，装修考究，宽敞明亮，但也失却了原来的一些韵味。从此，扁肉摊就成了渐行渐远的回忆。

岁月如歌，曾经的庙门扁肉摊已湮没在如烟的往事中，而有些记忆却历久弥新。那时候的面粉是没有添加剂的，那时候的猪是不吃饲料的，那时候的高汤是原汁原味的，那时候的沙溪河水是清可见鱼虾的，那时候的爱情是骑着自行车载着心上人去吃碗庙门扁肉。从前的车马很慢，时光很慢，足以用心去擀压每一张面皮，锤打每一份肉馅，呵护每一个胃口，慰藉每一个心灵……

乡食记忆

◎罗榕华

一

南阳乡位于沙县东南部。地形特征为"两山一洋"——罗岩山和马头山夹携一山涧,顺华峰山脉逶迤而出,若以华山水库为交汇点,两山恰似圆规伸展的两条手臂,将底部的"七都洋"紧紧拢在怀里。

罗岩山海拔872米,其独特的地理位置和气候条件很适合各种中草药生长,据不完全统计,罗岩山上有草药上千种。罗岩山中草药常见的有夏枯草、白毛藤、野菊花、益母草、鸡血藤、臭椿根、土党参、葛藤根、串串龙、仙草等。聪慧的南阳人依据不同季节掘取不同草药根系,洗净晾干并分类保存起来,以备随时取用。更勤快些的乡民,根据肉兔、全番鸭、半番鸭等不同食材,将与之搭配的草药分类配制妥当,分袋散装,送到城关市场上售卖,沙县最大的金沙市场的草药铺,铺主十之八九是南阳人。

不同的草药与不同的肉品搭配,可以制作成不同的药膳。将山苍子与盐肤木的树根斜切成块状,与鸭肉同煮,可烹调成防暑解乏的药膳鸭;牛奶根经常与鸡肉搭配烹饪,芳香异常;鹰翅草与瘦肉一起清蒸,汤汁是幼儿治厌食、去肝火的良方。而那些十分接地气的草药,在屋前沟后便可以随时采用,如农家中常年备有食物烹调的提香料"胡椒菜",它是炒田螺、煮鱼汤时去鲜提香的绝好添加料。

在我的印象中，草药鸭汤是南阳农家最常见、也是最有特色的一道家常菜。鸭汤中的草药绝非单指一种，它是几种草药集合的统称，最常见的有百灵草、山苍子、牛奶根、盐肤木、乌根等。

"草药鸭汤"的鸭子选用也很讲究，不是选取普通的肉鸭。普通的肉鸭为半番鸭，半番鸭好长肉，更适合做沙县板鸭，熬鸭汤则容易发腻。老鸭母肉硬实，熬汤容易过火，肉质变柴，影响口感。草药鸭汤选用老雄鸭，雄鸭沙县俗名"鸭公"，沙县本地称之"鸭鬼""鸭精"，在鸭群中总走在最前面，雄性激素过旺，经常嘎嘎叫，"臊气十足"，一天到晚"上蹿下跳，坐立不安"，长到半拉大就不长肉，体瘦肉实，质量上乘，多数是纯谷物喂养。

草药洗净，下锅煎煮，大火烧开后改为小火，待熬至药香浓郁，药味全出时开锅，笊去草药渣，留汤待用。雄鸭宰杀，洗净切块，焯去血水丝，沥干待用。旺火下茶籽油热锅，倒入鸭块，加盐巴、料酒、生姜焖香后倒入药汤，炖至大开，药香肉香融合溢出，即可出锅。草药鸭汤之精华在鸭汤，它有理气解乏、祛风散寒之功效。炎炎夏日，正是"双抢"时节，农家人历经劳作之后，正是身乏体累之时，喝上一碗浓稠的草药鸭汤，会顿觉神清气爽，食欲大增。

<h2 style="text-align:center">二</h2>

母亲每次进城来，都会给我带南阳豆干包和韭菜，她知道"韭菜缠豆干"是我的最爱。南阳豆干包源自南阳豆腐。提到豆腐，南阳人做的豆腐值得一说。它不是用石膏或盐卤作为凝结剂，而是将磨好的豆浆放在锅里加热，用瓢分次舀入隔夜老浆水，慢慢注入煮熟的豆浆中，行话叫"游浆"，待豆浆慢慢凝固成豆腐。南阳豆干包是用小瓢舀"游浆豆腐"入10厘米见方的包布中，沥水后压制成豆腐包（也叫豆干包），成形后上烤网

烘烤，两面烤干即可。

南阳豆干包乳白色，表皮略硬实，放置烤网烘烤后有焦香，耐煮，极易吸附汤汁精华。每月逢4逢9是南阳圩，如果圩天早些到南阳，可以吃到最正宗的南阳豆干包。南阳豆干包往往和猪大骨、黄花菜、香蘑菇、蛤干等慢火熬熟而成，熬煮过的豆干内密布如蜂窝状小孔，会将菜肉菇蛤混合的汤汁强力吸附，蘸沙县味极鲜酱油就朝天椒与蒜泥，咬上一口，美味盈口，让食客流连忘返。

"韭菜缠豆干"或是南阳人独一无二的创举，南阳豆干白嫩细腻，水分适当，厚而实，有嚼劲；韭菜叶片宽厚、柔嫩，即便在生长阶段也能抽薹供食，经焯水后软滑辛香。豆干包下刀切成豆干条，韭菜热水焯软，码齐，缠上长方形豆干条，蘸上味极鲜酱油，层次分明，口感丰富，韭香豆香盈嘴。

三

在我的记忆里，奶奶是个能干的人，普通的食材经过她一双巧手一番"倒腾"，往往能够变化出令人意想不到的美食。奶奶名叫吴灿英，她从木科下厝吴家嫁入华村罗家，上了年纪后，当地人称她"下厝婶婆"。以出生地代称女性长辈，也是南阳一带民间特有的习俗。

奶奶做年糕的技术在南阳乡数一数二。每一个圩天她都要酿几匾年糕，到圩场上售卖，以此贴补家用。然而毕竟是"无证经营"，惧怕"工商"抓个现行，奶奶将年糕用长方形的竹篓装了，再扣上竹编盖子，躲在街道边的犄角旮旯里，悄悄售卖。真很难想象，为了这么一点"小本生意"，一个60多岁的裹脚妇女，颠着小脚，步行十几里艰难地从村里走到乡里，还要担惊受怕。

奶奶做的年糕米质细腻，糯香浓郁，软硬适中，韧性有嚼劲，每次她做的年糕一到圩场，便被抢购一空，即便偶尔剩下了些，她躲进街角，很快便会有人慕名"寻踪"而来，似乎有提前约定，而那些去迟的人，只得抱憾而归。

吃过奶奶做的年糕的人，都夸奶奶的年糕做得好，软糯香甜，适口弹牙。奶奶却语重心长地对我说，做年糕与做人一样，要想做得好，一要用心、二要花工。糯米提前一天泡好，再用石磨手工磨成浆，吊干米浆，之后掰散。加入红糖调和揉成稠粘剂。找一张抹上防粘食用油的手工竹纸在蒸笼底部铺匀，支好通气隔板，稠粘剂倒入笼屉，大火蒸两小时左右。奶奶再三强调说，磨米浆是关键，一定要磨得精细，掺点粳米还可有效提高年糕硬度，至于比例则完全靠操作者的经验。

有一段时间，奶奶做年糕的水平"经常性发挥失常"，四块竹匾总有一匾没有酿好，那一匾显得有些稀，冷却后匾沿粘连的年糕有点多。那段时间也是我最幸福的日子，酿稀的年糕用筷子刮下来，足足有一大碗。这一大碗年糕基本上把我的肚子撑圆了。父亲觉得奶奶这样的操作失误实在不应该，年糕本身没有多少利润，纯粹赚几个工钱，如此"浪费"，估计是要蚀本了。母亲在一旁忙碌，低头不语。

在我9岁那年，奶奶永久离开了我们。有一天，我想起奶奶那段做年糕失常的日子，忍不住问母亲是何原因？母亲点着我的额头说："傻孩子，年糕没有做'坏'了，你哪里有得吃？你不知道你那时正在长身体？"我恍然大悟，原来奶奶是故意将其中一匾年糕做"坏"的，只有这样，她才能找借口名正言顺地"喂养"孙子，而不至于心疼可以换钱的年糕。

多年以后，我在老家再见到奶奶的那方石磨，它在一次搬运中，上石磨磕着硬物，缺了一块，已弃用了。我对母亲说："这石磨给我，我拉到城里，正好可以作茶台用。"母亲将我的手打了一下，说："去！去！去！甬想，什么都想要，我要用它压酒糟。"

敬畏与珍惜

◎ 邓兆盛

许多地方的特色美食，不仅是地理气候的差异所致，更是文化传统、生活习俗的特殊表达。这在我的家乡——沙县湖源乡也是一样的。

光阴里的小食

中秋粉，是湖源人中秋节的标志性美食。中秋将至，家家户户备好粉干及牛肉。这牛肉很有讲究，要现杀的水牛而且要"灌水"。灌过水的牛肉肉质鲜嫩。这里所指的"灌水"，不同于市场上不法商贩为增加重量而给牛肉偷偷注水。湖源宰牛师傅给牛肉"灌水"是一门绝活，多年经验积累的老手才能快、准、狠地完成。

牛肉首选里脊肉且没有白筋的部位，横切成薄片，用地瓜粉抓拌均匀备用。本地糟菜是牛肉粉的灵魂，用家中自制的糟菜煮一锅汤水将拌好的牛肉下入翻滚的热汤中，"倒海翻江"几分钟后即可出锅，滚烫的牛肉汤浇在烫熟的米粉上，香气四溢。

湖源人家，家家户户在中秋节都会吃上这么一碗牛肉粉，所以湖源人叫它"中秋粉"。既是主食也是菜品，既有汤又有料，儿时的我们吃过这碗中秋节唯一的美食后，挑着牙，咂巴着嘴，走出家门，赏风观月，这个中秋节才算是美美过了。

除了中秋粉，还有"中秋糕"。在其他地方，中秋节互相赠送的无疑是月饼，而在湖源，亲戚朋友之间互相赠送的是糖糕。糖糕是糯米炒熟后磨成粉，加入红糖，反复拌合让其均匀，而后装进像做豆腐一样的木框中，四周填满，面上拉平，再用铁片横竖切线分割为四十块，最后盖上盖板，放在房间的地面上，谓之"冻"，即让它吸收地面湿气（水分），糯米粉之间产生黏性，这糖糕便做好了。然后十块糕为一盒，用毛边纸包起来，包好后在面上贴一小块红纸即可送人。炒糯米粉的香、红糖的香，还有毛边纸特有的香味混在一起，再缓缓散发出来，这构成湖源"中秋糕"特有的香。糕香飘散，告诉我们中秋佳节的来临。

儿时的我们，若得一份中秋糕，真会高兴得一蹦三尺高。打开包装纸，取出一块，咬上一大口，那香而不腻，Q弹又耐嚼的口感，不像现在的月饼那么多油多糖，既让孩子们解了馋又能吃饱。

过了湖源的秋，来说说湖源的冬。乡下的冬天，芥菜很多，芥菜是再普通不过的蔬菜，有"芥菜婆"的叫法。湖源把随处可见的"芥菜婆"变成一道好菜——芥菜冬笋。将新鲜的冬笋剥壳，去壳后的冬笋干净又白胖，不用下水洗，否则会有麻涩的口感，直接削成薄片下油锅爆炒，待笋片半熟后加入切好的芥菜，加大火力稍稍翻炒，炝入冷水，如有米汤更好，再加一些虾皮，煮熟后就是一锅风味独特、清甜可口的"芥菜笋"。就像湖源歌谣唱的："爱吃十八样，爱吃糯米塞猪肠，爱吃牛肉粉，爱吃芥菜笋……"小时候觉得荤菜好吃，但这道"芥菜笋"也是我们的挚爱，美味丝毫不输于荤菜，且对身体大有好处。

湖源乡做菜方法也有一些独到之处。有一种做菜法叫作"做生"，每年（或每季）第一次采摘的菜，如空心菜、茄子等，用水烫熟，浇上酱油，拌一拌就可以食用，叫吃"菜生"。如今，"做生"从营养的角度来看，应该是各种烹饪方式中营养流失最少的方法，且能品尝到菜品最原始最实在的滋味。"菜生"强调一个生字，在湖源风俗中，乞求蔬果多生多长，所以人们在吃的时候都要说："吃了以后更会生！"

敬畏与珍惜

湖源乡地处偏远，过去生产力落后，物资匮乏，日子却很长，因为相对闭塞，虔诚与敬畏的传统得以传承保持。在这里，乡民安居乐业，在困境中努力生存，繁衍生息，敬畏自然和感恩生命成为公序良俗。这里有很多美食与敬天祭祖有关。

在过去，逢年过节甚至日常的杀鸡宰鸭，都要供奉天地和祖先。宰杀的鸡或鸭，开膛破肚后，必须连头带爪，完整煮熟后，放在盒子里，还要放上菜刀，用来供奉天公。就是在房子大厅外能见天的地方，湖源话叫"透天"的地方，端正摆放好，点上香对着苍天三鞠躬，表示恭请天公享用。然后摆放在厅头供桌上，厅头供着祖先的香炉和土地公神像，燃香分别鞠躬敬拜，恭请列祖列宗和土地公享用美食。

最隆重的供奉仪式是"羊猪供"。在祭祖或"迎神"等重大活动中，厅堂里挂满对联和彩旗，供桌上摆满各色糕饼、果蔬、海味干品，最突出的是全羊和全猪。羊和猪要选择肥硕健壮的，而且要公羊、公猪。开膛破肚后，完完整整的一只，用竹子做的支架撑开，贴上红色剪纸，羊的背上贴羊的图案，猪的背上贴猪的图案。待到吉时，锣鼓奏乐，由大门抬进大厅，全羊置于大厅左边（大边），全猪置于大厅右边（小边），祭奉仪式十分讲究和规范。

第二等的供奉仪式是"猪头供"，即买一个猪头，卸下骨头后撑开，让两个眼球凸到外面。大人习惯了，觉得有眼有珠，小孩则不然，看到两个圆鼓鼓的猪眼珠，多少有点害怕。

第三等的供奉仪式叫"三牲供"，即用全鸡、全鸭、猪肉三种食物供奉。过去乡民生活穷苦，过节买不起鸡、鸭，可能打一石臼白粿，或煮一锅米粉，只要食品比日常有改善，都要供奉一下，虔诚地让天、地、祖先享用后，自己才能食用。

每一只动物，都是一条生命。湖源人对生命始终敬畏。在湖源，每年中秋节都要宰杀十几头牛，宰杀过程最讲动物伦理。牛在临近屠宰场时，会被蒙上双眼，据说牛会流眼泪，"眼不见心不痛"。屠宰场有三根竖在地上的木桩，将牛鼻拴在木桩上，再将两个牛角绞在木桩上，整头牛被固定在木桩之间，然后用砧刀对准牛头和颈椎连接的凹陷处，一锤子敲下，牛立刻四肢瘫地，没有哀号，腿脚也没有蹬踢。除了现在电击杀牛法，我觉得这样的方法对牛来说是痛苦最小的一种。

湖源人不仅善待动物，也善待植物。湖源植物品质好，远近闻名，除了得天独厚的气候条件，还得益于湖源人对植物性格的了解和遵从。豇豆和淮山虽然都是藤蔓植物，但它们性格不同，豇豆爱招摇、爱浪漫，于是乡民为豇豆插上比较细软的竹竿，微风吹来，豇豆摇曳着全身的"双带"，迫不及待地向主人展示它的成果。而淮山非常憨厚，胆子小，果实（块根）深藏不露，于是乡民为淮山藤蔓插的竹竿粗且深，为了牢固还扎上横向的竹竿，形成一道篱笆墙，淮山藤蔓可以安心攀爬交织，形成一堵绿墙，待到冬天，叶子落下后，扒开土地，肥硕的淮山整齐列队，等待着主人的检阅。

湖源乡民善用本地话中的同音、谐音或食物的性状，赋予食物吉名。如"豆"与"多"同音，吃豆子就说"多子多孙"，吃花生则为"生财"，粉干绵长寓意"长长久久"，吃大蒜则意为"合算"，淮山软糯，吃了"和谐"。

湖源乡民不仅对食物溢美，而且十分珍惜。记得小时候，生产队地里挖过地瓜后，我和小伙伴就去地里耪一遍，有漏掉的、断掉的全部捡回来，本地话叫"耪番薯散"，这些"番薯散"煮熟后，和一些地瓜粉，再加一点糖，做成粽子形，经油一炸，黄澄澄像极了碱粽，我们管它叫"三角粽"。如果抓成小团，放到油锅里炸，因其外形粗糙，就称之"老虎球"，这也是湖源特色小吃之一。

常言道："爱花连盆。"湖源人却惜瓜连藤，"番薯散"尽收回家，地瓜藤一根也不放过，比较枯黄的地瓜藤扎成一小捆一小捆，悬在家里通风处晾干，作为霜雪天兔子的饲料；比较嫩绿的乡民则将叶子扯下来，地瓜叶煮熟后腌在大木桶里，慢慢用来喂猪。

经历过饥荒年代的人，吃过生活之苦，真是惜粮如命。我爷爷常常说："五谷宝，吃不老。"爷爷总是穿着长衫，吃饭的时候怕饭粒掉落地上，把长衫的前摆架在饭桌的横档上。掉在桌面上的饭粒，每颗都要捡起吃掉，偶尔桌上还有一点碎米饭渣，老人就用那苍老的手，食指小心翼翼地粘一下，送到嘴里，真是"粒粒归口"啊！

往来互馈有安有暖

秋天，沉甸甸的稻穗收获后，乡民会将田里的水排干，将稻草铺展开晒干，然后选择时机点上一把火。火在田间蔓延燃烧，烟雾缭绕乡村上空，和远处的山峦、近处的篱笆，构成了一幅秋日里的水墨画，草木灰化作肥料，日后助苗生长，地表的虫子被烧死，来年虫害减少。尔后，勤劳的乡民或用锄头或用犁铧冬天翻田，往日沉压水底的土块一片片翻身向上，终于有了见天日的时候。当地话叫作"曝土被"，土块经过冬日暖阳的烘烤和霜雪的浸润，土质松软，肥力增强，来年庄稼肯定长得更好，农人的汗水不会白流。这是人与土地的互馈。

湖源山高水冷，作物生长极其缓慢，种植的农作物不仅产量低，而且生长周期长，但恰是这样遵循自然的孕育生长，让农产品的品质比速生的更好。勤劳的乡民必需打起十二分的精神，精心培育，才有收获。从种子落地到生根发芽，再到长叶开花结果，都犹如婴儿般呵护，理枝护叶，除草培土，特别是要精心施肥。有的乡亲把房子四周阴沟里的淤泥晒干挑到山上，环境清洁和土地增肥一举两得，实现水土的小循环。勤劳的村民担子土箕不离肩，挑去的是肥料，挑回的是果实，这是人与农作物的互馈。

从前生产力落后，稼穑只有人力畜力，农忙时节，要集体作业，如插秧、收割，专门雇工要花钱，于是乡亲们总是互帮互助，本地话叫作"换工"，既增进交流，又和谐了邻里关系。乡民感情淳朴，讲究礼尚往来，感恩互馈。逢年过节，走亲戚串门，都带着礼物红包，收礼方也依规矩回礼，不能让客人空手而归。日常邻里间，偶尔送几个茄子，几块白粿，收到的人必会把盛具洗干净，再往里面放点水果或其他东西，叫作"压篮（碗）底"，绝不让盛具空空而归。这是人和人的互馈。

存敬畏、知感恩、善珍惜，生活给我们醇醇的香味，人间给我们融融的暖意！

请用米粉款待我

◎李若兰

我的外公是江西人，酷爱"嗦粉"，家里常常做米粉，我的家乡建宁与江西毗邻，最出名的小吃就是辣肠粉、鲤鱼粉等，所以我从小吃着米粉长大。儿时，最喜欢在冬日寒冷的早晨，嗦一碗热气腾腾的米粉，有安有暖地去上学。来到第二故乡沙县工作生活后，我发现这儿有好吃的牛肉粉、泥鳅粉，又能满足我嗦粉的欢畅了。这世界上没有任何一个词，比"嗦"更适合形容吃米粉的动作。筷子轻轻 捞，嗫住米粉的一头，"嗦"的一声，米粉就自然地滑进口中。

牛肉粉和泥鳅粉要属南霞乡的最够味。我初到沙县就被同事推荐去吃老火车站牛肉粉，那时候沙县的老火车站还在运营，火车站门口的牛肉粉店不仅是往来旅客的选择，也是归乡游子的首选，一出火车站就能尝到那口家乡味，心底该是多么的熨帖。

2013年沙县火车站停止客运服务，城区也开起不少南霞牛肉粉店，但出镜最多、最火的还属老火车站牛肉粉。它已然成为沙县人喜爱的日常味道，还有很多外地游客慕名而来打卡尝鲜。

老火车站牛肉粉源自南霞乡，店主是我同事小夏的姑姑。算起来，小夏是正宗南霞牛肉粉老店的第三代传人，在乡镇与他共事时，他常常自己下厨，用家传的老手艺牛肉粉款待同事们，还让我了解到南霞牛肉粉、泥鳅粉背后的故事。

南霞乡集镇处，有一家正宗南霞牛肉粉老店，1991年，同事小夏的奶奶王金娣为生计开了这家店。为了揭开南霞牛肉粉的奥秘，我专程到这家老店寻找答案。牛肉粉的主角当然是牛肉，肉质细腻软嫩的里脊肉是首选，几乎没有脂肪和筋膜，口感最佳，牛肉经切片腌制，揉入木薯粉，煮熟后口感爽滑、入口即化；配角是糟菜、料酒等，虽然是配角，可古法腌制的糟菜可以说是米粉的灵魂，勾芡的汤头混着糟菜的酸，加些许小米椒的辣，每一口汤汁都富有层次感，能瞬间激活舌尖味蕾。

南霞牛肉粉的美妙之处，在于牛肉的嫩、在于糟菜的酸、在于料酒的香，这些食材融合在一起，不但展现出各自的闪光点，同时成就了那一碗普通的米粉。

王奶奶坚持自己腌制糟菜、自酿料酒，我想这就是她做的牛肉粉味道比别家更胜一筹的原因。老一辈人秉承特有的执着与专注，哪怕一辈子只做好一件事，都认为是巨大的成就。如今王奶奶的儿子继承了南霞集镇的牛肉粉店，三个女儿也都在沙县城区开起南霞牛肉粉店。从选料到手艺，他们始终坚持做到最好，因为坚持，这碗寻常的米粉让他们的生活过得有滋有味。

南霞乡是一个小乡镇，拥有好山好水，自然孕育出好食材，无污染的生态环境，养出丰腴肥美的野生泥鳅。除了牛肉粉，泥鳅粉也是南霞乡民的拿手小吃。

小夏家的牛肉粉店也做泥鳅粉。想做好一碗泥鳅粉干，首先要煮好一锅泥鳅汤，小夏的父亲总是在清晨熬煮泥鳅汤，备足一天的汤底。他家的泥鳅汤胜在食材天然，从水田里捉来的野生泥鳅，在清水中养两天，让其吐尽泥味；倒入自家酿的红酒和调味料，待泥鳅被醺醉后，放入冷水锅中，让它在微醺的状态下被煮熟，这样煮出来的泥鳅又软又滑；最重要的是要加入野生石菖蒲，去除泥鳅的腥味。为使汤色更加诱人，还要加上红酒糟调色，这样煮出来的泥鳅就像是披着一层红色外衣。

耐心是获得好食物必不可少的途径，文火慢煮二十分钟，泥鳅汤才算真正入味。缺不得一个步骤，少不了一点火候，用心制作是成就美食最不可多得的秘方。

煮泥鳅粉时，锅里放入茶籽油、姜片、紫背天葵（俗称观音菜）等佐料一起炒香，再冲入备好的泥鳅汤，倒入煮软的粉干，稍煮入味后加入罗勒（俗称九层塔）、糟菜再煮一会儿，一碗酸爽可口的泥鳅粉干就出锅了。入口的瞬间，淡淡的酒糟味、酸香的糟菜味扑鼻而来，紧接着就感到唇齿间溜过一丝顺滑，成就了嗦粉爱好者的快乐。

米粉是一种传统美食，有着团聚和谐、吉祥顺遂、长寿健康等美好的寓意，蕴含着人们对美好生活的向往和追求。很多地方都用它来款待客人，在沙县，如有客人到访，也必会做一碗米粉。家人团聚、重要节日或喜庆场合，米粉也是不可或缺的一道菜品。

请用一碗米粉来款待我，无论辅以何种汤料，都是简单、踏实的人间真味。寻常滋味，可以绽放一个人的味蕾，可以温暖一个人的肠胃，也可以从中领悟一份珍惜生活和享受生活的人生态度。

母亲的小吃

◎ 洪华高

    前些天，大姐托人从老家送来一盘米浆灌猪肠。望着那一盘切成一小段一小段的外皮呈淡紫色里面是奶白色的米浆灌猪肠，我的思绪又回到 20 世纪 70 年代那个物质极为贫乏的岁月，我想起了在灶台前忙碌的母亲身影，想起了她挑着箩筐走在乡间小道去售卖小吃的背影，想起了童年时一家人其乐融融的场景，不自觉得眼眶湿润了起来。

    我的老家夏茂是沙县小吃的发源地，这里村民勤劳朴实，懂得从劳作中享受收获的乐趣。他们结合春种秋收等农时创造性地做各种各样的小吃犒劳自己。如今沙县小吃已开遍大江南北，成了许多人致富的渠道。那时家家户户的母亲们都会做上几样可口的小吃，一到过年过节每家每户厨房里飘出的香味就会在镇街道上空流淌，小吃陪伴着每个人的童年成长。我母亲做的是夏茂特有的小吃，但她做的小吃不仅供家人解馋，还用来售卖，养家糊口。我母亲是真正意义上第一代从事沙县小吃行业的人。靠着母亲的小吃，我们一家人度过了那段贫寒而又温暖的童年。

    母亲那时做米浆灌猪肠、猪肺、牛脾，在夏茂，也就我母亲会做。20 世纪 70 年代，父亲是农民，是家里唯一的强劳力，靠干农活养一大家人，生活过得紧巴巴的。母亲嫁过来时也和父亲一起干农活，生活的艰难让母亲设法另找途径赚钱，于是她年轻时从父母亲那儿学来的小吃技艺成了我们一家得以生存的又一依靠。

    每天早上天不亮，父亲就会去镇里最繁华的猪仔坪买两副猪肠、猪肺。如遇赶圩的日子镇里杀牛还会买一副牛脾。用竹篮提回家，放在一个大木桶里，用皮管将猪肠、猪肺灌满水。之后，用手捏住猪肠用力往下捋，将猪肠里外清洗三遍。洗猪肺时则将已灌满水的猪肺松开肺管的口，让里面的水流干，反复清洗三次。我和弟弟则将头一天用水浸过一晚上的米磨成米浆。米浆掺上清水，不停搅拌让米浆和水充分融合在一起。只有母亲才清楚要加多少水适合，只有母亲才清楚头一天放在桶里的米要浸多长时间，也只有母亲才清楚掺过水的米浆要放置多长时间。如果米浸的时间太长或米浆加多了水，煮熟的猪肠太软，筷子难以夹取，反之则太硬，不易嚼烂难以下咽。如果是灌牛脾的米浆，则要掺入五香粉和盐。放多少五香粉也只有母亲知道，放多或放少了都不好吃。

姐姐那时在夏茂第一小学当代课老师，没课时则帮母亲灌猪肠、猪肺。母亲将一副猪肠切成五段，用细麻绳绑紧其中一端，然后一只手捏住漏斗底端与猪肠另一端的连接处，再用另一只手将米浆舀起来灌入猪肠。姐姐则用手顺着猪肠往下捋，米浆均匀灌满整根肠，母亲用一根细麻绳将猪肠口绑紧。灌猪肺时母亲用一只手捏住漏斗和猪肺管口的连接处，另一只手舀起米浆灌入猪肺，米浆流不畅的地方，姐姐用手对该部位轻轻拍打，直到米浆灌满整个猪肺。灌好后再用细麻绳将肺管口绑紧。把灌好的猪肠、猪肺或牛脾放入锅中，将水烧开。约莫一个小时用牙签插一下猪肠、猪肺，米浆不会流出来，猪肠和猪肺就煮好了。母亲用酱油、蒜头、冬酒、味精调好蘸料，再洒一小抓葱花。食用时将猪肠切成小段，猪肺切成片，沾上蘸料放入口中，韧，脆，糯，那种特有的口感让人回味无穷，欲罢不能。

父亲帮忙将猪肠、猪肺、杆秤、菜刀、菜板、蘸料分别放入两个箩筐，盖上白色纱布防灰尘飘入。准备妥当，母亲就挑这担箩筐出门了，父亲扛起锄头也出门去田里干农活，姐姐赶往我们家附近的夏茂第一小学上课。

如果是周末，我就会看到母亲挑着装满米浆猪肠和猪肺的箩筐迈着有些沉重的脚步走出大门的情景。夏天时她穿一件浅蓝洗得有些褪色的的确良短袖，下身穿浅灰色裤子，裤脚挽到膝盖下，脚上穿一双塑料人字拖鞋。她一手扶住扁担的前端，另一只手向后扣住箩筐的筐边，让担子保持稳定。迈开步时她戴着草帽、微低着头、侧弯着肩膀，那个背影深深地刻在我的脑海里，常常在梦中出现。

　　母亲快中午时出门，一般都要到傍晚才回来。冬天的白天短，有时要到太阳落山后天完全暗下来时才回来。母亲有时要走到几个村庄才卖得完。中午，好客的村民常留她吃中午饭，而母亲也会切上一大段猪肠给主人，和他们一家人边吃边聊。主人也会去通知隔壁邻居。左邻右舍的村民知道母亲来了，带着碗或牙杯来买猪肠，或提着大米和地瓜干、笋干来换。称好后母亲都要再搭上一小段。母亲的善良得到淳朴的村民回报，母亲和一些村民成了朋友。有时她们来镇里赶圩会来我们家走动或在我们家吃午饭，顺便带些笋干、香菇等给我们，如同走亲戚一样。

　　母亲去卖小吃，出大门往东北走就去坡后村、大布村、彭邦村、李科村、洋元村。如果出后门往西则会去儒元村、长阜村、李厝、后垅村、松林村等，那些年，母亲走遍了镇里的四乡八堡。

　　煮好饭菜后如果没看到母亲回来，父亲就会变得有些惶惶不安，叫上我和弟弟到镇东或镇西往乡下的岔路口等。母亲每天出去往哪个方向走都会告诉父亲。夜色中看到母亲挑担子迈着轻快步子走过来时，我和弟弟则会欢呼雀跃地跑上前去，迫不及待地翻开箩筐的盖布抓一把地瓜干吃起来。母亲见到我们，脸上浮出笑意，放下担子，拭去额头上的汗珠，骂道："急什么东西，等我把担子放下来再拿。"父亲则走上前一边接过扁担，挑起箩筐，一边嗔怪道："干吗不早点回来？！让大家等你吃饭。"父亲的话不多但包含着对母亲的怜爱，这也是那一辈人特有的表达方式。那时我们还小，只知道上前从箩筐里找吃的，全然不知道母亲一天的辛苦和劳累。接到母亲，我们兄弟兴奋地边走边啃着地瓜干，一家人欢欢喜喜往家的方向走，此时镇上每家每户的窗户已透出了温暖的灯光。

多年后，我到检察院工作，常下乡去单位挂钩的夏茂松林村、洋元村等入户开展挂村工作。入户时无意中聊到母亲，那些老妈妈们就会略带惊讶地说："哦，原来你就是她的儿子。"然后说："你妈妈做人好，她那时来我这里卖小吃时还在我家吃过饭呢。"有时在烈日下，走在乡间小路上时我脑海里就会浮现出母亲佝偻着背，挑着担子走在路上那个熟悉的身影。我心里会想，母亲那时走过这条路吗？她在哪里歇息过？路过路边风雨亭我就会想，母亲是否也在这里避过雨？在村口的老树下我就会想，母亲是否在这里纳过凉？她那时肚子饿吗？累吗？想着想着眼角便又湿润起来。

就这样母亲靠小吃技艺让我们一家人度过那段艰难的时光，那段时间也是我们一家人相聚在一起最多的时光，这也给我们童年留下快乐而美好的回忆。改革开放后家里的日子也慢慢好了起来，兄弟们也陆续考上大学，走上工作岗位。晚年父母亲也随我们来到城里居住，含饴弄孙过着悠闲的日子。有时，遇到周末她会把兄弟姐妹等几家人叫来一起做米浆灌猪肠吃。兄弟姐妹们如同之前分工协作，不亦乐乎，小孩们则跑来跑去，一大家人热热闹闹仿佛又回到儿时母亲做小吃的日子，温馨而快乐。

如今母亲已走了十多年，但我时常会想起她，想起她的背影，想起她做的美味小吃。

夏茂豆浆

◎高珍华

20世纪70年代，我来到沙县夏茂镇。夏茂是一个历史文化深厚的古镇，先不说出生在夏茂的唐代高僧潘了拳祖师的传奇，也不说倪居山龙潭神话的遥远故事，就说夏茂三宝——晒烟、猪仔和花奈，也是风靡几个时代的佳话。

尤其让人回味无穷的那些小吃，更是深入人心——夏茂牛系列，闻名大江南北；再看那一碗碗洁白的豆浆、那黄澄澄飘着油香的拌面、那一粒粒沉浮荡漾的豆腐丸……无不闪烁着美食的魅力，令人向往，令人垂涎。虽然那时还没有出现"沙县小吃"这个名词，但"小吃"的雏形已经在成长之中了。

经历过20世纪六七十年代的人都记得，那时物质的贫乏，真让"90后"的青年人大跌眼镜，我们沿海人家常年吃不饱肚子，一年四季靠地瓜度日，因此被人家取了个外号叫"地瓜"。

记得孩提时代能喝上一碗香气四溢的豆浆，那必定是逢年过节才有的口福。那时农村里特穷，社员们只有等到秋收时，才能分到生产队按人口均分的一些黄豆。而这些现在看起来再平常不过的黄豆，那时也是一家人的奢侈品，得留到过年过节用。勤俭持家的母亲每当分到黄豆后，总作细水长流状，将黄豆分作几小袋，分别装进大瓮中，以防我们这些嘴馋的小孩偷出黄豆，用瓦片焙出香喷喷的炒豆吃掉。

到了过节的前一夜，母亲便会取出一小袋黄豆，浸泡一夜，第二天推磨碾浆，过滤煮沸，做成豆浆、豆腐、豆渣丸等几种可口的食品。每当煮豆浆的时候，我们五兄妹总是围在灶膛旁，像一群"嗷嗷待哺"的小鸟，争抢着喝一碗香喷喷的豆浆，那香味至今还飘逸在我的脑海里。

那时夏茂还没有开始旧城改造，青石板的长街像一条巨龙游移在茂溪旁，清幽幽的流水唱着不知名的歌谣伴着古镇度过漫长的岁月。老厝的大屋里，一般都是十几户甚至几十户人家聚居在一起。一到春雨霏霏的季节，大厝里的人都会提出建议：今天各家拿出一道美食，摆上大厅堂，让大家一起品尝，也可以评比出谁的手艺更精。于是各户女主人都会绞尽脑汁，花样翻新，色香味俱佳，献出一盘盘鲜美的小吃。其实，这种因人群聚居而繁衍出来的带着人间情感的美食，就是"沙县小吃"的成长基因。

房东是一位热情大方的师傅，每当这个时候，便会叫上我，一起上大厝厅堂里品尝各种小吃。如"蛤蟆腿"，我一听以为是青蛙腿，其实是用韭菜缠着鲜嫩的小笋，咬起来"咯吱咯吱"脆响，口感好得很。锅边糊却不是用锅边做成的，而是用一只平底锅，淘上一勺磨好的米浆均匀地摊在平底锅里，放在另一只大锅滚荡的开水上蒸一会儿，再用筷子把粿条卷成条状，沾着调味品，滑嫩可口。

望着房东大娘忙碌的身影，品尝着各种花样百出的美食，我会想起小时候围在锅边看着母亲做豆浆的情景，仿佛又回到故乡，品尝着家的味道。

没想到，从此豆浆与我结下不解之缘，多年后它竟成为维系我一家人生活与健康的"救星"。那是十几年前我刚到三明市时，在一个文艺单位搞编辑工作。那时工资都很低，大学毕业生每月也才三百多元，而我是编外人员，每月仅两百多元的薪金，要养活一家四口，培养两个小孩念书，经济拮据可想而知。

望着每夜为挣几元稿费补贴生活费用而熬夜写作的我，和一对上学的儿女菜色的脸，妻心疼了："应该为你们增加营养。"

我凄然一笑："谈何容易？能不饿肚子就 OK 了。"眼下营养品满街摆，太阳神、红桃 K、脑轻松……哪一样不是一盒几十元，我每月两张"伟人头"的薪金只要两盒脑轻松就得"拜拜"了，受得了吗？

聪明的妻一拍双手："有了，咱自己制作营养品，听说 10 粒黄豆所含的蛋白质就抵得过一只鸡蛋。"她立即到友人家借来一座小石磨，每天清晨早早就推动石磨，制作全家的营养品——豆浆。

每当"吱吱呀呀"的石磨声将我从睡梦中唤醒，我便起床写作，坚持每天写上千字文。我也给儿女定下规矩，听到妈妈的推磨声就得起床温习一篇功课，尔后共进早餐。

喝着浓香扑鼻的豆浆，啃着馒头，一种知足常乐的感觉涌上心头。大概是有了豆浆的滋补，从此我思路更加敏捷，报告文学、散文、小说、影视文学样样都写，二十几年来有 400 多万字作品变成铅字。一对儿女也挺争气，都考上大学本科，而后因学业优秀，都留校任教。

于是友人常问我："你们吃了什么营养品，脑袋都那么好使？"我坦然相告："喝自己做的'脑白金'——豆浆。"

这不是夸张，我感谢豆浆，它在我一家极度困难中维系我们的健康与营养，它成为我们滋润生命的玉液琼浆。但愿夏茂豆浆那芳香的气息，永远伴随我的人生；但愿精美的沙县小吃，让我牢记"家的味道"，地久天长！

山林的馈赠

◎李若兰

认识高桥是因为状元饼的故事，第一次吃到状元饼却不是在高桥，而是班厝巷的罗兰烧饼。高桥人张确被南唐后主李煜钦点为状元，是闽西北的第一位状元。沙县烧饼以状元张确之名打了个广告，据说他赴京赶考途中，将烧饼随身携带做干粮，中状元后返乡赐名此饼"状元饼"。高桥这个地名与张确有关，他高中状元的消息传到家乡，正逢乡里建桥，乡亲因此取"高"为桥名和地名，沿用至今。

高桥有很多特色美食。农历三月该是高桥乌米饭登场的季节。初次吃到乌米饭是在 2018 年春天，在乡镇工作的同事带来奶奶制作的乌米饭，那是甜味的乌米饭，带着一股子特殊的清香，还有一丝姜的味道。

我以为乌米饭是黑米制作而成，却没想到它并不简单。同事告诉我，每年农历三月三前后，高桥的村民就会上山，采集乌稔新叶用来制作乌米饭。这叶子可不好采，多长在竹林之间，伴生着荆棘杂草，且只采摘乌稔树的新叶嫩芽，所以每年也就三四月才制作乌米饭，这美食是春天携来的惊喜。

同事的奶奶年年都会做乌米饭，上山采来乌稔叶，鲜嫩的叶芽带着一圈微红，一片片地淘洗干净，放入石臼中舂烂，舂出的汁水带着草木清香，再将准备好的糯米放进乌稔叶的汁水中浸泡上一夜。第二天一早，把变成蓝黑色的糯米放入木甑里用文火蒸，一个多小时后取出，加入猪油及红糖、生姜熬制的红糖水均匀搅拌焖制，最后细心地用粽叶包成一个个小方块。这样用心制作的乌米饭，每一口都蕴藏着家与爱的味道。

在高桥，家家户户都制作乌米饭，乡里人家，美食串起人情往来。制作乌米饭时，邻里乡亲聚在一起忙活，一双双巧手共同协作，烹制出春日里的暖心风味。制作完成后，大家分享着劳动成果，乌米饭承载的是人与人之间最朴实的关系，融合着人情的温暖。

《论语》中有这样一个场景描述："暮春者，春服既成，冠者五六人，童子六七人，浴乎沂，风乎舞雩，咏而归。"古人是多么随性浪漫，暮春三月里，穿上华美的衣裳，在河边洗沐，在高台上跳舞吟诗。农历三月初三其实是一个古老的节日——上巳节，三月三，生轩辕，上巳节是纪念黄帝的节日，早在周代就已经出现。《韩诗章句》说："郑俗，上巳，溱洧两水之上，秉兰被除。"上巳节，可以称为水边上的节日，这一天是利用天时、地利和春水，对我们的身体进行洗濯，荡涤尘垢，驱除疾病。

《本草纲目》中有记载，乌稔叶有"止泄除睡，强筋益气"的功效，是食疗两用的健康食品。所以吃乌米饭也可以祛风解毒，预防疾病，防蚊叮虫咬，这和上巳节到水滨去洗濯，带走身上的灾晦之气，祛除灾厄与疾病有异曲同工之效。农历三月三吃乌米饭可以说是源于古老的习俗。

在我的印象中乌米饭象征着春天，寓意着健康美好，吃乌米饭就像是与春天的一个约定。后来我发现乌米饭还可以做成咸味的，邻居阿姨别出心裁地在乌米饭中加入香菇丁、肉丁等，但我还是喜欢高桥那甜味的乌米饭，尤其喜欢那一丝丝姜味。每一年我都会吃乌米饭，或托高桥的同事带，或寻着地方去买，却再也没吃到比同事奶奶做得更好吃的乌米饭，那种淡淡的香气让我"上瘾"。

七八月是尝鲜的好日子，一朵朵"小红伞"从原始森林中冒出来，红菇季正式拉开帷幕。它的生长条件非常苛刻，天气、温度、湿度、土壤酸碱度等都影响着红菇生长，而且野生红菇只能生长在原始森林中。高桥、夏茂一带，与南平顺昌交界，地处武夷山脉南麓，空气清新，气候舒爽宜人，自然风貌原始，正是这种得天独厚的生态环境才有利于野生红菇生长。夏日的午后，一阵雷声轰鸣，伴着一场大雨，蒸蒸湿热的土壤中蛰伏着鲜嫩的红菇。美食潜于山林，红菇便是夏日里自然给予我们的馈赠，它如同宝藏般藏在森林的隐秘角落，等待与寻宝人相遇。

在家乡建宁时，吃的都是干红菇炖汤，从来不知道鲜红菇还能煮汤，家中的老人说食用鲜红菇易中毒。第一次吃到鲜红菇汤是在高桥集镇入口处的"清香饭店"，这是一家三十余年的老店。一大盆的红菇汤端上桌，汤盆是不锈钢盆，略显粗犷，但掩不住汤的诱人，微透胭脂色，看着就让人食指大动。我舀了一碗汤，迫不及待喝入口中，被烫得囫囵吞下去，第一口没觉出滋味，第二口方才品出红菇汤的清甜和丝滑，鲜红菇吃起来滑溜溜，比干红菇的口感好上不只一点，汤中还加入了五花肉，透出鲜美的肉香。

我们没有点多余的菜，就搭配一盘白粿。高桥白粿十分特别，更加细腻柔韧，嚼劲十足，吃法也与别处不同，不是包馅，而是配上特制的芋泥蘸料，甜中略带咸味，回味无穷。经常在城区家中也能听到沙县话叫卖"高桥白粿"，我常常会叫住那骑自行车卖白粿的大爷，买上两块白粿解馋。

红菇汤很快见底，我发现汤盆底有少许米粒，便问同行的朋友，方才知道这是鉴别红菇是否有毒的方法。加入米粒煮鲜红菇汤，如若米粒久煮不熟，则说明红菇有毒，不能食用。沙县人在钻研美食上可真是用心又得法。回到家乡建宁，我将鲜红菇的做法告诉家人，但是家乡却没处可买鲜红菇。

一年里属于鲜红菇的时节也就短短二十余天，时令一过，物不复在，想再喝一碗鲜美的红菇汤，只能追逐着季节的脚步，期待来年与红菇邂逅。这样的等待是一种念想，心心念念盼着能和美味相遇就像恋爱一样。

无论是乌稔叶，抑或是鲜红菇，它们不仅仅是一种食材，更是自然山林的恩赐，是一种情感的寄托，是对生活的热爱与赞美。

美好滋味

◎曹英柳

五一长假，是老朋友聚会的高发时节。平日如陀螺似的忙工作忙孩子，突然有了五天悠长的时光，回忆的触角便在淡青色的晨光里萌出，抽枝展叶，葳蕤成一片葱翠的碧色，漫上心头。

遂想起了从指缝间溜走的光阴。当然，怀想得最多的便是初入高砂中学执教的时光。那时候，一同分配此任教的这群男孩女孩，比学生也大不了多少，少年不识愁滋味，不考虑将来，不奔着所谓的前程，平日用心教书，周末，大伙聚在一块，上山拗笋、摘野果，或跑到哪个伙伴家去舂粿粑，穷而虎虎有生气。那真的是青春年华里闪着灿灿黄金光泽的幸福时光。

在那清寒的岁月里，柔韧筋道的高砂巷子拌面和那鲜香嫩滑的黄鳝粉干，在我们舌尖上腾起的绚烂烟火，是心尖上永难忘却的美好！

还记得那个冬夜，冻雨淅沥，众伙伴下完晚自习后，穿过冷寂的操场，个个瑟缩着，如寒鸟般，聚在一块。又冻又饿，就琢磨着吃些热食。小巷子拌面，一伙伴提议，众人欢呼。而我，久咳不止，头疼欲裂，实在不愿前往。可架不住强哥力邀，说小巷子拌面如何筋道、汤鲜味美之类，盛情难却，遂同行。所幸学校离镇虽有好长的一段路程，可群情高昂，不觉间便到了。

真想不到，被大伙热捧的小巷子拌面，真的是在小巷子里哩，蜗在镇政府和村部间的逼仄小巷子里。昏黄的灯光下，靠墙摆放的馄饨挑子，氤氲着热气，旁边散放着三四张小桌子……如此简陋，我对强哥的力荐不以为然。

似乎看出我的心思，强哥绘声绘色地向我讲演起高砂巷子拌面的源起，相传此面为侯明富至浙江苍南侯氏宗族发源地学艺回沙，传至侯金土已第三代了，面摊先是在高砂街观音阁边，后迁至此，故得名高砂巷子拌面。

强哥指着摊前忙着剥蒜的那个个子不高、精瘦干练的中年男子，低声说，他就是摊主侯金土——侯叔，镇里的乡亲大都叫他"妹姑"。我哑然失笑，一个大男人，竟有此芳名，一定是小时比较娇弱，父母金贵他，给他起的小名。而那个热忱招呼我们的瘦高的女人，便是侯嫂了。

冷风如刀，大伙都要了汤面。侯嫂简直是魔法大师，再多的顾客，她也不慌。炉火拨得旺旺的，待锅内波翻浪滚时，方将面条下锅，趁这一间隙，唰拉拉，她将七八个碗儿一溜排开，搁上酱油、味精，利索地添上骨头汤，用铁笊篱轻搅、起锅，点上香油、撒上葱花，动作一气呵成。

一箸面入口，心中一凛，汤鲜味美，实是名不虚传呢。此面较其他家的面更细薄，且更柔滑软润。一根根细面如丝如缕，汪在清澄的汤汁里，缀着青碧的葱花，实在清爽悦目。加足辣酱，点上些许醋，热热地吃着，所有的寒冷瑟缩，都在这一刻烟消云散。一个个吃得鼻尖沁汗，浑身通泰，咋着舌，直叫爽！穷冬烈风，摊前笑语喧哗，温暖如春。

说来也怪，不知是那一大碗加足辣酱的汤面驱了寒气，还是天气转暖些了，总之，我久治不愈的咳嗽第二日便奇迹般地好多了。莫非这小巷子面也有如梁实秋先生所认为的"炸酱面有起死回生之效"那般的神力？他在《面条》一文中真切写道，他的妹妹小时患伤寒，医生认为已无可救药，吩咐随她爱吃什么都可以，不必再有禁忌，妹妹气若游丝地说想吃炸酱面，吃过之后立刻睁开眼睛坐了起来，过一两天病霍然而愈。

梁老先生诚不欺我，我暗叹！

从那晚起，我成了小巷子面摊的"铁粉"。我发觉，较之汤面，蒜香拌面、葱油拌面，实是更胜一筹！拌面柔韧筋道，油而不腻，细品之，那浓郁的麦香，实在耐人寻味！

此面柔韧筋道、久烫不断的秘诀，实得归功于侯叔碾面的绝技。在特制的面案上，侯叔整个人骑乘在碗口粗的大毛竹筒的一端，利用自身的重量和弹跳的重力，用毛竹筒反复碾压面团，这样碾压出来的面，更具有独特的韧性。

而负责捞面的侯嫂，从早到晚，没有一刻闲下来过。侯叔常嗔怪地怨道，有些麻烦是她自己找的，你看她，无论客人催得多急，面要一碗碗单独下，烫面条的水，非换得那么勤；蒜头，一定要大个的紫皮蒜；熬葱油，非得新鲜猪油，还有，你看，这辣椒酱，也要穷讲究，还要大老远的赶到尤溪八字桥那买辣椒，自己切，自己腌，买现成的多便利。

侯嫂只是笑笑，也不分辩，她知道，侯叔这是心疼她。她只知道，汤清，面就清爽，黏黏糊糊，没骨力的面如何吃得。或许，他们不懂得敬业乐业这样的大道理，但他们有着令每个细节臻于完美的手艺人的心劲和自觉。一方水土养一方人，侯嫂的"穷讲究"，也许正是日后我们沙县小吃能拼出一方广阔天地的精神特质吧！

每天，第一缕曙色还未降临，他们夫妇俩便早已忙活开了，而漆黑的夜色里，他们面摊上昏黄的灯火氤氲的热气，温暖着晚归人的心。日复一日，巷子拌面的名气越来越大了，连很多三明和南平的客人都慕名专程来尝一尝呢。而我们几个伙伴，更是此面摊的忠实"面粉"。

对了，镌刻在我们记忆深处的好滋味，除了闻名遐迩的巷子拌面，还有那高砂特色黄鳝粉干呢。

每年农历三四月间，和暖的暮春时节，正是黄鳝肥嫩鲜美之际，水中黄鳝赛人参哩。黄鳝身体细长，乍看似蛇，别看其貌不扬，却肉嫩味美，实乃滋补之上品。

这时节，每到周末，我们这些伙伴，就会相约走到镇上，去电影院看场电影。当然，醉翁之意不在酒，此行最主要的目的，便是到电影院旁的济松黄鳝粉干店打打牙祭。那个俏丽白净的老板娘煮的鲜嫩滑溜的黄鳝粉干，至今令我们怀想不已。

她煮的黄鳝粉，莹白、乌亮、翠绿三色交辉，粉干的绵长柔韧和着黄鳝的嫩滑，还有春韭的清香，荜茇和胡椒菜的辛香，实在是舌尖上的好滋味。尤其是那热腾腾的粉干，在吸收了鳝鱼的鲜美汤汁后，滑嫩可口，加上本身的劲道和韧性，那个爽滑的滋味呀，实是妙不可言！

除此之外，她那一盘盘缀满红椒的爆炒田螺、糟香蕨菜、酸菜小笋、香辣脆肠……佐酒也是别有风味的。真的打心眼里佩服当年这些爽利的嫂子们，无论再艰涩的年景，她们都能就地取材，她们的灵心巧手，给我们那些年清寒的生活刷上了幸福的釉彩！她们烹煮出的好滋味是永驻我们舌尖和心间难以忘却的记忆！

当然，难以忘怀的还有回校的那番情形。每每酒酣兴尽夜归时，从镇上到学校那条长长的两旁蕴含着青禾芬芳的一段路，便成了强哥他们的舞台。他们豪情万丈地吼着"是否我真的一无所有"，吼着"我是一匹来自北方的狼"，吼着"驿动的心已渐渐平息"……那时的他们总有一种与喧嚣的世界抗衡的不羁和锋芒，裹挟着青涩、狂野、激情，年轻高亢的嗓音回荡在夜色里，与路旁稻田中的蛙鼓遥相呼应。春夜晚星如沸，似暗夜中璀璨的花朵。

时光荏苒，当年一起共享过那些好滋味的伙伴们，有的回城，有的漂泊异乡。倘再聚首，应是鬓微霜，绿叶成荫子满枝了吧！倘再聚首，定当携手故地重游，醉笑陪公三万场，不用诉离觞！

最忆不过家乡味

◎邓建勇

对家乡的回忆，绕不开家乡美食。大年初一，回老家沙县富口镇过年，走上熟悉的老街，最让我怀念的还是那舌尖滋味。

二十年前，富口米冻皮店开在中学下坡路口处，晨读完与一群同学到集市吃早餐，最喜欢这家米冻皮。学生时代那种等待美食的过程至今让我记忆犹新。老板不紧不慢地将大米汁倒入不锈钢圆盘中，摊平后放入大口铁锅中隔水加热，随着铁锅热气腾起，大米汁被蒸成薄皮，周边冒着小气泡，用长筷将圆盘从锅中夹起，以45度倾斜靠在案板上，用筷子从薄皮上端轻轻一捋，薄皮丝滑地铺平在案板上，迅速放上笋干、球菜、咸菜（酸菜）等馅料，包裹成类似春卷的条状，轻轻放入瓷碗中，浇入汤汁，加上韭菜作为配菜点缀，一碗色香味俱全、热气腾腾的米冻皮就盛上来了。

这汤汁是米冻皮的灵魂，同学们戏称它"猛龙过江"——泥鳅酸辣汤。从清洗泥鳅开始就充满讲究，将鲜活泥鳅装入瓮中，倒入少许山茶籽油和食用盐，让泥鳅将腹中食物和淤泥吐干净，确保泥鳅吃起来干净卫生，再倒入淀粉清洗泥鳅表皮上的黏液。将自制咸菜和酒糟放入油锅里翻炒，香味溢出后，放入洗净腌制的泥鳅、香叶、家酿红酒、少许石菖蒲，加上一大锅水，放于煤炉上文火慢煮，直至汤色浓郁，香气四溢。

学生时期正在长身体，仅吃碗米冻皮往往不够，我习惯搭配一个糯米团。说到糯米团，不得不说一说"阿末"。"阿末"姓杨，富口镇白溪口村人，在家中排行老七，因是最末尾出生的孩子，所以大家都亲切地用方言称呼他"阿末"。他个头不高，一米六左右，因常年劳作，身体非常壮实，最具特征的是他那双笑眯眯的眼睛，那样憨厚、朴实。阿末擅长做糯米团和白粿，一做就是几十年。我年少求学时，一直吃着他做的糯米团，他给孩子们的糯米团总是要大一些，每次总是笑眯眯地说："多吃点，才能长得高。"

阿末两夫妻勤劳诚恳，他们家制作的白粿都是阿末用木质大锤一次次敲击石臼中的大米，经手工捶打出来的，阿末的妻子则需要配合木槌敲击，一次次用手沾水对黏合的大米粿进行揉翻，确保整团的大米粿周边都能均匀受到木槌撞击，这样做出来的白粿细腻光滑、韧性十足。

因为坚持手工捶打制作，阿末夫妻俩每天凌晨四点左右就开始忙碌。早上六点左右，去学校上早自习的学生们总能吃上阿末家的糯米团和白粿。现在回忆起来，方才觉得那样的味道不仅令人难忘，还令人感动。

除了上学时美味可口的早餐，放学时令人回味无穷的点心也不少。街口阿婆做的煎饼让我印象最为深刻。打我记事起，阿婆就开始在集镇街道的三岔口摆摊卖煎饼。阿婆虽是农村妇人，但一头短发端庄干练，衬衣干净整洁，腰间长年系着一条白色围裙，脸上总是挂着微笑。阿婆总用本地话问候顾客："你来啦。"又笑盈盈地问："要不要辣？要几个？"仿佛每一个都是老熟人。

一张简单四方桌，上面钉张塑料油纸，这就是阿婆的操作台。一根圆木棍熟练地来回擀着，面团便轻轻在油纸上铺展开来。方桌边上立着圆柱形煤炉，炉上架着圆形平底铁锅，阿婆的丈夫坐在四方凳上，手拿双加长的筷子，来回给三个同时下锅的煎饼翻面。油锅里不时传来噼里啪啦的油炸声，香味勾着我们这些等待煎饼的孩子。

吃过许许多多的煎饼，但阿婆家的煎饼真是货真价实，饼里塞满小肉粒、球菜丝等馅料，皮薄馅多，香味扑鼻，拿到饼后，不管多烫嘴，我都会迫不及待地咬上一口。

阿婆煎饼摊边上还搭着个架子，撑一把太阳伞，一个可移动的小冰柜里，放着仙草冻和绿豆汤。一元钱一个的煎饼，五角钱一碗的仙草冻，是我每天放学时最期待的美味。如今阿婆已经不在，但每逢路过她卖煎饼的位置，还是会让我想起那温暖童年的美好。

记忆中富口镇的美食还有不少，阿财拌面、朱家手打扁肉、老情人豆腐干，以及胖阿姨锅边糊……如今的我走过许多地方，品尝过的特色小吃也不少，但这些家乡至味是我无论走多远都念念不忘的美好记忆。

母亲的仪式感

◎黄晓燕

家最有温度的地方莫过于厨房，小小屋宇内，方寸灶台间，柴米油盐，袅袅炊烟，是寻常百姓人家演绎百态人生的缩影。母亲，是这小小舞台的主角儿，一年四季、一日三餐，煎炸炒蒸熏、酸甜苦辣咸，或是时令节气或是餐桌日常，普通菜肴，用心烹饪，是她呈现给家人最具仪式感的作品，它一路伴我成长，也承载了家人美好的回忆。

节日的"盛宴"

"年"是中华民族最盛大的传统节日，大年初一的每一餐都分外讲究。早餐吃素，豆腐、米冻、大蒜、米粉……菜肴简单，取其谐音，寓意深远：青翠的蒜苗，寓意全年合算顺遂；白嫩的豆腐，寓意生活富足；软糯的米冻，寓意稳稳当当；蒜香米粉寓意一家人长长久久。午餐尤为丰盛，家家户户都要吃鸡，讨个"吉祥"的彩头。

三餐中，我最期待晚餐的"包心白粿"。蒸熟的粳米在石臼中反复捶打，就有了白粿表皮的柔软滑韧，好吃的关键不止于此，用心炒制的馅料才是"灵魂"。午饭过后，母亲便开始忙碌起来，先是将冬笋、蒜苗、香菇、虾米、酸菜和五花肉分别切细装盘，再按先荤后素的顺序，将馅料逐一下锅炒香，融合了甜香鲜酸多种风味的馅料包进 Q 弹的白粿皮中，成就了极致的舌尖体验。

农历四月初一，在其他地方或许是个寻常日子，但在我们这儿却颇具深意。民间信仰认为这天是个"平日"，有着不出远门、不搬家动土、不淋冷水浴的"三忌"，部分地区还有吃青团、包粽子的习惯。在大洛，每逢这一天，家家户户都会吃"烙粑"。这种用糯米粉和粳米粉混合后煎制的饼，看起来很普通，制作起来也很考究。为了满足一家人的口味偏好，母亲会分作"甜""咸"两种口味，我更喜欢制作较为复杂的咸味烙粑——七叶烙粑。母亲会提前找来艾草、紫苏、大韭菜、小韭菜、观音菜、枸杞叶等七种植物，取其嫩叶切碎，加入事先调制好的米浆中，再添少许盐、胡椒，小火慢煎。刚出锅的烙粑色泽青绿，细细咀嚼，除了稻米的劲道，还蕴含七种植物混合而成的独特清香。

这一年才制作一次的美食，是每个沙县人都难以忘却的味道。就拿母亲来说，即便远在他乡经营沙县小吃，到了这天，她也不忘忙里偷闲，烙上几块粑，把这生活的仪式感带到他乡，以解思乡之情。

"斗指东南，维为立夏，万物至此皆长大。"时至立夏，万物繁茂，农事稍停，母亲总会精心张罗一桌好饭让家人"尝鲜"，以解春耕之乏。其中，父亲于田间耕作间隙，顺手捡回来新鲜田螺，是餐桌上难得的美食。将田螺泡在水中，滴上几滴茶籽油，静置一晚，田螺会将腹中的浊物悉数吐出，这是保证田螺口感的小诀窍。再将田螺的盖（厣）及尾部清除，放入食油、酒糟、随手香等佐料，拌匀后上锅蒸，酒糟和随手香的味道扑鼻而来，令人垂涎。"一个田螺三口饭，八个田螺一碗汤"，轻轻啜一只田螺，先在尾部吸一口汤汁，再从头部把螺头吸出来，那滋味让人忍不住多扒两口饭。

"冬至大如年"是流传千年的习俗，北方吃饺子，南方吃汤圆。都说十里不同风，百里不同俗，单是在沙县，冬至这天，各地都有不同的汤圆做法，有的喜食蘸糖甜汤圆，有的喜欢肉馅儿汤圆，而大洛则会吃鲜笋肉丝汤圆。糯米粉加水，揉成光滑的面团，醒发后切成细条，再搓成一小粒圆球。提前备好新鲜冬笋、香菇、芹菜、肉丝，入锅炒香后加水煮至沸腾，放入小汤圆煮，直至汤圆呈透明色起锅。软糯的汤圆，鲜香的蔬菜汤汁，一同入口，滋味儿十足，暖人心脾，一家人就在这简单的仪式感中，驱散冬日的寒凉。

餐桌的日常

竹山苍苍，浩如碧海，竹笋资源丰富的大洛镇，有自己独到的食笋方式。一年四季，家里餐桌上少不了各类竹笋。早春三月，甜笋、花笋陆续登场；四月以后，苦笋唱主角；五月是石竹笋的舞台；六月、七月，绿竹笋长势正旺；八月、九月是吃四角笋的最佳时期；农历九月下旬，冬笋逐渐崭露头角。立春过后，冬笋悄然离场，取而代之的是穿着"毛大衣"的春笋，我们当地也叫"毛笋"。

不同的笋，因口感各异，烹饪方式也不尽相同。甜笋、花笋、四角笋鲜嫩脆甜，母亲往往会拿来素炒，高温快炒能锁住食物天然的鲜味。石竹笋清甜，适合煲汤。只需将笋清洗干净，加入排骨及三两片生姜，剩下的交给时间。一小时过后，排骨的油脂被石笋充分吸收，余下的是沁入竹笋的扑鼻肉香，汤鲜而不腻、笋脆而不柴，是春夏之交用来开胃降燥的绝佳汤品。冬笋长于冬日，藏于林间，口感脆爽，营养价值高，素有"金衣白玉，蔬中一绝"的美誉。冬笋炒腊肉、冬笋盖菜汤，是整个冬季，沙县人的席上佳品。

笋中风味最独特的当属苦笋、绿竹笋，自带苦味儿，可搭配五花肉或酸菜炒着吃。母亲则偏爱笋炒酸菜，再撒点儿小米辣，笋的绿、点缀辣椒的红，色泽鲜艳；笋的微苦配合酸菜的咸酸，辅以米椒的辛辣，送至口中，细品其中的苦辣咸香，乃识人间五味杂陈。

另外，苦笋味甘、性凉，为去其苦、增其味，母亲会将纤维较多的老苦笋腌制食用。先将苦笋焯水断生，加盐，涂抹均匀，放入大小合适的陶瓷坛内，码放整齐并压实，倒入些许白酒，坛口盖上盖碗，再用凉水封好。一个星期左右取出，用凉白开浸泡，去除腌制的汁水，放入白糖、辣椒、白米醋、大蒜等，凉拌入味，脆爽可口的腌苦笋是我儿时早餐就稀饭的必备小菜。

毕业后参加工作，母亲不在身边，我的餐桌搬到了机关食堂。第一个单位是大洛镇政府，工作两年间，对食堂的一日三餐，最初只抱有果腹的最低期待。但发现，用心做事的食堂阿姨分外可亲。2011 年，镇政府食堂新的承包者罗素清，让我对食堂有了更多期待。为了办好食堂，让干部吃得舒心，她总是尽心而为，发挥她本地人的优势，从大洛人喜欢的艾草着手，推出"艾草馒头"。将新鲜的艾草榨汁和入面团，馒头呈现天然的淡绿色，那淡而不涩的艾草味儿，口口清香，沁人心脾，受到同事们的青睐。随着艾草馒头的成功推出，她又大胆尝试，制作南瓜馒头、紫薯馒头，品类丰富、口味独特的馒头，是干部开启元气满满新一天的动力之源。

本着用心经营的初心，罗素清的"艾草馒头"名声大噪，多次代表大洛镇参加沙县区举办的各类小吃展会活动。得到消费者的认可后，大洛的"艾草馒头"逐渐打开市场，为满足顾客需求，罗素清还特意建了馒头预定微信群，保质保量供应市场需求。只要用心，小小馒头也能打开大大的市场。

成长的仪式

母亲的仪式感伴随我和弟弟成长的每个重要阶段，这样的仪式是母爱的表达，也是文化的传承。

我和弟弟印象最深的是，每年开学季，母亲用心为我们准备学生餐，年年如是，无一例外。办理完入学手续，母亲回家的第一件事就是准备开学"大餐"，她先是郑重地将这份"大餐"摆放在贴有灶公神像的简易承台上，点上香，先祭灶神。随后，让我和弟弟自己取下，且必须吃完。这份美食看似简单，一个鸭头，两颗鸡蛋、些许米粉，却藏进了母亲对子女朴素且殷切的祝福。鸭头代表积极进取，勇争第一；两颗鸡蛋寓意考试圆满，满分常伴；米粉长长，则代表锲而不舍，久久为功。

这样的仪式感，一直持续到我和弟弟初中毕业，我俩陆续离家求学后，母亲鞭长莫及，才没有再继续。她这份认真的仪式感潜移默化地影响了我。时至今日，我已为人母，开始学着母亲的样子，准备鸭头、鸭腿、鸡蛋、米粉，让孩子们也传承这份仪式感。

七夕蒙学礼，我是和弟弟一起过的。当天，父母在客厅的正中摆放一张八仙桌，桌上陈列糖塔、爆米花、笔墨纸砚、算盘等，我和弟弟在八仙桌前，高声朗读课文，祭拜孔子。兴许是被这少有的氛围感染，我和弟弟深信，经此洗礼，学习之路定能一帆风顺。也许是母亲在我们心里悄悄埋下了希望的种子，此后的学习之旅，我们都分外努力，走得坚定，从未让她失望。

民间常说"女大不中留"，对于这话，我的理解是父母对女儿的不舍别离。出嫁的当天，母亲按传统习俗为我准备陪嫁物品，其中，留存至今，且崭新如初的是母亲送我的陪嫁福袋"四大件"（用五色丝线缝制的镜子袋、菩萨袋、君子袋和花瓶袋），色彩艳丽，图案喜庆，寓意美好，祝愿和保佑女儿平安、多福。除了"四大件"，还有一份"厚礼"：一长串用花生、糖果、桂圆缝制的干果串，由母亲一针一线亲手缝制，足足两米多长，缠绕在脖子上；一个沉甸甸的蓝布兜，装着满满的蛋、肉和红包，寓意夫妻生活红红火火、子孙满堂、家庭富足。

沙县传统观念认为，女孩一生要生儿育女才算完整，母亲也不例外，她认为照顾女儿坐完月子才算"礼成"。每个沙县的女孩月子餐中不可或缺的是"红曲糯米酒",因具补气养血、祛寒除湿的功效,沙县妈妈们在女儿出嫁的早几年就准备了上好的"女儿红",待坐月子时派上大用。红酒蛋、酒香鸡……仿佛万物皆可用"红酒"。我独爱母亲煮的"红酒蛋"。先将红曲糯米酒、红枣、桂圆放入锅中预热,加入冰糖,待酒温上升冰糖融化后,打进鸡蛋蒸熟即可。母亲蒸蛋的技术极好,全凭经验,总能恰到好处把握火候和时间,八分熟的溏心红酒蛋是我此生戒不了的"瘾"。

生活因热爱而仪式,仪式因传承才成为文化。一粥一饭的家庭仪式感,是三餐四季,席间家人的谈笑风生;是盛大节日,美食与味蕾的惊艳邂逅;是柴米油盐,无声情感的含蓄表达。纵有金樽清酒玉盘珍馐,也不及家中一箪食一瓢饮,那刻骨铭心的味蕾记忆,是无数游子回归故里的牵挂,更是刻进每个中国人基因里的遗传密码。

青州米粈

◎黄　晨

米花糖，各地的叫法不同，有叫米花的，也有叫米泡泡的，沙县叫它"米粈"。米粈的做法，各地基本相同。但我们青州米粈，一直秉承传统制作方法，细糠、石臼、细沙这三个必不可少的环节，在各地是没有的，处于空白。正因为得益于此，青州米粈独有的味道和口感，吃过后，让人心情愉快。春节前后，至少有三到四个月，这段长长的农闲时间，大家的嘴上美食基本靠它。

从记事起，妈妈一旦说起，明天要做米粈了，这是快要过年的信号。我兴奋地数着日子，想象着新衣服、压岁钱、各式小吃零食，还有每年大年初二去外婆家拜年，吃外婆家的鸭腿，忘了捡钱，也忘不了鸭腿鲜美香脆的味儿。外婆专门为过年养了一群鸭子，年前一个月宰好，晾晒几天，再用木炭慢慢烘烤，烘至鸭皮呈金黄色，不再嘀嗒冒油，就用细细的铁钩吊在大酒缸内侧。外婆自家酝酿的米酒，有保鲜保味功能。日子越数越近，过年的仪式感也愈发浓烈。炒米粈，是过年的前奏，也是我的童年，过得无忧无虑最开心的日子。在这段时光中，映照着至亲好友一起相处的点点滴滴，如此美好、如此难忘。

12月中旬，正值农闲，大家算算一年的纯收入，精打细算安排过年需要花钱的地方。有趣的是，村里每家每户先紧着"打米粈"要花的钱，然后再商量着请春酒和走亲访友要用的钱。我家人口较多，每年基本都要打40斤米粈。吃过晚饭，我守在灶口添柴、清除木炭。大锅的水烧开，妈妈清洗干净的两只大木桶，小心翼翼入锅，在沸水中反复蒸洗，大概半个小时吧，用抹布垫住木桶两端捞起、放凉。洗净的糯米，分装在两只木桶上，加上清水浸泡一晚。天际泛出几缕亮光，妈妈和奶奶已经沥干两只大木桶的糯米，倒上猪油均匀搅拌好，用饭甑蒸煮。待整个厨房飘来香喷喷的味儿，糯米就蒸熟了。稠粘绵密、香香软软、热气腾腾的糯米饭，妈妈一碗一碗盛上来，尽情满足我们的口福。妈妈了解家人喜欢吃糯米饭，通常会多蒸几斤，自是不用担心糯米不够打出米粕的斤数；也不怕我们吃太多，导致肠胃消化不好。乡亲对五谷杂粮的了解和认识，已充分体现在田间地头的劳作中。

鲜有人读过《本草纲目》关于糯米的记载："糯米性温，酿酒则热，熬饧尤甚，故脾肺虚寒者宜之。"但这不影响大家知道糯米是个好东西，很多人花时间研究糯米五花八门的神仙吃法。正如我们探讨糯米如何让青州米粕保存鲜美有嚼劲，成为独具鲜明特色的美食。即便制作工艺相当烦琐，是个体力活，我们断不肯减少制作方法的某个环节。记得有个炸米泡的手艺人，走村串巷到我村。我们都很好奇，兴冲冲从家里端出一碗糯米或大米，炸出差不多有四碗的泡米花，入口，就索然无味了，相比用细沙翻炒出的糯米，在香味和甜味上，差出一大截。我们那里，是不会用糯米去炸米泡的。奶奶说："米粕是做来我们自己吃的，炒米粕累点就累点，炸米泡做出的米粕，不好吃，自己都不爱吃，怎么好意思拿出去给客人吃，炸米泡就是乱花钱。"颇有几分生活哲理。不过想想也是，正是像奶奶这样坚守的人很多，青州米粕传统的制作工艺，才得以传承好。

打开临街的窗户，空气清新，晚风吹拂，透过室内灯光，能够看清门前木头搭建的露天晒谷场上，三大簸箕铺满软软团团的糯米。阵阵糯米的清香味儿，随风飘来。蒸熟的糯米需要晾晒两天，冬日暖阳，糯米不会被热辣辣的太阳晒丢了香味儿，且能够最大限度保存。晾晒好的糯米，黏结成一团一团的，是没办法炒成一粒一粒糯米的样子，这时候需要洒下细糠，搅拌均匀，再用石臼碾捶。碾捶好糯米，筛掉细糠，做事用心又细腻的妈妈会筛三次，便现出白白胖胖的糯米，一粒一粒的，煞是好看。

接下来，炒米粑。早准备好的细沙，如丝绸般柔软，这可是爸爸在小河边不断淘洗来的。妈妈说过，40斤的米粑需要4斤的细沙。我把灶火烧得旺旺的，大锅里的半斤猪油，也烧得香喷喷的，4斤细沙全部入锅，妈妈慢慢翻炒，炒至金黄金黄，奶奶就盛上半斤糯米加进锅里，和金黄色的细沙一起翻炒。10分钟左右，锅里飘来焦香，糯米就炒好了，倒进筛子，奶奶临锅筛掉细沙。粒粒糯米，胖胖的、焦黄的，我咯咯嚼着，太香了。看着妈妈翻炒，奶奶休息；奶奶筛细沙，妈妈休息，行云流水的动作，让炒米粑平添了一层美学色彩。将近30斤的糯米，加上10斤的花米，都要和细沙一起翻炒，这工作量需要4天左右才能完成。

通常情况下，过年前的20天，是我家打米粑的好日子，也是最后一个环节。今天，爸爸吃过早饭，披上大衣，骑上"二八"自行车，去镇上买好酒好菜好烟，特意为今晚大餐专挑好的买。炒好的糯米、花米，一袋一袋提出；芝麻、猪油、冰糖随之摆上；灶台的铁锅，也换成更加厚实的铁锅。爷爷左臂夹着宽大的长方形木框，右手拎着大木槌，放在灶台右边宽阔的地方。搬来两条齐高的长板凳，放好长方形木框，两头削圆，中间圆滚滚的大木槌，置放在木框上。框的四边楔上木板，木板的高度，即米粑的厚度，同时，框的两边刻有尺寸，沿着划好的尺寸，切米粑，非常方便。

妈妈提前约好的三位闺密，她们各自吃过早饭，前后脚到我家。此时，灶火徐徐燃烧，铁锅有六分热度，4斤冰糖随之下锅，慢慢熬煮。锅铲高高一撩，目测冰糖熬煮的糖浆，成黏稠形状，就要量上8斤糯米，配比花生2斤、芝麻半斤，全数下锅，不断翻炒。待糯米、花米、芝麻被糖浆牢牢粘连一块，再起锅，倒入长方形木框内，均匀铺满整个木框，再用大木槌压实。一锅正好打出 10 斤米粑，一木框也正好装满 10 斤米粑。儿时的我认为，这样黏稠的糖浆，一定能黏住冬天的月亮，那样的话，大清早我就不会被妈妈强行拎出被窝，催着去上学。

一整天厨房是欢快的，时不时传来笑声。四位闺密，手不停地相互配合，嘴上聊着各自的男人，穿插着叫人听了脸热的玩笑话和女人们的悄悄话。灶台的另一口锅，蒸上饭后，奶奶转至后院，圆圆的大铁皮筒内架起柴火，筒上支起替放下的铁锅，奶奶炒上几盘菜，有荤有素，还有一锅浓浓的排骨萝卜汤，看起来挺丰盛，时间就到下午一点。厨房里的女人们，也做好三盒米粑，每盒 10 斤装，足足 30 斤。装米粑的盒子是用铁皮制作的，四四方方的，外面印有各种各样喜庆的图案，很有喜感。用来装米粑或各种吃食，能够有效防潮，且能长久保存味道，使用起来，简单方便。虽然大家忙得午饭推迟吃，但个个精神都不错。饭后，女人们忙着最后一锅的米粑，奶奶收拾好碗筷，喊上爷爷，一块去宰鸡，同时捯饬从镇上买来的各种菜品。妈妈请三位闺密来帮忙，爸爸就请来她们的丈夫一起吃晚饭。

古稀之年的爸爸妈妈，搬到城里定居，说着村里村外的今昔变化。特别是临近春节，妈妈必定是要说起已故的奶奶，牙齿全没了，还要想着吃米粑。陪伴奶奶的日子，妈妈坐在一旁，认认真真地掰下一小块米粑，放在奶奶手里，奶奶仔仔细细地吃着。

广州流行这么一句话："粥粉面饭，四大发明。"我想青州米粑的制作和传承，也是伟大的。好的食品，是长久的好，岁月悠悠，不及一个"食"事，禁得起反复消遣。

板鸭里的乡土情

◎杨铜平

俗话说得好，"民以食为天"，中国地大物博，孕育了各种独具特色的地方特产，而郑湖板鸭，正是沙县小吃中不能错过的美味。

郑湖板鸭名气在硬、香。据老人说，郑湖板鸭至少已有几百年的历史。正宗的郑湖板鸭讲究选料、精良制作，一般选用肥瘦适当的半番鸭宰杀洗净，用盐、辣椒、五香、蒜料腌制 24 个小时，自然晾晒风干，在阳光的照射与山风的吹拂中完成美味的转换。

20 世纪 90 年代初，我来到沙县郑湖乡担任团委书记。那时，交通不便，通讯闭塞，我到郑湖乡的时候，连路灯都是昏暗的，闪着微弱的光。郑湖乡地处沙县东南山区，一到入冬，霜冻总是让这里银装素裹，也正是制作板鸭的好时节。这时的郑湖乡村，随处可见用竹片撑开晾晒的板鸭，一只只整整齐齐金光闪闪地迎风挂着，满目金黄，如琵琶，似风筝，使寒冷的空气中似有若无地飘散着一股淡淡的荤肉香。阳光，山风，霜雪，是自然的孕育，让郑湖板鸭有了独特的风味。

郑湖板鸭晾晒风干后的最后一道工序是烘烤。地炉中烧着旺红的木炭，盖上炭灰成半明火，再铺上茶籽壳，板鸭放上烘烤 36 小时左右，待呈金黄色时取出挂在屋檐下随时食用，放了茶籽壳烘烤的板鸭，带着茶油的芬芳，愈久弥香。

有一天傍晚，我要赶到大炉村去，因为晚上村里要开饲养半番鸭山塘投标会。据村干部说，以往每次村里有投标，为了避免出现约标串标，包村干部都要来坐镇。

在乡政府食堂早早吃完饭，到郑湖中学当老师的一个朋友那里借自行车，准备往大炉村赶去，税务所、中学里几个平时在一起玩的朋友听了大为惊讶，给我说了好些有关大炉村这段路恐怖的传说。我哪里管他这些，我是包村组长，又是团委书记，不去怎么行？

不管三七二十一，骑上借来的自行车往大炉村赶去，一路黑灯瞎火寒风凛冽，村路凹凸不平，心里确实感觉有点恐惧。经过小炉村时，天空突然下起了大雨，我站在民兵营长陈承锋家的屋檐下，躲了近一个小时的雨。

当我赶到大炉村部时已是晚上八点多，破旧的村部里比平时多了许多人，也显得热闹了许多。村里人看到我浑身湿漉漉地走进村部时，一时都呆了。

村主任张世兴带我去换了衣服，投标会开始，村里几个小年轻占着平时习惯开始闹事，想变着法子串标，拍着桌子威胁我不要多管闲事。当年年轻气盛的我，也拍着桌子对他们说："我是新来的乡干部，包村组长，我姓杨，这事我管定了。你们如果按正常投标没话说，如果是乱来，想约标串标，门都没有。"

就这样，山塘投标圆满完成。

当晚，几个村干部把我拉到支书安桐家，温了一壶自酿的"酸冬红"，就着清蒸的板鸭，聊到半夜。当年农村物质条件很贫乏，能够温饱已属不易，鸭子寻常但板鸭不寻常，大多数农家只有在家里来了贵客、过年过节或者遇有重要事情的时候，才会吃一顿板鸭。

村干部说，以前很多乡干部都不敢不爱管事，大家晚上都没想到你会冒雨赶来，要不是你，晚上肯定会乱套出事。

自那晚投标后，村民们对我另眼相看，后来那几个小年轻也跟我成了朋友。每逢村里有要事商量，我时常在村支书安桐、村主任世兴家吃派饭，偶尔还会就着农家红酒啃清蒸的板鸭，那时村里穷没有村财收入，都是他们自己先贴着，至今想来，那时的人们是多么单纯。

对于板鸭的食用，我最喜欢的是清蒸。这也是郑湖板鸭最常见最简便的吃法，能最大程度保留食材的原味，将肉质紧实的板鸭用温开水洗洗后放入锅中大火蒸一刻钟左右，切块即可食用，越嚼越香。"农事冬闲毕，相邀做板鸭。椒盐搽匀透，竹撑似琵琶，炭火融融烤，香气徐徐发，皮酥肉油润，配酒最堪夸。"夸的便是郑湖板鸭的美味。我想这大概与做人一样，原汁原味才好。

郑湖板鸭还有多种吃法。其中一种是将板鸭蒸熟之后，切好蒜、姜丝、辣椒，先将佐料倒入锅中爆香，然后再将切好的板鸭倒入锅中一起爆炒，炒熟后即可出锅。喜欢吃辣的人可以根据口味，选择不同的辣椒，而晒好的干辣椒，或是皮薄的青椒炒出来的口感最好，这样做出来的板鸭不仅保留自身特有的香味，入口的辣味更增添几分特别的刺激，如此这般，亦可减少板鸭的几分油腻感。总之，板鸭的吃法与人的禀性一样，各有不同。

享受美食的时光是快乐的，但等待美食出炉的时间却是有些难熬。郑湖板鸭在晾晒风干的过程中，等待是唯一的选择，如果说食盐，可以让时间不再与食物为敌，让村民们的付出，能留作收获的期盼，那么唯有时间，才能让美食有意想不到的神奇妙变。

第二年，乡里安排我到庆洋村包村，大炉村全村干部到乡政府要求我继续包大炉村。看来，做人做事，还得像板鸭一样硬才香。

时光飞逝，一晃三十多年过去。如今，勤劳的沙县儿女勇敢地离开故土，走南闯北做小吃发家致富，其中不乏郑湖村民。他们以板鸭为支柱产业大量外销，他们可能没有读过很多书，说不出什么叫经济管理学，但是他们用精明智慧、辛勤劳动，在城市的街道旁、商场里，把一只不起眼的鸭子变成了"高大上"的礼品。前年，我妻子的大学同学来沙县聚会，大家带走的礼品就是郑湖板鸭。一方水土养育一方人，涵养一方人情，细究起来，板鸭里的乡土情耐人寻味，过去虽穷，但农家红酒和板鸭的温情至今难忘。

那一碗荠菜羹

◎肖文贵

离开沙县梨树乡已经整整二十八年了。作为一个乡的建制，梨树乡也已经在二十二年前就不存在了，但是作为我的第二故乡，梨树乡一直留在我的记忆里，过去是，将来还是。

1994年5月，我来到沙县梨树乡挂职锻炼，任职副乡长。彼时的沙县，不像今天因沙县小吃名满天下，而梨树乡更是名不见经传，是一个典型的山区农业乡，人口不足8000，下辖7个行政村。可能就是因为偏小，2002年9月被"撤乡并镇"，乡政府所在的梨树等4个村并入西边的夏茂镇，新桥等3个村划归东边的高桥镇。

那时的梨树，"麻雀虽小，五脏俱全"，乡镇一级该有的基本服务、基层机构，如中小学校、卫生院、派出所、财政所、信用社、农技站、水利站、林业站等都有，从乡政府这头到学校那头的主街上还有几家小饭店。在两年的挂职期间，我除了在乡政府食堂用餐，也在街上的小饭店和一些乡亲家里吃过饭，在这些或丰盛或简朴的饭菜里，有一道好吃又好看的家常菜，成了我的心头好，那就是"荠菜羹"。

我是在农村长大的，少年时也种过菜，但以前在我的家乡闽南沿海，常见的菜只有芥菜、包菜、花菜等，从没见过更没吃过荠菜，所以当我第一次看到"荠菜羹"的时候，一下就被它的美丽外表惊艳了。只见大碗中盛着的"羹"，色如翡翠，碧绿透亮，又间有些白色的点，宛如一幅画，待吃到嘴里，清香滑爽，美味可口，我吃了一碗又一碗。席间，我请教老乡，这羹食是用什么做的？他们说这是用荠菜、米汤，再随意加点豆腐、肉末或者虾米熬煮而成，食材简单，天然而易得。从此，只要有机会，我都要点上这道美味的家常菜一饱口福。那年暑假，我妻子带着孩子来乡里小住，我也请她们品尝，她们也直说好吃，于是在那个暑假里，我们一家人经常吃荠菜羹，它成了我们家的"团圆羹"。

那时还没有百度，我查了一些书，才知道荠菜真是个好东西。它富含植物纤维、蛋白质、胡萝卜素和多种维生素，中医认为它有清热利水、平肝明目的功效，现代医学研究也证实了中医的观点，证明它具有降血糖、降血压、降胆固醇、抗癌、预防心血管疾病等诸多益处，并对白内障和夜盲症等眼疾有一定的治疗作用。而且，它不畏冷霜寒风，按照自己的规律，先春而萌，苗壮成长，是返春最早的报春菜，是大自然赐予人类的绿色野蔬珍品。不仅老百姓喜爱，历代文人墨客也赞美有加，如苏东坡诗云"时绕麦田求野荠，强为僧舍煮山羹"，陆游有诗"长鱼大肉何由荐，冻荠此际值千金"，辛弃疾那句"城中桃李愁风雨，春在溪头荠菜花"更是千古流传，成为咏荠菜的名句，而我们熟悉的宋朝著名政治家范仲淹，由于少时家贫，常以荠菜充饥，日后便怀着深厚的感情，写下了《荠赋》："陶家瓮内，腌成碧绿青黄；措入口中，嚼出宫商角徵。"

当时，乡政府的领导分别挂包一个村，由我挂包的那个村叫泉水峡村。这是一个高山村，海拔高达650多米，也是离乡政府最远的村，距离有20多千米，而且像是梨树乡的一块"飞地"，要先经过高桥镇再一路盘山而上。那时乡里只有一辆北京吉普和一辆皮卡车，我去泉水峡大多乘坐那辆吉普车。由于车况和路况都不好，有几次在上山途中车子抛锚，水箱"开锅"，好在驾驶员小吴是从部队培养出来的好司机，他工作勤奋、任劳任怨，车子出现故障，他都会自己动手维修，实在维修不了才会送去修理厂。

虽然山高路远，人口较少（当时360多人），但泉水峡村无疑是个美丽的小山村，村民集中居住在接近山顶的地方，房前屋后绿树环绕，满目翠竹，仿如世外桃源。每次去的时候，当车子转过最后一道弯，远处出现作为村部的那栋白色两层老楼，我的心里便会有种回家的感觉。毛竹是村里的主要经济来源，由于得天独厚的自然条件，加上村民的勤耕细作，这里成了沙县毛竹生产的示范片区，所以在我看来，就像梨树乡实际并无梨子而是盛产青柰一样，泉水峡也并不以泉水著称，而是以其高大挺拔、长势良好、一望无际的竹林令人心旷神怡、终生难忘。

在梨树乡工作期间，我总共去过 32 次泉水峡。我和包村组的同志一般是早出晚归，有时也在村里住下。如果有住下，我会让小吴把我们送到村里后就返回乡里去，第二天我和包村干部老邓、小张走山路回去。老邓比我大几岁，曾经担任过村主任，有很丰富的农村工作经验；小张比我小几岁，是个在农村长大、好学上进的优秀"后生仔"，不久后就调往县法院工作。我们仨一路谈笑风生，看太阳西斜，树上野果，路边野花，树丛中的山鸡被吓得快速逃走……途经月邦村、中堡村，两个小时的下山路轻松惬意，令我多年来不曾忘记，时常忆起！

去村里的时候，我们会在经过高桥镇时买点菜带上山，吃饭大都是在村支书范兄家里。这是一户幸福的农家，三代同堂，生活平淡而殷实。当时范兄的父母身体尚健，一天到晚在田间地头忙碌，范兄忙于村务，范嫂照顾着一双上学的儿女，并把家里外收拾得干干净净。记忆里范家的柴火灶烧出来的菜都很好吃，范嫂做的荠菜羹特别香浓鲜甜。有一次我恰好看到她用锅铲不停地在锅里捣着，感到很新奇，她告诉我荠菜羹就要这样煮，荠菜的青草香更出得来，这让我联想到做沙县扁肉的肉馅不用刀切而用棍棒捶打，我想，所有的人间美味应该都是出自这样的精心和厚工！

后来，挂职期满，我从乡里回到城里工作，每当春天来临，荠菜上市，我都会找到有做"荠菜羹"的小饭店去喝上一碗，但如今，这样的地方已经越来越难找，而且做出来的"羹"也越来越没了那个味。这或许是因为现在野生的荠菜少了而改用人工栽种的，或许是因为没用米汤而直接加水熬煮，或许是因为在煮的时候不再用锅铲不停地在锅里捣着……

家乡四味

◎ 罗锦生

花 椒 饼

吃完沙县"花椒饼"会发现，饼里没有一粒花椒。

没有花椒而敢叫"花椒饼"，事出蹊跷。其因系从制作方法延及沙县方言而来的，以面粉制成饼胚后，放入特制的泥火炉子里烤，方法同新疆馕的制作类似。

但沙县人对"烤"有细致的分层理解，近距离火烤谓"烘""焙"，再远些谓"照"，这"照"的意思是火如阳光，有光和热，可二者又有相对的安全距离，不致烧起来。方言"火照"和"花椒"发音相同，得明山秀水滋养的沙县人性情婉约烂漫，对这个美食更是不肯那么直白，故称之为"花椒"。

在福建，美食和方言一样，一县一乡各不同，甚至一村一风味。饼也如此，品类颇多，尤其距离沙县200多千米的福州一带的光饼，是人们为纪念抗倭名将戚继光而制作的饼。虽然光饼的名声和来头很大，但也影响不了沙县花椒饼的发展，你走你的阳关道，我走我的独木桥，几百年来各自发扬。

虽然二者用料和制作方法大致相似，但品相风味却迥异。光饼小而实。花椒饼大而中空，正面嵌满芝麻。一嚼，芝麻和面粉的香味，以及淡淡的烟火焦香味，相聚融合在一起。

吃下的虽是普通食物，引出的却是难以言状的美妙轻松情绪，顷刻间把所有的忧伤烦恼都治愈了。我想，这也是人们对食品加工孜孜不倦探索的力量根源吧。

物美价廉指的就是花椒饼这类东西，它那圆嘟嘟的样子，胖过成人手掌宽，打记忆起，每个卖3分钱。一路慢慢涨价，5分，1角，1元。

只是，随着物质生活进步，人们觉得独独吃花椒饼还不够，还要创新，还要好上加好。花椒饼大且中空的特点给了人们很大的拓展空间。

油饼、芋头粿、笋片，甚至酸菜，这些乡村时令小吃和农家菜，被逐步填入花椒饼空余的部位，拇指和食指一夹，正面和背面似乎又够在了一起。再嚼起来，滋味又有了一番新天地。只觉得，饼酥、芝麻香、内馅狂野，汇集在一起，一切都恰到好处，一口下去，人生圆满。

洋快餐进入后，沙县人才恍然大悟，原来我们早就有自己的"汉堡"了，只是没有漂洋过海去申请发明专利。而沙县又归三明所辖，亦是名副其实的"三明治"。

我在幼年就吃上了花椒饼，那时母亲进城或者赶圩卖了咸菜、米糠等，就会买几个花椒饼给我们解馋。

初中在镇上寄宿时，与花椒饼的交集更加频繁了。富裕时夹油饼和芋头粿，拮据时只得独独吃花椒饼，小贩们知道我们年少嘴馋，肩挑手提到校门口叫卖，那香味蹿入校园，让人坐立不安。无钱用米可换，有的同学把控不住自己，上半周就把米换得光光的，下半周饿肚子。

到城关读书时，街头偶然遇见夹粉蒸肉的。那时，肉少而贵，吃个夹粉蒸肉的花椒饼是一种奢望。工作后，这种愿望可以随时实现。反倒怕油脂摄入太多了，不敢吃。于是，高纤刮油的夹酒糟笋成为热销。如今市面上最常见的是夹酒糟笋和粉蒸肉，供不同需求选择。

但我至今仍觉得夹油饼和芋头粿好吃，尤其是沾上豆豉油，味道更绝，冷和热的风味都不同。只是不同而已，没有优劣之差。

油饼和芋头粿一般在立冬之后才会大量出现，因山上的茶籽收获榨出了油，家家户户都会奢侈一把，让孩子们饕餮一顿。芋头粿比较粗犷，为节省米、豆才会炸，但味道并不输油饼。

我之所以觉得夹油饼和芋头粿好吃，主要是这些食材都来自大地，经过四季时光抚摸，又经粉身碎骨、凤凰涅槃般重生，糟粕去，精髓存，不管是形是色还是味，都脱胎换骨了。但都又是五谷杂粮，味道契合得自然、紧密，毫无撕裂违和的因子，各种优势尽然呈现，因此食之不愧为完美的享受。

花椒饼不仅可任意夹入其他食物，还可根据个人喜好添加酸甜苦辣咸之味。总之，花椒饼就是个百搭，它大肚能容，什么食材和味道都容得下，且能产生 1+1 大于 2 的味道效果，甚至往往化平常为神奇。正是花椒饼这种兼容并蓄的姿态，使得它源远流长，历久弥新，令一代又一代人爱之不弃。

箬叶裹清欢

一片天地养一片植物。在山区乡村的日子里，所需之物，在哪一片天地里安放着，你一定是知道的。益母草、鱼腥草、艾草，房前屋后就能轻易摘取。箬叶就没这么简单了，它仿佛是个藏在深闺里的美少女，找到它得爬上山坡。采摘时节，雨常相伴，因此它到家时通常是湿漉漉的。这个样子显得它更加修长、清净、翠绿，特别是那翠翠的绿，要是同晶莹的雨珠一同滚下来，能染绿地上肆意流淌的雨水。

箬叶的阔大样子，注定它能包容。许多事物，因为包容，便产生了奇妙的创造。箬叶将糯米一包裹，成就了粽子。粽子里的故事，是精神，是文化，源远流长，妇孺皆知，感天动地。粽子因此增添了庄重气象。

箬叶在履行使命之前，人们还得把它清洗一番，仿佛是位即将出嫁的姑娘，作精心的梳洗。水中的箬叶愈发显得清鲜、水灵、柔韧。被包裹的主角糯米，经过水的浸泡，粒粒珠圆玉润，发出晶莹的亮泽。这些珠子般的米粒，还有一颗剔透的童心，喜欢游动，人们不得用盆、筐这些器物，把它们拢住。箬叶相较于盆、筐，显然柔软多了。因其柔软包容性反而更强。

除了糯米，还会加入各种豆子、花生、糖、豆沙、肉等。加什么，不仅是口味的喜好，也是生活水平升迁的一道轨迹。我庆幸出生在富庶的南方，而且还是南方的山区。因为山区广袤的土地，就像一座天然的巨大粮仓，只要你勤劳，种什么都能长出来。因此，即使在20世纪70年代末，家里也有绿豆、黄豆、豇豆、黑豆、花生等。有这些尤物的加持，糯米的搭配空间就非常大了。

我家有两位大厨，奶奶善于制作荤菜，母亲擅长烹煮素菜。婆媳二人已然形成默契，杀鸡宰鸭时，奶奶便满面春风地站在灶台上，母亲坐在炉膛前，适时添柴加火。瓜蔬上场时，两人的位置对调。

但在包粽子时，两人就联袂出手了。她们共同的信念是决不允许粽子单一，不论是外形，还是风味，一定会弄出不同花样。而且就在同一串里，让你吃到不同的味道。因箬叶的包裹，看不见里头的内容，所以有惊喜，也有遗憾，使人保持长久的强烈好奇心，一个个粽子便不知不觉地落入腹中，直到撑肠拄腹了，才不得不罢休。

绿豆、豇豆、黄豆、黑豆、花生可以随意佐入，因为这些是自己种的，所谓"不要钱的"。糖、豆沙，是要花钱买的，这样的粽子只能做几个，满足我们的奢侈欲望。肉粽子，那是没有的，肉太贵了。因此，我们家常吃就是白糯米棕和各种豆粽子，原汁原味。或许肠胃适应了小时候的味道，如今可以随意加肉，但我还是喜欢不起来。

料配好，修长的粽叶即被对中折成一个尖角的斗状三角形，斗口貌如一张阔嘴，吞下一勺一勺的糯米等。接着要进行收拢、挤压、捆绑等动作，这时最能体现出箬叶的性情。因此，与其说操作者熟练，不如说是其对箬叶的理解，每一个动作力道都得拿捏精到。太松，箬叶不给力，就漏洒了；太紧，箬叶干脆就炸裂。

包好的粽子整串整串投进大锅里煮，随着水噗噗地滚沸，锅里的粽子味道便蹿出。低气压使空气凝重，粽子的味道便能长时间地悬在空气中，即使哗啦哗啦的雨不停地浇洗，箬叶的清馨和米豆的芳香味道，仍在周遭久久氤氲着，因而端午期间的烟火气特别浓。

经过蒸煮的箬叶，颜色由浓绿转为暗绿，但叶片的脉络依然清晰，拿在手上，充满质感，还散发出淡淡的植物芳香。这股天然的芳香，与糯米等味道紧紧溶在一起，已经成为粽子的独有标志，人们不用看，只要远远一闻，就知道是它了。

在制造业发达的今天，箬叶依然没有被取代，哪怕是工厂流水线生产，每日消耗无数，还是得选择使用箬叶。之所以能代代沿袭，除了箬叶易得、好用，更是因为它蕴含着亲切、温馨、质朴、绵远、安全、踏实的清欢，才让人敢纵情去享受这股至味。

沙县蛋面

"蛋面"，作为沙县小吃的一员，是个没有掌握好投胎技术的倒霉蛋，风头都被那些"明星"小吃抢光了，以至于当人们提起她的时候，肚子已经被那些声名远扬的家伙给占得满满当当的了，总是一次次地与她擦肩而过。愈发如此，她便愈出不了圈，令外乡人与她不相识。

她的样子并不"惊艳"，故在餐桌上占不了"C 位"，如乡村土地上的一棵艾草，朴实、平淡、无奇，人们要用它的时候，才会恍然大悟地想起它来。

在物资匮乏的 20 世纪 70 年代，两种情形下人们会想到她，一种是家有小喜，一种是人有小恙。因为"小"，就以"小"吃来锦上添花或雪中送炭，小得恰恰好。

我的中学时代是寄宿，每周才回一次家。周六傍晚我回到家对一家人来说是小喜，必须要有好吃的来助兴，肉买不起，那就来个蛋面吧；遇到头疼脑热的小恙，既没有胃口，也没有高精营养的食物滋补，那也来个蛋面吧。

农家淀粉普遍是地瓜粉和木薯粉，小时候吃的蛋面多用地瓜粉，这是木薯粉相对稀有、舍不得的缘故。如今做了改进，木薯粉与地瓜粉掺和，二者比例8：2较宜。之所以如此调和，一为美观，木薯粉亮白。二为口感，木薯粉更有弹性，吃起来劲道。做法就是在粉里打入鸡蛋，加适量水，拌匀成浆，泼在油锅上煎干，切成面条状，"面"的名由此而来，再经煮或炒，蛋面即成。

小时家中多以煮食，因为煮加了水和蔬菜，量可以变得多，丰盛感更足；炒，加些红萝卜之类的，白加红，喜感更强，但夹没两下，就光盘了。

因为有她的缘故，寄宿在校时除了对家的思念，对小恙也无惧了，觉得能享受到这种特殊待遇，值了。

工作后，早餐在街上"打游击"，小吃之乡吃的选择太多了，日日换着吃也不会重样。况且哪个小吃业主还会在逼仄的操作间里架口大铁锅，耗时耗力地煎煮这蛋面，就为满足乡村喂大的不多的肠胃？由此，蛋面逐渐生疏。

一次，南阳乡一村两宗族发生纠纷，我们奉命驰援赶到。等完成任务，月亮已高高挂在天上，大家饥肠辘辘，乡政府食堂仅有的一点菜，哪够五六十号高大魁梧的年轻民警塞牙缝，小地方晚上又没地方买菜。食堂师傅急中生智，煮了蛋面一碗一碗地端上来，这个既可做菜，又可当主食的玩意，让每个肚子都心满意足。城里长大的同事，也把蛋面的味道刻入肠胃里了，念念不忘。然后一传十，十传百，"风味独佳"的标签居然贴给了这个乡，多地很不服气。但口碑在人家的口里，撬不走，不服气也没办法。

沙县小吃非常顽强，扎入大江南北的大街小巷里，但蛋面是看不到的，继续"宅"在乡土里。

也只有兄弟姐妹围在一起时，怀念"妈妈的味道"时，才会特意来一盘蛋面。几筷下去，犹如叩拜了固守家园的祖辈般，回到故园的感觉愈加充实起来。可是大家在天南地北打拼生活，难能几回聚。一晃，竟又与她失之交臂好几年了。

小巷里的"罗兰烧饼"

若是你上班的单位与一家香气飘飘的美食坊为邻，你每天会是什么感觉？

是快乐与煎熬齐飞，是豪放与矜持一体……总之，这种感觉本身就是一道美味，百咂舌不止，回味无穷，欲罢不能。再经日积月累，慢慢由味蕾转为记忆，任时光如何流逝，记忆的河流却永不会干涸。

我刚参加工作时的单位沙县公安局凤岗派出所在城关班厝巷里。派出所独门独院，大门朝着县政府广场。院子后面侧边留着一道小门，出门即是班厝巷，用于应急，平常很少开。虽只要把大门一关，外人一个也无法入内。但与左邻右舍都仅是一墙之隔，关不住随风流淌的各种声音和味道。

尤其是左邻，虽是一座老旧不起眼的民宅，但其女主人罗兰制作的"罗兰烧饼"声名远扬。这烧饼的味道，似乎已经泅进了空气里，风吹不散，雨浇不灭，日晒不尽。饱饱满满的，每天忠实地跟随着主人的劳作时间，在空气中奔跑。

每天早晨，我远远地看到派出所大门，"罗兰烧饼"那种香香、美美、酥酥的味道便扑面而来。

清晨已经在家里抚慰过的肠胃，原本有些慵懒了。此刻，犹如吸入了兴奋剂似的，又咕噜咕噜地运转起来。

但此时体内的营养尚可支持我的矜持。我会坚强地把从喉间爬到舌尖上的口水，重新咽回肚子里去。

然后，泡一杯热热的茶，随着茶杯上的水汽氤氲，茶的香味与烧饼的香味便缠斗在一起。借着这个机会，我把注意力集中起来，开始接处警、梳理案线、做内页档案等活。

可过了下午四点钟，胃里的那些存货，消耗得差不多了。而罗兰烧饼经过近一个白天的累积，不管是制作的数量，还是味道在空气里的聚集，都达到了最高潮。

有时，抵御味道的难度比抵御金钱还难。试想，在饥肠辘辘的情况下，摆在人面前分别为美食和金钱，为了活命，多数人肯定会选择美食。

派出所虽有食堂，但得到六点钟准时开饭，时间铁打，不管你有多么强烈的补充能量的欲望，规定时间未到，坚决不能开餐。对消食旺盛又体力损耗大的年轻人，很是考验。

每到四点多的时候，我觉得是一天最煎熬的时刻。所里要求民警不许在上班期间私自外出。去买罗兰烧饼吃，铁定犯规。

有年轻同事经不住香味袭扰，偷溜到罗兰烧饼坊里去，他们很聪明地在那儿吃完饼，然后两手空空地回来，似乎不见饼，所领导就逮不住，拿他们没辙。没想到所领导道高一丈，直接"空口无凭"地批评他们。他们不敢承认，用其他事由搪塞申辩。所领导说，你们还不老实，嘴里喷出的还是烧饼香味呢，这叫偷吃不知道擦嘴巴懂吗！他们立即大窘，恨不得地板裂出一道缝钻进去。

虽有前车之鉴，但我那时年轻力壮，胆儿也壮。多少次，我扛不住煎熬，趁所领导不在，换上便装从后门悄悄地溜出去买饼吃。

当一脚踩到班厝巷古老的石板上，经过小巷两边挤压的风，又长又猛，呼呼地叫着，似乎在为我加油鼓劲。我的心情既紧张，又激动，三步并作两步朝罗兰烧饼坊奔去。

那会儿，罗兰才20岁出头，人如其名，她体态苗条纤秀，凹凸有致，瓜子脸盘上的五官清朗精巧，肤色白皙，明眸皓齿，头发乌黑浓密，步态轻盈，轻声慢语，口含微笑。其安身于古老的民宅内，好似一株插在一个明清时期紫砂兰花盆的空谷幽兰，古色淡香，生机勃发，亭亭玉立，楚楚动人。

罗兰多数时间在操作间里做饼，手头有空了才会笑盈盈地出来卖饼，与买饼者简短地说几句话。每次，她都外罩着一件宽大厨裙，像一件不惜布料的豪华连衣裙似的，将她的身段衬得愈发婀娜多姿。

一个个金灿灿的烧饼规规矩矩地叠在竹筛上，头顶上的房梁，在时光的抚摸梳洗下，木纹愈发显得清晰，古老而简朴，亲切自然之情油然而生。

等不及一手交钱一手交货，我就先抓两个，叠作一个，满满地朝嘴里塞去，油、肉、芝麻、面粉的香美之味迅即真真切切地充满了鼻腔和口腔。

当我肚子浑圆地走出罗兰烧饼坊时，西下的夕阳，透过窄窄的小巷，软软斜斜地敷在我身上，惬意、知足、快乐和温暖所编织成的幸福，便紧紧把我包裹住了。

在远离了沙县凤岗派出所后的日子里，我时常会打开记忆的闸门，细细回味那段美好时光，如咀嚼小巷里的"罗兰烧饼"那般，唇齿留香，心满意足。

喝"春酒"

◎洪华高

　　过年时老家有请"春酒"的习俗，也就是前一年有结婚生孩子等喜事的亲戚会在春节期间请大家喝酒，因而每年春节有走亲戚的习惯，父母亲常会带我和弟弟到乡下亲戚家喝"春酒"。记得有一天我随母亲去了一次俞邦村姑丈家。从夏茂镇步行到沙县小吃第一村——俞邦村要一个多小时。母亲挑一担子，担子一头的篮子里放一包红糖、花生等，还有一块蓝色或灰色的卡布料，布料上贴上一小片红纸象征喜庆。在那个买布需要布票的年代，布料是上好的礼品；另一头则是一只双脚用红头绳捆好的公鸡等。红糖或花生用土黄色的草纸包好，再用一条红绳绑了个十字，在十字交叉的地方放一张折叠好的十元钞票，这是喝酒的礼数，那时十元可是个大数字，因为，那时猪肉一斤才一元多。

　　正是春暖花开的季节，春天的阳光特别灿烂，沿着儒元盆地的边缘沙县到将乐公路往前走，远望盆地，收割后的农田显得异常旷远。随着母亲我一路走，一路燃放着鞭炮，走在路上也可以不时听到附近村庄燃放鞭炮隐约传来"啪！啪！啪"声。也可以看到路过的村庄里农家房前一片红色鞭炮屑上摆着一两张桌子，村民在和煦的阳光下聚在一起打牌、闲聊，一副其乐融融的场面。拐个弯不一会儿就看到俞邦村村口的标示性建筑——廊桥。过了桥，乡村过年的气息和着鞭炮声扑面而来。村口，孩子们和我一样拿着鞭炮在不停燃放，有的将鞭炮塞进路旁稻田的泥土里，点燃后将泥土炸飞上天；有的用一破碗将鞭炮盖上将引线露在外面，点燃爆炸后鞭炮将破碗炸飞上天；有的将点燃的鞭炮扔进水渠里将水炸飞上天；有的将鞭炮直接扔上空中让鞭炮在空中爆炸，爆炸后的鞭炮屑如天女散花般飘洒下来，洒在路过的人头顶、衣服上；有的将鞭炮塞在石头缝里、树洞里、晒衣服的竹竿口，只要能想得到可以插鞭炮的地方都可以燃放鞭炮。当听到爆炸声或看到物品被炸开、炸飞上天就特别开心，而且乐此不疲，童年没有什么玩具，燃放鞭炮就是成了那时最有趣的游戏，鞭炮声和童趣紧紧地联系在了一起。

沿村口往前，每家每户都有把一张桌子摆放在门前，地上一样是一地鞭炮屑。早春的阳光暖融融地照在每个村民的身上，每个人脸上都洋溢着过年的喜悦和闲适，他们嗑着瓜子、花生，打着扑克，桌子外围着一圈圈的人，他们不时伸出手，指指点点……女人们则三三两两聚在一起聊着家长里短，土狗们则埋着头在桌子下穿来穿去，凑着热闹。往前走，一阵持续的鞭炮声和锣鼓声从远处传来，循声望去，在村尾处的一棵老大樟树下腾起一股股灰白色的烟雾，走近才看清那是俞氏祠堂。俞邦村在南宋年间曾出过一名户部尚书俞肇，是南宋绍兴十八年（1148）进士，其祖父、三叔皆为进士，俞氏算得上是名门望族。几个从外地请来的演员穿着花花绿绿的衣服，敲锣打鼓在祠堂的戏台上演出。祠堂前俞氏村民们在鞭炮声里、在浓烟中点香上供品，祈祷先祖护佑平安，来年风调雨顺。锣鼓声和不时响起的鞭炮声混合在一起，回荡在乡村的上空，把过年的气息传到很远很远。到了中午，有"请春酒"的早已把桌子椅子摆好，桌子上摆上碗筷、温好的冬酒以及花生瓜子地瓜干糖果等，客人们也坐满了桌子，酒满上，鸡鸭鱼肉端上，大家端起一碗碗冬酒，互相祝福一饮而尽，嘴里啃着鸡腿鸭腿，边喝边大声说话。

走在村里的小街上，空气流淌着酒肉香味、鞭炮的烟火味，以及早春花开的香味；鞭炮声、孩子们奔跑呼喊声、村民喝酒猜拳声，大声说话的声音也伴随着酒肉香味飘荡在上空，村庄前则是收割后空旷却孕育着希望的农田。

　　童年戳满了鞭炮声的印记，虽然童年时的鞭炮声已渐渐淡去，但那个手拿香火点炮的少年却时常还在梦里出现。

糟酒飘香

◎杨世飚

古法酿酒，一听就显得古老而神秘。怀着一颗好奇探秘的心，我来到了红糟之乡——沙县后底村。

据说后底制糟酿酒已有上百年历史，曾盛极一时。村内的红糟井也许就是一个见证。据说，以前每到仲秋时节，家家户户就开始制糟酿酒。但如今，村里仅剩几户人家顽强地延续着古法制糟酿酒这一古老的行当。

经人介绍，我们认识了制糟酿酒大户老董。在老董的带领下我参观了他们家的制糟酿酒窑洞，详细了解古法酿酒的流程。老董家的窑洞在树荫鸟鸣的山边，老远就能闻到扑鼻的酒香，颇有世外桃源的意味。迈进窑洞，我适应了几秒钟，才看清窑内的场景。窑高度约 1 米，宽 4 米，长度约 6 米，外围是砖墙，顶加横木，铺上毛竹条后再覆盖一层黄土，窑顶用水泥瓦覆盖，窑底部是三合土铺面。老董边走边介绍酿酒的流程。米酒酿造所用的主要原料是糯米，要求米粒洁白丰满、大小整齐、无杂物。米在入锅蒸前，先要经过一段时间的浸泡，使米吸足水分。"这就是蒸米的饭甑，过去做饭就用这个呢。"顺着老董的指引，我看到窑门左边的土灶台上的大饭甑。老董继续说，蒸熟糯米要求饭粒松软柔韧，不烂不粘，均匀一致。蒸好后的米，倒入簸箕内摊开，放在干净通风的地方冷却。通过风冷或水冷降温，将冷却的糯米放入酒坛中，厚度七八十厘米，铺上一层红糟，然后就是一层糯米一层红糟间隔放入，加上山泉水，盖过糟米，将坛口密封静等发酵。

在窑边右侧有一排排酒坛子，摆放得整整齐齐，有二三十个。我问："发酵后就是酒了吧，这酿酒也简单嘛。"老董笑道，别着急，关键就是在发酵，这古法酿酒的发酵要经过"三沉三浮"。

听起来好像有点意思，我忙问，怎么个"三沉三浮"法？老董解释道，简单通俗地说，米和粬经过搅拌后放到这个酒坛里，刚入酒坛的米就自然会沉到坛底，沉下的米经过发酵，就开始糖化。在发酵过程中，会产生气泡，能听到微小的嘶嘶声，释放出米中养分，吸入了空气，这时米开始膨胀渐渐浮出水面，这是第一次沉浮发酵。经过第一次沉浮的米，产出的水也可以勉强称为酒，但并不是好酒，档次低，因为米发酵得并不彻底，没有完全释放养分和能量，就膨胀起来、飘了起来。这时候，我们就会用一根洁净干燥的小竹棍，放入坛中搅动，在搅动过程中，"敲打"膨胀起来的米，经过棍棒的挤压、敲打之后，排出了体内的气，重新沉入坛底，进入第二次发酵。这样反复经过三次沉浮，米内的养分和能量才能全部融到水里，大约25天之后，酒坛中的糯米、红粬、泉水融为一体，酒色由清红变成深红，酒糟沉到坛底，发酵才算全部完成。然后再经过过滤压榨和煎酒杀菌，把酒液装坛后入库陈放数年，就成美酒了。

参观之后，我品尝了"三沉三浮"酿出的后底红粬米酒。那酒色如琥珀，入口绵软，芳香浓郁，回味悠长。我情不自禁地赞道：好酒！回家后，我反复琢磨那个"三沉三浮"的酿酒发酵过程，突然发觉酒坛虽小却大有深度。社会不也像个酒坛，每个人不就是一小粒米吗？初入社会沉入坛底的时候，我们无须自卑，不必抱怨，要相信有酿成美酒的那一天，我们需要做的是融入社会，发挥所能，释放能量；在有所成就，崭露头角的时候，我们不能自大，不能飘浮，要提醒自己尚未发酵完全，我们需要做的是给自己一棍子，让自己重新沉入坛底，然后一如既往地勤奋努力，默默奉献。这样几经沉浮之后，粒米何愁酿不成美酒，人生何愁不能实现价值呢！

美味纪事

◎曹英柳

泥　　鳅

我的家乡沙县，有许多村庄山高谷深，离城关甚远，可声名远播，我想，这一定得归功于泥鳅粉的好滋味。

小村盛产泥鳅。早些年，一到初夏时节，黑魆魆的山影里，细长的田埂上，星星点点闪动的松明火，那是小伙子们在"照"泥鳅。他们有的提"火笼"，有的左手持着松明火把，右手持鳅叉，巡行在各丘水田里。闷热之夜，泥鳅会钻出泥土透气乘凉，如一枚细长的树叶般静卧在水田里，早被眼尖的小伙子瞅见，电光火石间，鳅叉飞出，无可逃遁，再把泥鳅往挂在裤腰带前的竹篓一捋就妥了！

至于翻泥鳅呢，那是孩子们的乐事了。夏收过后的午后，他们呼朋引伴，选一块已收割完的稻田，瞅准了泥鳅冒气的孔，双手翻起"泥粿"，眼疾手快，正要逃匿的泥鳅便被逮个正着。

农人们还有"药泥鳅"的偏方。据说，年景好的时候，一小丘田，可收一畚箕泥鳅呢。割完水稻后，田里只余少许的水，采来"鱼杀草"，切碎捣烂，再加足足的剁碎的辣椒，撒在田里，一袋烟工夫，泥鳅都"醉"了，瘫在那儿；还可用茶麸饼"药"泥鳅呢，将茶麸饼用火烤得焦焦的，敲碎碎的，均匀地撒在田里，过了个把时辰，这小块田里的泥鳅，一动不动地瘫在泥上，身体软软的。我想，这些农人的偏方，便相当于梁山好汉的"蒙汗药"吧！

如凯旋的战士般，神气地将战利品拎回，嫂子们利落地将泥鳅洗净，晒干，用米糠或茶籽壳熏得香喷喷、金灿灿的，用油纸包好。待要享用时，猛火热油一煎，搁上盐，再加入酒糟桂皮香叶和艳艳的红尖椒等，上屉一蒸，便是极好的下酒菜。冬闲时节，辛劳一年的农人，邀上几个亲朋好友，就着这酥香的泥鳅，啜上几口自家酿的"酸冬红"，开轩面场圃，把酒话桑麻，此乐何极！

而阿婆、嫂子们精心烹煮的酸辣爽口、糟香四溢的泥鳅汤，更是妙不可言了！她们烹制之前，有一招秘而不宣的绝活——"养泥鳅"。"养泥鳅"是沙县方言，其实并不是真正意义上的养殖，而是将泥鳅放在水桶中用清水漂养一两天，祛除土腥味后，用料汁浸润。先将清洗干净的泥鳅放入一个有盖的容器中，再将红酒、食盐、橘子皮、生姜片等调味料调好并搅拌均匀，然后小心翼翼地将盛放泥鳅容器的盖子打开一条小缝，以迅雷不及掩耳之势，倾入调好的料汁，火速盖严。任盖内翻江倒海，切不可开盖偷窥，否则"鳅急跳墙"，四处逃逸，你只落得空欢喜一场。

这些小泥鳅们在这些调料的滋养下，渐渐麻醉瘫软，表皮上出现一层可爱的浅灰色。待它们没啥动静了，就是"养"好了，再将其放入锅中烹饪。用这种方法"养"过的泥鳅，吃起来才会感觉柔弱无骨、绵软细嫩、鲜香入味，这也是沙县的煮泥鳅闻名遐迩之所在！

那些阿婆、嫂子们对调味品的应用也完全颠覆您的三观，她们不单用常规的佐料烹饪，还善于用随手可得的各种当地的植物来丰富我们的餐桌。糟香深处是故乡，酒糟和酸菜是她们酷爱的调味神器。她们不单用花椒和切得细细的姜丝炝油，用自家腌的酸菜佐味，还在汤中添加晒干可除腥祛湿的菖蒲、荜茇、橘皮呢。待至波翻浪涌之际，再就地取材，搁上房前屋后随处可见的嫩生生的白菜、香芹、紫背天葵的嫩叶。这些嫩叶，饱吸了油香和泥鳅的鲜香，那柔滑润泽的好滋味，真让人咂舌。

而那一只只被"养"过的绵软柔滑、已用酒糟等调味料腌制入味烹熟的主角——被誉为"水中人参"的泥鳅，则红着身子温驯地卧在汤里，看着就让人垂涎。有的细心的嫂子，还在汤中加入磨成糊状的淮山，搅拌均匀后，将烫软的粉干倾入共煮，粉干的绵长柔韧和着泥鳅的鲜香，还有淮山的柔滑，实在是舌尖上的好滋味。

这些加入家乡特有的酒糟、酸菜的秘制泥鳅粉，早已不再是单纯的美味佳肴了，而是能缓解远方游子乡思的灵丹妙药了！

冬日寒凉的夜里，喝上一碗热腾腾缀着红椒的泥鳅汤，鼻尖沁汗，好心情春暖花开。可惜酷爱此汤的我，每每总有暴殄天物之嫌。我或拿只盘子，郑重其事地将泥鳅夹至盘中，用牙签解剖，费事劳神许久，或胡乱啃着泥鳅肚少得可怜的肉，弄得满嘴都是刺拉拉的骨头渣。热诚的嫂子，见我吃泥鳅的狼狈样，总是满脸哀悯且一副恨铁不成钢之状地亲身示范。

我素不知泥鳅有这等神异的吃法，她的"泥鳅功"可谓炉火纯青。你瞧她，将绵软的泥鳅尾朝里整只夹入口中，用筷子轻轻拽住它的头，银牙轻叩，双唇轻轻一抿，执筷的手就势一捋，嫩滑的鳅肉便悉数脱落，骨头也顺势抽出，便可好整以暇地享受那细嫩柔滑鲜美的泥鳅肉了。她边指导我，边"嗖嗖"地一只只往嘴里吞吐泥鳅，谈笑间，泥鳅纤细的骨骼一具具完好无缺地列在我面前，令我既惊且羡。

可我虽久未习得此法，照旧乐此不疲，因为那泥鳅粉的好滋味，实在令人欲罢不能！

真的打心眼里佩服这些爽利的家乡嫂子，这些质朴能干的妇人们！无论再艰涩的年景，她们也从不怨叹，就地取材，用心打理生活，她们的灵心巧手，给当年清寒的生活刷上了幸福的釉彩。而今小小泥鳅，在她们的手里，幻化成了舌尖上令人难以忘怀的好滋味，不单迎来了八方慕名而来的游客，也成了远方游子心底潜滋暗长的乡愁了！

对了，说起这些小泥鳅，我便忍俊不禁，殊不知它们还成就了一桩和美的姻缘呢！

那时，乡镇中学里，有两位大龄单身老师，男的性格温厚，却极腼腆，女的虽已芳心暗许，却也极羞涩。双方好友均着急，尤其是我，这个热心的好为"红娘"者。

彼时，正是和暖的初夏时节，逢着周末，我们常与当地伙伴相约叉鳅去。那晚，我灵机一动，故意不露痕迹地将他俩调配在一组，给他俩创造独处空间。一个叉鳅，一个当助手帮忙拿手电筒"照"泥鳅，也许是女的胆小，碰到飞虫时的一惊一乍、遇见水蛇时的手足无措，激惹起男子汉的保护欲，亦或是那晚的月色太美，蛙鼓声声，万物有情……总之，那次成功的破冰之旅后，两人就经常出双入对了，如今两人的女儿也已到了谈婚论嫁的年龄。

那晚的叉鳅活动，以胜利告终，收获一对佳偶及许多段无疾而终的爱情。那些小泥鳅们也因此成了我们青葱岁月里的"红娘"！可那晚原本大伙翘首以盼的泥鳅盛宴，却因我这笨拙的真"红娘"一脚踏空栽到水田里而泡汤了。

前些日，大伙重聚首时，我这湿漉漉的、泥浆满身的"红娘"的伟业还为众伙伴津津乐道。

馄饨情结

每次走过东门老街的街角时，我总下意识地驻足凝望，却再也看不到那熟稔的馄饨挑子了，也见不到烟气缭绕中忙碌着的寿伯了。他煮的馄饨是我童年无上的美味，在我的记忆里闪烁着再也难以企及的幸福的光泽。

那是怎样的馄饨呀！你瞧，盛在镶边细瓷花碗中的馄饨，简直是件艺术品。薄如蝉翼的皮，近似透明，隐隐现着淡粉色的肉馅，鼓嘟嘟神气地浮在乳白的骨头汤中，碧绿的葱花缀于其间，刚洒下的麻油星子滴溜溜急遽地在汤中转动着，就这么腾腾地冒着热气，令人垂涎三尺。

我常诧异，寿伯这五大三粗的人竟能做出这么精巧的吃食！寿伯与瘦高的父亲相比，魁梧粗壮多了，且嗓门奇大，间或慢性子的伯母聊天误了事，他还会瞪着牛眼唬人呢，可他对我们小辈却很是慈爱。母亲卧病在床，我无人看管，便终日在他摊前戏耍。

寿伯槌制馄饨馅是很有看头的。膀大腰圆、满脸油汗的寿伯，光着膀子，肩上搭着条白毛巾，手持两个大木槌，威风凛凛地站在比我人头还高、口径比面盆还大的松木墩前。墩上搁着大块精肉，他如铁匠般槌打，挥汗如雨，声震小街，直至将肉块槌成肉泥。见他槌制馄饨馅时，我常想，馄饨在沙县俗称"扁肉"，和槌制肉馅的方法一定有些关联吧。待至看《隋唐演义》等小说，书中使着流星锤、豪气干云的好汉们总令我想起槌制肉馅时的寿伯。

寿伯常说，馄饨就讲究个"鲜"字，得现包现煮。顾客上门，他一面唱喏应客，一面拉开装馄饨皮的抽屉，忙活开了。他左手摊着馄饨皮，右手拿根自制的扁平竹片，在肉馅盘中轻轻一刮，肉馅便沾至皮上，手轻轻一捏便包好了。一张一翕间，玲珑的馄饨便如白蝴蝶般纷纷飞至屉内。

他的馄饨皮薄馅多，汤鲜味浓，街坊邻居们都夸他的馄饨和他的人一样实诚地道。那些牙口不好的老人，时常走上老远，就是为了吃上这地道的阿寿手工馄饨，寿伯对他们也极为热忱，有时见老人腿脚不利索，还放下手中的活，搀他们一把，安顿他们在靠近炉边的位置坐好。他一边有一搭没一搭的与老人闲聊着，一边氽汤调料，一边眯着眼用铁笊篱从氤氲着热气的锅里捞着馄饨，送至老人手上，还时不时地为老人碗里续续热汤。晒着冬日的暖阳，吃着爽滑的馄饨，这些老人的脸灿若老菊。

我想，这些步履蹒跚的老人在生命的残冬如此惦念着的不仅是美味的馄饨，他们更多的是贪恋这炉边的温情吧！

冬日的馄饨摊前还有一景，每到中午或傍晚放学时，常有一大群学生端着饭盒嬉闹着围坐在摊前。寿伯为人慷慨，且馄饨摊与沙县一中后门相近，冬日寒风凛冽，冻雨淋漓，这些身单体薄的清寒学子是冲着那口热汤来的。他们都是寄宿生，家在乡下，常是一周回趟家，带一罐咸菜豆干，就要对付完一周餐食。他们哪有什么余钱，两三人合买一碗馄饨，喝口热汤，加足辣酱，驱驱寒，已是很奢侈之事了。寿伯一再为他们续汤添料，不厌其烦。常有熟识朋友好意相劝："阿寿，你太不会算计了，那毛把钱还不够调料钱，这炭也贵着呢！"寿伯笑而不答，逼急了才低声答道："学生娃子苦啊！这么冷的天，多喝点热汤，暖暖身子也好！"学生们鼻尖上沁着汗珠欢喜地离开，寿伯一脸欣慰。事隔多年，这些学生聚会时，竟有人想将寿伯的馄饨摊子前相聚作为一项活动议程。慷慨热心的寿伯呀，你勺中的善意，不经意间，竟成了这些莘莘学子回望青葱岁月时所忆得的最暖人心肺的风景！

寿伯对我们这些侄女更是怜爱，他常怜惜地抚着我细瘦的胳膊，给我烫上一大碗的馄饨。这胖鼓鼓的馄饨哟，那么诱人地荡漾在乳白色的骨头汤里，我一小口一小口地啜饮尽汤汁，方舍得将香滑的馄饨入口。再怎么细嚼慢咽，碗儿也很快见底了，我正意犹未尽地舔着嘴唇，懊恼自己吃得太快时，又一大铁勺凌空而至，将那圆鼓鼓的馄饨悉数倾入我碗中。我实在有些不好意思了，寿伯牛眼一瞪，佯装发怒，我便顺势心安理得地大快朵颐了。在寿伯慈爱的目光里，饱食着这美味，梳着羊角辫的我仰着汗津津的小脸只懂得傻笑，唉，这就是我童年最深切的幸福啊！如是数次，母亲实在过意不去，她叮嘱我，寿伯日子难，一人要靠这馄饨摊养活一大家子，不要老去他的摊子蹭吃蹭喝的。可隔三岔五的，寿伯便会扯着他的大嗓门，唤着我的小名，叫我帮忙剥葱蒜，这时我便理直气壮地望着母亲，又飞至他的摊前。过半晌，我又是嘴儿油光，腆着圆滚滚的小肚回家，手里拎着的还是满满一罐给奶奶吃的馄饨。寿伯的馄饨呀，就这样甘香了我的童年！

而今，再也吃不上寿伯亲手做的馄饨了，人们常说，胃知乡愁，倘你极想吃某种食物时，你的内心深处思念的大抵是与这食物相关联的那个人了。今天是寿伯十周年的祭日，我踅进老街尽头的馄饨店，连吃两碗，却再也吃不出当年的味道了。

我的泪汹涌而出，在朦胧的泪光中，我似又看到寿伯站在烟气缭绕的馄饨摊前，扯着嗓子高声地唤着我的小名……

大　锅　煨

◎王柳儿

　　沙县民间聚餐的形式有多种，有的是一人做东，也有大家共同参与，费用各自分摊（AA制），少则三五好友小聚，多则十几个甚至更多人相聚在一起，品尝家乡美味，畅享人生乐趣。叫法也是各不相同，琅口、镇头一带称"搭平伙"，城关一带称"改善"，轮流聚餐称"车轮会"，季节性聚餐称"清明会"，名目繁多，不胜枚举。因沙县乡村每户农家普遍都有柴烧大锅灶，聚餐菜品都是由大锅煨煮而成，家乡人更是将其直接称呼为"大锅煨"。

　　在儿时的记忆中，童年的生活是很有趣的，有苦也有乐，印象最深的就是逢年过节时家人团圆、亲友相聚、庆贺粮食丰收以及宰杀家禽家畜等，都要聚一聚请人吃一餐饭。

　　逢年过节是孩提时代最幸福的日子，年前大人会给小孩压岁钱、一家人聚在一起吃顿年夜饭。过完年就要随着大人们出门走亲访友去拜年和吃春酒了，春酒俗称"正月酒"。"请春酒"可能算是沙县最高等级的聚餐方式了，家家户户都要置办一些年货互请春酒招待客人，鸡鸭鱼肉山珍海味全排上，一应俱全。今天来我家，明天去你家，这家吃完吃那家，轮着吃一个正月都吃不完。请春酒是春节期间，邻里、亲戚朋友之间相互宴请的一项民俗交流活动。有助于增进彼此之间的情感交流、化解心结、促进邻里和谐，是沙县传统饮食文化的重要组成部分。

　　每年农历六月酷暑是农村最繁忙的季节，家里水稻熟了要及时收割，完工后又得继续整田插秧，都需要请人帮忙，抢收又抢种，俗称"双抢"。为了能让帮忙的人员更为集中，家人就得很早起床在清晨六点多以前备好一大桌饭菜等待帮忙的人来吃饭，俗称吃"割稻子饭"，吃过饭后尽量安排他们早一些出工，别贻误了农时。农忙正值学生放假时节，小孩也参与其中，帮忙割稻子，没有休息时间，自家农事结束后还要去别家帮忙，也很乐意去，其实就是蹭着别家那一大桌香喷喷的饭菜而去的。

农忙结束后庆贺粮食丰收要举办一个仪式，就是稻谷晒干后碾出新米要请人尝新，俗称"馌新"。尝新没有固定的日子，择吉日将新米淘洗后投入大锅煨煮至三分熟捞起，盛入木制饭甑之中开火炊蒸，充满稻米香味的蒸汽从饭甑盖的缝隙冒出，腾起层层烟雾弥漫着整座屋子，洋溢着丰收的气息。蒸熟的第一碗米饭和贡品一起先敬奉五谷真仙（神农氏），再继续烹煮美味佳肴宴请亲朋好友。尝新，不仅仅是尝鲜，尝的是丰收的喜悦、幸福的味道。

记得当年我们家养了一年多的大肥猪杀了，也要请邻舍和族人们来家里撮一顿，只是不称"杀猪饭"，那样不吉利，而是称"馌猪血"。印象中，这杀猪饭堪比逢年过节，饭菜要多丰富有多丰富，那时候没有自由市场，猪肉不能擅自买卖，杀头猪只能自家吃或是宴请他人，能做菜的部位全都用上，物尽其用。整头猪从头到尾做十几道菜根本不成问题，煨煮出的全是家乡美味，有熏制猪头肉、卤猪舌猪耳、香炸荔枝肉、米粉蒸肉、小笋炒五花、糖醋排骨、莲子炖猪肚、韭香猪肝片、爆炒腰花、花生炖猪肺、酒糟焖大肠、苦菜炖小肠、草根煨猪蹄、药膳猪尾煲等。这时候柴烧大锅就刚好派上用场了，有点厨艺的邻舍和族亲们也都自告奋勇纷纷前来帮忙，一展他（她）们的才艺，煎、煮、炒、卤、炖，样样在行。

吃客们把酒言欢，开怀畅饮，毫不忌口。酒菜下肚，少不了要来一碗汤，满满当当地盛上一大碗，这就是杀猪饭菜系里最负盛名的一道菜——蓝梗苋猪血汤。汤的主料是猪血，首先将猪板油熬出油后加入葱姜蒜炒出香味，再添加水、板油渣和猪血，水开后加入焯过水的蓝梗苋（学名"紫背天葵"）和芋子，根据口味调好味道，最后将磨成糊状的薯蓣倒入锅中慢慢搅拌使汤汁变成浓稠状，起锅前放几片蒜叶和芹菜叶，一道色香味俱全、美味可口的灵魂猪血汤就做好了。热气腾腾香气扑鼻，喝完了还要去大锅里再盛上一碗，解酒又解馋。

凡是重要节日或是农时活动结束，家乡人都要设宴庆贺一番，场面也搞得非常隆重，煨煮食物一定得由传统大锅灶来完成，传统大锅特点是比较厚实，架在柴烧大灶台上，木柴燃烧后火力较为集中，聚热快，能促使食材快速熟透营养成分不易丢失，是煨煮传统美食最理想的炊具之一。

相传柴烧大锅煨煮菜系源于我国北方地区的大锅菜，距今已有一千多年的历史，经过漫长的岁月变迁和传承发展，逐渐演变成现在沙县独有的地域特色。

大锅菜又名熬菜，是我国北方地区的一道传统名菜，食材多样，营养丰富。大锅菜具有多种菜的风味而得名，又因为北方人早年大家一起干活一起吃大锅饭菜，而被称为大锅菜。大锅菜虽为普通的家常菜却能上得大席面，可与山珍海味相媲美，正所谓"百菜白菜美，诸肉猪肉香"。大锅菜是由五花肉、豆腐、粉条、白菜、海带、冬瓜等食材做成，千滋百味煨于一锅。做法也很简单，把这几种家常菜放进大锅一起煮或炖，到了一定火候便成了"大锅菜"。

相比大锅菜做法，沙县的大锅煨菜系就不一样了，特别丰富多彩。别的菜暂且不说，光是煨煮汤的方式就有好几种说法，大有学问。比方说煨煮浓稠一些的汤称为"烩汤"，主料是猪肉的，肉要挂上水淀粉下汤锅煨煮，称"烩猪肉汤"、以鱼类为主料则称为"烩鱼汤"。煨煮比较清淡一点的汤称"炯汤"，如煮饭汤就称"炯饭汁汤"、煮鸡蛋汤就称"炯蛋汤"。还有将牛奶根、山苍子、蒲连盐等草根熬制出的汤汁煨煮鸡和家兔称"熻鸡汤"和"熻兔子汤"等,很有讲究。

以往家乡人聚餐常常是简简单单几种食材,比如往汤锅里放入一些豆腐、白菜、香菇、肉片之类的,稍微调味一下就能煨煮出原汁原味的一大盆菜,再配上几瓶小酒,那种滋味别提有多美了!在物资极度匮乏的年代,能过上这样的日子还是挺充实的。

随着人们生活水平的提高,尽管现在聚餐的形式多种多样,菜品也非常丰富。人们还是很怀念传统柴烧大锅煨煮的味道,觉得那样才接地气,后来就逐渐演变成聚餐的代名词。一有空闲,时不时就有人提出,今天有空,咱们一起去大锅煨一下。

家乡的美食

◎林晓晶

美 女 花

记得儿时家乡的院落、街巷里常有芙蓉花色添秋香。但疑惑的是，此花可食否？不可食也。

由是缠住外婆问："为什么有的芙蓉花可以煮着吃，有的却不能？"外婆说："可以吃的是饭汤花，也叫'美女花'，不能吃的才是'芙蓉花'。"听了外婆的话我更加迷糊了，分辨不出彼此。认真观察后，才觉得饭汤花比起芙蓉花显得清瘦些，且芙蓉开花后结子，子如棉桃，自秋至春缀在树上不落，而饭汤花盛开后多被采食，即便凋零，也无衰败感，枝叶在冷风中依然硬朗。

长大后，才知家乡的"美女花"学名叫木槿花，别名叫佛桑，另有扶桑之称。自古有诗人吟咏："朝霞映日殊未妍，珊瑚照水定非鲜。千叶芙蓉讵相似，百枝灯花复羞然。"苏东坡也有诗云："焰焰烧空红佛桑。"明诗人画家徐文长也曾写道："蛮花长忆烂扶桑。"句中的"烂"字为"明艳、璀璨"之意，是因为木槿花叶瑰丽，性喜向阳，属南方亚热带草本植物。此花可以入药，又可作蔬菜吃，口感甜滑，有着润容补血之功效。佛桑的"佛"字，又可写作"福"字，在香港人的花园里，很喜欢以佛桑作篱，取意"福满园"。

孩童时期，放暑假总喜欢到外婆家，睡个懒觉，醒后到外婆工作的饮食店里，吸碗溜滑的手擀面，再啃几串外婆用盐水煮过的长豇豆粒。饱食后，跑到田野的草垛中与伙伴玩耍。当然，最快乐的还是拿个竹篮，与伙伴想尽办法翻过公社的木栅，采摘带着露水的"美女花"。每每总是先撩撩缀着黄粉的花蕾，随后再认真地数数今儿个开了几朵，明天还有几朵会开，好与伙伴分享。

中午，殷勤地坐在灶台旁帮外婆烧柴火、煮饭，外婆瞧见那一篮木槿花，不吭声，笑了笑，就知了我的心思。于是她便端起一碗早晨淘饭时盛出的米汤，倒入锅中，烧开后，加入豆腐和些许小虾皮，用大勺调了调佐料。我在一旁踮起脚尖，撑在灶台边，笑眯眯地望着大锅，那一朵朵粉红、粉白的花瓣在浓白的米汤里荡漾着，灿烂了那缺衣少食的年代。氤氲的雾气中，外婆常问："谁最爱你？"孩提时的我，大声说："当然是外婆咯。"

豆　腐

沙县的小吃大多取自天然，且随着季节翻新，月月异彩纷呈，春节的年糕、元宵的芋饺、立春的春卷、清明的艾粿、立夏的喜粿、端午的粽子、中秋的白果糕、冬至的糍粑……林林总总竟达二百多味，可我最喜食的还是家乡的豆腐。

说到豆腐，这可算是古代汉族传统饮食的"活化石"，深蕴古中原汉唐饮食文化遗韵。中国最早发明豆腐，传说是西汉的淮南王刘安，且当年刘安取水做豆腐的珍珠泉，至今仍喷涌不息。日本也做豆腐，据考是中国传出去的，或许是因为用筷子吃饭，所以传得进去，若是西洋各国便是用汤勺挖着吃了。

在中国，豆腐最平民化，遍及各地，制成各式花样，做出各种看馔。乡村里的炖豆腐，豆腐煮过，漉去水，入砂锅加香菇、笋、酱油、麻油久炖，那是老式家常菜，其味极佳。早年那一碟小葱拌豆腐，也是平民餐桌上的常客，还编成曲儿满街传唱："最爱吃的菜是那小葱拌豆腐，一青二白清清白白做人也不掺假……"但据专家研究发现，那样吃不宜，葱与豆腐凉拌会起不良的化学反应。有次去泰宁旅游，导游说，清乾隆皇帝微服下江南时，因旅途劳顿，食无味，厨人惊慌。泰宁村妇将豆腐煎黄，配上鲜嫩菠菜以招待，龙颜大悦，此菜不仅养颜，且味美鲜爽。皇上问起菜名，村妇灵机一动，答道："黄金白玉板，红嘴绿鹦哥。"从此，这道民间小菜，也入驻金銮殿中。

豆腐虽各地都有，但沙县的豆腐却与众不同，特别的鲜滑爽口，记得小时候，叔公有个豆腐坊，我一直想知道豆腐是怎样做出来的。于是，求叔公让我去瞧瞧，叔公拗不过，便同意了。沙县人形容做豆腐是"从鬼叫做到鸡叫"，其辛苦可想而知。夜半醒来，寒风中摸黑来到豆腐坊。昏黄的灯光下，叔公早已磨好豆浆，开始凝结豆腐了。只见他舀起一勺隔夜的老浆水，一手摇晃着豆浆，一手徐徐均匀地倒着老浆水，有如"关公巡城"，一遍又遍，周而复始。汗水浸透了蓝布衣裳，他回过头，笑笑地问一句："好玩吗？你以后可要好好读书，这苦力的活，你不要学。"我痴痴地笑着，当时只觉得好玩，没能悟到叔公话里的意思。现在想想，才知长辈的话意味深长。

后来才听说，此工艺制作的豆腐叫"游浆豆腐"，比起用石膏或盐卤凝结的豆腐来，显得更白更嫩且口感更佳。但制作难度大、耗工时，因此现在很少有人采用此法制作。由此衍生制作的烤豆干、豆腐包、金包银、烫嘴豆腐、豆腐丸等，现都已纳入沙县小吃排行榜，再配上沙县所特制的佐料豆豉油以食之，真可谓"美味鲜，美味鲜，美味赛神仙"。

红菇琐忆

◎张盛钏

我出生在缺吃少穿的年代，吃，是一桩大事。三餐都难得吃饱，心中却老盼望着好吃的，这样的盼望经常落空。但是，山上红菇出的时候，我跟着父亲翻山越岭去采，多多少少有些收获，就有好吃的红菇了。

采回来的红菇，菇帽还没开的，品质最好，留着晒干，拿到圩场去卖，自家吃的则是次一等的。就是菇帽已开的红菇，母亲把它和粉干一起煮，又鲜又甜。母亲说，我吃得"满到喉咙上了"。

我的家乡名叫蕉坑，在沙溪下游的南岸。村子很小，只二十多户人家。村子西边的金龙岩山，却很高大，山高林深，是盛产红菇的地方。我10岁左右就上山采红菇，头几年我父亲带我去。记得第一次上山，父亲带着我转了十多处。那次运气好，采了满满两竹篮，二十多斤。我高兴得心花怒放，平日被生活重担压得少有笑容的父亲，也露出了欣喜之色，说"今天碰得好"。每次采红菇，父亲教我如何采撷、如何辨识真假、如何辨别等次、如何寻找"菇桌"……父亲离开我已四十多年了，父亲带我采红菇的情景依然历历在目。父亲带我采了五六次后，那些长红菇的地方我也记下了，到了十三四岁，有时我约伙伴一起去采。

红菇有的躲在落叶下，有的探头探脑，也有几朵紧挨成一小撮的。刚刚出土的小红菇，如豆蔻年华的小美人，养在深闺里，很纯净，很鲜活，很惹人喜爱；半开的大菇帽如年方二八的少女，红光照人，亭亭玉立；已经全开的就如身着红衫的大媳妇，芳姿尽展，落落大方；而那些开过头的，就如半老徐娘，风韵犹存。偶尔也发现开了多日的红菇，红颜已逝，精神委顿，如耄耋老妇，让人觉得非常可惜。

红菇盛产的年份，村里这家门前晒一架，那家屋后晒一架，有的架在屋顶上晒，有的架在柴堆上晒，好一幅乡村晒菇图！

金龙岩山高且陡峭，我的邻居上山曾滑倒受伤，脑袋摔晕了，同去的人搀扶他回家。在家躺了好几天，休息了几个月，才慢慢好转。从此，他再也不去采红菇。金龙岩森林茂密，曾经是华南虎、狗熊、野猪、石壁羊等动物出没的地方。有一天下午，我哥哥去采红菇，在七八百米高的山顶上，一只狗熊向他扑来，他一边大吼一边用竹篮猛撞狗熊。狗熊吓得连滚带爬逃走了，哥哥也吓得不轻。采红菇是一桩快事，但处处也有危险。

红菇不是随便长，有“菇桌”的地方才会长，“菇桌”一般在栲树林下。栲树叶年复一年堆叠腐烂才会长红菇。“菇桌”面积一般不大，小的一两平方米，大的不过十多平方米。有经验的人，看树林，就大体能判断出哪里会长红菇。红菇一般在夏季出，早的在端午节前就出了，晚的到中秋节。在夏季红菇也不是什么时间都出，还要看天气。没有下雨，“菇桌”太干燥，红菇不会出；雨水太多，“菇桌”太湿，红菇也不会出。最好雨下两三天、三五天，时晴时雨，三五天后天大晴，这时候红菇才会从“菇桌”里冒出来了。

红菇“菇桌”的边上，往往有不少假红菇。有一种“红皮菇”，乍一看像红菇，仔细辨认，会发现它红得不够纯粹，颜色浅，菇帽薄，菇脚不红。我曾经拗一点放进嘴里，有辣味。无论什么菇，能晒干，就不会有毒，至少没有剧毒，因为有毒的菇晒不了，在阳光底下，边晒边烂，晒着晒着就全烂了。有一种菇叫“油菇”，很好辨认，菇面深红，油油的，很养眼。油菇可以吃的，味道虽不如红菇香甜，但还是很好吃的。油菇也有“菇桌”，比红菇少见。每次遇见油菇，我也很高兴，采回自家煮着吃，或者晒干拿到圩场卖，价格比红菇低。有人把"油菇"当作红菇卖，不识货的人买了，以为买到便宜货。

菌类里，我觉得红菇是最高级的，没有哪一种菌类可与之媲美。清水煮鲜红菇，再简单不过了，把水烧开，放入红菇，煮熟了，撒些盐，吃起来又滑又鲜又香，是美妙无比的滋味。鲜红菇煮肉片，红菇之鲜美与猪肉之香甜相互交融，其味更是无与伦比。干红菇炖公鸡，猛火烧开，文火慢炖，炖熟把盖子一揭，顿时鸡香、菇香扑鼻而来。搭配红菇的菜肴很多，红菇蛋汤、红菇豆腐丸、红菇炒丝瓜、红菇牛脑汤、红菇蒸蛋羹、红菇蒸田螺、红菇内脏汤……我曾自创一菜"红菇插蛏"。鲜红菇七八朵，活蛏二十只左右，将蛏与红菇盛入瓷碗，加入姜丝少许，清水少许，食盐少许，入锅蒸二十分钟即可。海鲜与山珍融合，异常鲜美。许多食材，只要与红菇搭配，红菇都是主角，其他都成了配角，都沾了红菇的光彩。

家乡一带有个习俗，女人坐月子，都要吃红菇鸡。我大姐坐月子，母亲去做月子娘，那时我还很小，母亲就把我也带上。母亲炖红菇鸡给大姐吃，我也跟着享受一个鸡翅或一只鸡爪，有时是一块鸡胸肉。因为女人生孩子，体力消耗很大，身子空虚，红菇和鸡都属温性，是补身子的好食物。坐月子吃的红菇，菇脚不能剪掉，最好还带点泥土。据说，菇脚的泥土对坐月子的妇女最有补益，能祛除寒湿。

寻根追味

沙县小吃
第一村

"酱心"不已

◎青 黄

颜发辉老家，沙县高桥镇官林窠村土堡自然村，没有特别食材。即便是食物准备丰盛的年节，自家产，街上采买，无非白粿、腊鸭、鱼……与多数人家大同小异。

非说特别之处，就是"妈妈的味道"。母亲在村部、工厂食堂当厨师。厨艺广受认可。

小时候，母亲一道一口入魂的美味让颜发辉记忆犹新，母亲拥有独立"知识产权"的臭豆腐，偶尔出现在家人团聚的餐桌上。村里，镇上，十里八乡，没听说谁做臭豆腐。沙县非臭豆腐产地，母亲臭豆腐技艺来源一时成谜。

在颜发辉胃口里，这不重要。

后来发现，餐桌上的臭豆腐源自母亲的发明。

食物匮乏。母亲节俭，甚至达到吝啬的地步。除了节日自家食用，腊肉高悬。贵客不来，或延迟，天气若转暖，腊肉不知不觉生了蛆。

美味不等人。那时家里没有冰箱，舍不得下锅的豆腐，也逐日发酵，长毛，生出异味。母亲不忍丢弃，把长毛的豆腐油煎，加入蒜头、辣椒、石菖蒲、猪油、红酒下锅炖。成就了"颜氏臭豆腐"。

文火慢炖，对围炉的人来说，是一种美味折磨。

即便至今，对母亲关于食物的智慧，知之甚少。普通的食材不知母亲怎么拿捏出道道美味。许是实践，许是天赋，许是悟性，或许三者兼而有之。有些，只可意会。

"颜氏臭豆腐"技艺未得到传承，成了颜发辉味蕾的记忆。

高中毕业，颜发辉去了一家纸箱厂，做纸箱印刷排版技术员，按老板指示，按客户要求，设计文字或图案。时光因为机械重复而变得漫长。没干多久，便离开了，自己开了一家房产中介所。每天接电话，带客户看房，成交或无果而终，循环往复。不久也关门歇业。在颜发辉看来，这些行业干起来没有"味道"。

迷茫之际，记忆里"妈妈的味道"被激活。或许，"味道"才是自己终身从事的事业？ 1995 年春，颜发辉打点行装，到龙岩学习厨艺。

回到沙县，颜发辉四处物色酒楼，寻找厨艺用武之地。一个高中同学联系到他，邀他一起做沙县小吃。这个同学，高中毕业就去做小吃，积累了一些经验。

彼时，泉州晋江，服装、鞋业如火如荼，吸引外来务工人潮涌入，沙县小吃生意火爆。颜发辉和同学合计之后，不去晋江扎堆，去莆田涵江。

他们合伙开了颜发辉人生中第一家小吃店，在涵江区区府路。

对颜发辉来说，做沙县小吃，完全是个"小白"。和同学合伙经营的小吃店生意不温不火，似乎看不到什么盼头。他决定单干。

涵江区江口镇，外来人口多，如地名，汇聚多方人流。一个店，颜发辉一个人经营，清早四点起来，晚上十二点以后打烊。一天睡眠时间就 4 个小时左右。中午，店里客人少，展开躺椅零星小寐。许是占了地利，许是味道可口，生意好到火爆，每天都有上千元甚至数千元进账。一个人实在忙不过来，叫大哥从沙县赶去帮忙。最初一个十几平方米的小店，哥俩做大了四倍。在江口，颜发辉掘到人生第一桶金。

长时间的饮食不规律和睡眠不足，颜发辉患上了肠胃炎，看医生，服药，一段时间不见好转，日益严重。

颜发辉隐约觉得，小店虽然每日哗哗来钱，兄弟俩身体纵是铁打，再这样熬下去，迟早拖垮。即便不舍，两人一合计，还是先回沙县，把身体养好了再说。第二天，在店门口贴一纸，上书"旺铺转让"。

回到沙县，手脚歇下来，心思却歇不下来。以前忙得有一顿没一顿，好像胃不属于自己。现今，规律的睡眠、饮食，每天按时吃药，胃口好像回来了。味蕾一点一点复活。

有的食材，本身没什么味道，是烹煮方式、火候以及佐料的加持，使之成为让人们垂涎的美味。怎么让沙县小吃更美味？好像复活的味蕾也开始思考。

1998年，颜发辉再次出发。这次，和另一个同学来到了广州。

忘了初到广州和同学怎么选的那个店面。中山大学海洋研究院后门，一个社区，没有高楼大厦，主要商圈辐射不到的角落。人流不多，周边住户，往来多为本地人。

扎下根来，开始了外来沙县小吃与本土广式味蕾的磨合。

空间局促，除去厨房，就够摆四张小四方桌，睡觉只能在低矮的阁楼上。一天营业额就三百多元。持续一段时间，不见起色，两人商量，不能再耗下去，店由一人开，一人另寻出路。

抽签。

最终，这个鸡肋小店，归颜发辉经营。

同学离去。妻子来到广州。为了小店能够经营下去，入乡随俗，颜发辉也做起了煲仔饭、肠粉等广东本地小吃。但是，拌面等沙县小吃一直都保留在墙壁菜单上。

夫妻合力，几个月的辛苦经营，生意逐渐有了起色。日营业额达七八百元，有时更多。

颜发辉一直在琢磨一个问题：葱油拌面、花生酱拌面老广吃不太习惯，到底什么酱料合他们胃口？

颜发辉想到了风靡各地的北京炸酱面。他吃过老北京炸酱面，对味道挑剔的他不觉得有多美味。但是它为什么那么出名？而且还成为一种品牌？他觉得，自己完全可以做得更好吃。

这时候，妈妈"颜氏臭豆腐"的味道再次泛起，一个念头占据了他的头脑——做炸酱面，做不一样的炸酱面。

有灵魂的食物，才能抓住一个人的胃。炸酱面的灵魂就是炸酱。

老北京炸酱面用的酱是用干黄酱、黄豆酱、甜面酱，按照一定的配比混合，再与炸肉丁、各种佐料混合熬煮成炸酱。凭着对味道的敏感，颜发辉决定另辟蹊径。

不久，小店墙上的菜单，多了一道小吃，"老北京炸酱面"。名字冠"老北京"，面，是日常拌面用的面，酱，是颜发辉自己精心调制的酱。

这炸酱的成型，非一时之功，是历时多年心血和时光积淀的产物。

"酱"香不怕巷子深，当地一家都市生活报的记者寻味而来。第二天，颜发辉、小店的名字和炸酱面一起出现在都市生活报上。

这间不起眼的小店，一时间食客盈门，知味者就奔着一碗炸酱面而来。

时光到了 2006 年，转眼间夫妻在广州开小吃店八年了。考虑到孩子就学、老人赡养，乡思日切，夫妻俩商量后决定回沙县。

回到沙县，颜发辉开第一家店就卖炸酱面。他的"密酱"一下征服了家乡众多食客。

2009 年，颜发辉在沙县城区开起了小酒楼。先后开了六家。每开一家，主食必定有炸酱面。在颜发辉手里，炸酱面从简陋的街头小吃店登堂入室，摆上了酒楼的餐桌。由于各种原因，每家酒楼开的时间都不长，你方唱罢我登场，与朋友联手或者单干。后来总结这一段经历，颜发辉觉得自己"太感性"了。也许，对于"味道"，感性未必不是好事。

一天，请一个从苏州回来的朋友吃饭，炸酱面是必上的，朋友品尝了连说好吃。说，最近长三角一带炸酱面馆开了数百家，你做的炸酱这么好吃，比他们的还好吃，为什么不卖炸酱？

这时，餐饮业不太景气，颜发辉有点举步维艰。做炸酱，倒可以一试，他对自己做的炸酱有信心。

颜发辉把试制的炸酱送给一些开小吃店的朋友试用。开品鉴会，邀人来免费品尝。又通过各种渠道寄给外地的餐饮业者免费试用。

一个上海餐馆老板，偶然间尝到了颜发辉的炸酱，驱车上千公里从上海赶到沙县，实地考察品鉴。同为美味创造者，二者相谈甚欢。尽管比往常惯用的酱料略贵，上海老板还是决定由颜发辉长期给他提供炸酱。

各方好评不断，颜发辉觉得做酱料大有可为。2015 年，注册了商标"醉有才"。

最初，起的名字是"最有才"，通俗，响亮，好记。而且，颜发辉自认为自己在餐饮卜还是有一定天分，他颇为得意。后来细想，这名儿有点招摇，自己忙碌之余，喜欢小酌以缓解压力，登记时就把"最"改成了"醉"。这一改，味道就出来了，"醉"与"酱"都有些只可意会不可言传的意味。

颜发辉又去注册了食品生产许可证"SC"证。

如果说"醉有才"是颜发辉为待产的"酱料宝宝"预先取好的名字，SC 证则是准生证和市场通行证。

拿到 SC 证，颜发辉正式开始酱料生产。厂房由原先自己开的餐馆"烤鱼王国"三四十平方米的小作坊，几经搬迁，到 2023 年底，扩张成拥有数万平方米的"醉有才"小吃产业园。

"醉有才"酱香吸引创业者聚拢而来，就像美味的集聚，不断丰富酱料的口味和品种。黄焖鸡酱、炒饭酱、水煮牛肉酱……针对不同的食材、菜品，"醉有才"开发了近 60 种复合型酱料，结合烹饪技巧，让许多沙县小吃实现了"一酱成菜"。

在沙县小吃的道路上行走多年，颜发辉知晓沙县小吃发展的难点和痛点。"醉有才"从提升沙县小吃制作技艺、设计开店方案、开发新菜品等方面为从业人员提供培训，让大家不走弯路。

为了让孩子们了解沙县小吃，了解沙县小吃创业的艰辛，"醉有才"开展了研学业务。

"醉有才"成立了抖音部。

……

由单一的小吃酱料生产、销售的小树苗，"醉有才"成长为集研发、生产、培训、旅游公关、研学等多个板块的大树。这棵大树名为"福建省沙县醉有才食品科技有限公司"，颜发辉是总经理。

颜发辉也被称为沙县小吃转型升级的探路者。

"让美食无处藏身"，这是颜发辉微信个性签名，也是他不已的"酱心"。

浑沌乾坤一包中

◎邓书榕

　　沙县庙门扁肉，是沙县一家有四十多年历史的扁肉店，它的传承人陈盛泉、王盛滨两兄弟，在敲敲打打中，将"庙门扁肉"这块招牌的名气"打"响。同时，顺应市场，自创打扁肉机器，生意蒸蒸日上，将分店开到了三明市区。

三代扁肉为业

　　陈盛泉、王盛滨两兄弟，是沙县扁肉技艺传承人。他们为沙县庙门扁肉注册的"友福盛"商标，取自爷孙三代的字辈。据了解，民国时，因祖父入陈姓家族当了上门女婿，故两兄弟姓氏不同。

　　据史料记载，早在唐朝，沙县城关即有扁肉问世。"我们祖祖辈辈都会做扁肉，从祖父开始以销售沙县扁肉为业。"大哥陈盛泉说。新中国成立后，祖父到供销社综合服务公司工作，负责制作沙县小吃。

　　20世纪80年代，正值改革开放，父亲先是流动经营扁肉，后来在沙县滨河路庙门开了"庙门扁肉店"。在王盛滨的印象中，每天清晨五点多，父亲就到市场买肉，然后打肉、包扁肉、卖扁肉，下午休业，专心擀第二天用的面皮。

　　子承父业。大哥陈盛泉16岁学会打扁肉技艺，王盛滨初中毕业后也到店里帮忙。兄弟俩的手艺受到大家的肯定，在2014年沙县小吃旅游文化节开幕式上，他们被沙县人民政府授予"沙县小吃技艺传承人"称号。

如今，沙县庙门扁肉店已经迁址到沙县建国路上（区第一幼儿园斜对面）。古色古香的木牌匾上，大大地刻着"庙门扁肉店"五个金字。每到饭点，客人络绎不绝。陈盛泉说，日均可销售扁肉三千多元，占全店收入的80%左右。

为让沙县外的客人方便地吃到美味正宗的沙县扁肉，陈盛泉将分店开到了三明市区。三明东新四路的"盛泉小吃店"也是生意红火。"刚开业三个月就收回了成本。"陈盛泉妻子陆金凤说，三明店的扁肉皮和肉馅，均是当天一大早从沙县运去的。"冷冻过的猪肉无法打出满意的肉馅。"陈盛泉补充道。

"打"出来的美味

沙县琳琅满目的小吃中，扁肉是最有人气的小吃之一。扁肉成品皮薄如纸，馅心脆嫩，汤清味醇，口味鲜香。据说，南北宋民族英雄李纲曾写诗称赞沙县扁肉："浑沌乾坤一包中，常存正气唱大风。七峰叠翠足娱晚，十里平流任西东。"至今传为佳话。

要做出一碗美味的扁肉，肉馅、面皮和高汤缺一不可。多年前，笔者有幸见到王盛滨扁肉制作的全过程。初见他身材高大、手臂壮实有力，精气神足。

鲜有人知道，沙县扁肉的肉馅是用木槌手工敲打出来的。制作肉馅是一项力气活，也是一项技术活。王盛滨将清晨刚买的新鲜红润的猪后腿瘦肉，切成若干大小适中的肉块。细心地挑出肥肉，用刀割除。"肥肉的油脂会影响肉的黏性，使肉无法捶打得粘连在一起。"王盛滨解释道。

王盛滨右手握着带手柄的圆柱形木槌敲打，左手拿着竹片翻转瘦肉，变换敲打角度。6分钟左右，一块两斤多重的瘦肉块就被打成了泥状。

"这只是刚刚开始。"王盛滨说，要将肉泥敲打得细腻、粘连不散才可以。这快则半小时，慢则40分钟。笔者试着用竹片搅拌敲打完成的肉馅，发现其Q弹有劲道，搅拌起来十分费劲，提拉时，则像麦芽糖一样粘连在一起，可以拉出5厘米左右的距离。

据陈盛泉介绍，扁肉馅原先是用刀剁成的。古时，一位厨师经过河边，看见妇女用木棍敲打洗衣。突发奇想，制作了这前粗后细，易于抓握的木槌。"用刀剁没有用木槌敲打做出的肉泥有劲道。"陈盛泉说，他们家的木槌重一斤八左右。

王盛滨在打好的肉泥中间挖个洞，将用盐、生抽、糖、味精调成的酱料一勺勺倒入，反复搅拌均匀，再用竹片从中间顺时针搅拌上劲。最后撒上葱花提鲜味。陈盛泉妻子陆金凤说："打好的扁肉要醒两三个小时，硬了再包，更有嚼劲。"

包制时，王盛滨取一小团肉馅拨入皮坯中，捏成金鱼状。笔者观察发现，店内每碗售价6元的扁肉，均是14个，大小均匀，扁肉重量也控制在160克至170克之间。

面皮也是纯手工制作。面粉加入食用碱，冷水和成面坯，压成薄片，切成长宽约5.5厘米正方形皮坯。"放碱，皮坯变得更有弹性，且不易酸败变味。"王盛滨说，他能用一斤面粉加工出400张皮坯。

高汤也是扁肉好坏的关键。高汤是用猪骨头熬制而成，每晚九点熬至第二天开业，再倒入鸳鸯锅中。鸳鸯锅里，一半放高汤，一半放清汤。煮熟的扁肉晶莹剔透地从清汤中浮出，稍等片刻便可捞入高汤中。熟透的扁肉载沉载浮于白浓的高汤上，点缀少许葱花，清香扑鼻；肉馅脆嫩有味，嚼劲十足。

沙县扁肉可煮可拌，也可与面同煮谓之"扁肉面"，分开搭配便是远近闻名的"情侣套餐"。地道的沙县人吃扁肉时，会倒入少许醋，口感更爽脆、味道更香。

沙县扁肉赞誉甚多。早在1997年12月就被中国烹饪协会认定为"中华名小吃";2006年10月被中国烹饪协会选为北京奥运会推荐食谱"金奖";2016年,以沙县城关庙门扁肉店为代表的沙县扁肉入选"福建十大名小吃"。

2023年,庙门扁肉在"沙县小吃百家名店"评选中名列前茅,门面焕然一新。

机器那些事

沙县庙门扁肉店生意越做越红火,扁肉供不应求。因长期用手工敲打瘦肉,陈盛泉、王盛滨都患上了"职业病"。

2000年,兄弟俩开始琢磨着设计一款打扁肉机器。根据手工打扁肉的原理,以不破坏肉的纤维为原则,第一款打扁肉机器很快成型了。

他们用大压力锅作为容器,在锅底部打孔,将电机插入锅内,用不锈钢片作为敲打工具。"用机器打扁肉,要考虑速度和刀片转向问题。"第一款机器因转速不够,电机容易发热,普通电压无法承受等原因,面临淘汰。

很快,经过改良的第二代打扁肉机器问世。敲打工具改用没有刀刃的铁片,换了新电机。经过反复试验、比较,第二代打扁肉机器通过"考核"。

以八斤肉为例,手工敲打需要3个小时,机器敲打只需20分钟,肉质也更均匀。庙门扁肉店,一天需要准备四十斤左右的肉泥,这大大节省了人力和时间。

以机代工,兄弟俩心里不是没有挣扎。众口难调,仍然有少部分客人反映扁肉没有原来好吃。兄弟俩特别探讨过这个问题,也改进过技术。"经过我们的反复试验和鉴别,机打扁肉的口感不比手打的差。"王盛滨自信地说，现在的猪三五个月就出栏，肉质没有原先一年才出栏的好。

机器3.0，正在构思中。"利用打糍粑的原理制作，可以增加打肉量。"王盛滨说，但占地面积较大。

兄弟俩膝下都有儿子，对于传承沙县扁肉技艺这件事，兄弟俩想法一致：不强求。不阻止孩子找一份喜欢的工作，但会要求他们把打扁肉技艺当作一项技能来学习掌握。

阿眉豆干

◎乐小丽

没有吃过沙县豆干，不算真正品尝过沙县小吃。方正小巧的沙县豆干，既是舌尖上的味道，更是文化的传承。三五好友，一碟豆干，几瓶小酒，便可闲聊家常，笑谈风月。

细节，美食的享受

傍晚，55岁的吴柳清骑着三轮自行车来到华山市场，木制豆腐架上的竹匾里整齐码放着金黄色的豆干，为防止灰尘落下，豆干上铺着湿润的纱布。

刚摆好摊，就有人光顾，一位20多岁的姑娘要买10块钱豆干。吴柳清麻利地打包好豆干，开始调制蘸料。黑色的豆油，白色的蒜泥，再滴上几滴香油，加一根火红的辣椒，色香味都是完美的搭配。

"记得在微波炉里热一热再吃。"每一个顾客，吴柳清都会特别嘱咐。

吴柳清是阿眉豆干的第二代传承人。

对于美食制作者来说，她希望自己的作品能呈现最好的味道。而作为食客，享受美食任何一个细节都不能忽略。俗话说"一热抵三鲜"，豆干也要趁热品尝，有条件现烤现吃最好，若是打包可微波炉加热，不可太过以免烤焦。也不可蒸煮，否则水汽会减弱豆干的鲜香，降低口感。

吃豆干无须筷子，洗净双手，将豆干捏碎后掰一小块，蘸上豆油，享受原始用餐方式带来的无拘束感。沙县人喜欢吃辣，吃豆干不放辣椒美味会大打折扣，豆干蘸上辣豆油，咬上一口，香味卷着辣味在味蕾里铺陈开来，一路跳跃到胃里，辣得畅快淋漓。

沙县豆干很多，正宗的却屈指可数，阿眉豆干是其中之一。作为沙县豆干老字号，阿眉豆干一直遵循传统工艺，做出的豆干外焦里嫩，豆香醇厚，吃过的人都赞不绝口。

坚持，美食的故事

阿眉豆干的故事得从四十年前说起。

阿眉全名陈阿眉，是吴柳清的母亲，之所以叫阿眉豆干，是因为最初由陈阿眉挑着豆干摆摊售卖，制作者其实是其丈夫吴进妹。

20世纪80年代初，沙县响应改革开放的号召，不少人开始尝试着做点小生意。吴进妹上有父母，下有四个孩子，仅靠几亩薄田连温饱都解决不了。于是，大半辈子脸朝黄土背朝天的吴进妹决定做豆腐。

他向一位叫林阿金的师傅学习豆腐制作工艺，因为林师傅有事，匆忙指导了两天就走了，好在吴进妹人聪明，也用心，短短两天就掌握了这门技术。

可是做豆腐的人很多，有时候，他挑着担子走街串巷忙活一天也卖不出几版豆腐。当时几乎没有人做豆干，吴进妹便决定改做烤豆干。

一开始，吴进妹掌握不好做豆干的技巧，做出的豆干大小不一，厚薄不均，经过一段时间的摸索改进，终于越做越顺手。

做豆干是个苦力活，吴进妹每天凌晨起床，一忙十几个小时，很辛苦，妻子陈阿眉便主动承担起卖豆干的重任。她在沙县老妇幼保健所旁的巷子里摆了个摊，后来转到吊桥对面小巷子里。刚开始生意清淡，一天只卖三四版豆干，一大家子连生活费都不够，为了省钱，只好把过滤的豆渣炒一炒当菜吃，吃到一家人看到豆渣就反胃。

做豆干也赚不了钱，吴进妹有些灰心。但陈阿眉坚信一定会好起来，因为每个吃过的人都说好吃。

果然，经过口口相传，越来越多的人知道沙县有个陈阿眉，她家的豆干很好吃，人们把她的名字和豆干合在一起，称为"阿眉豆干"。在好口碑的带动下，小摊的生意越来越好，有人吃过后，特意找上门，高薪聘请吴进妹去厦门做豆干，吴进妹思考再三还是拒绝了，他舍不得离开家人。

如斯美味，秘诀何在？

凌晨四点，人们还在睡梦中，张建新已经起床，开始了一天忙碌的劳作。张建新是吴柳清的爱人，是阿眉豆干的第二代传人。

头天晚上准备的黄豆已经泡好，张建新说，黄豆夏天要泡4个小时，冬天则要8个小时，夏天是豆干的旺季，深夜一点多就要起床。

豆子磨成豆浆，过滤后在巨大的木桶里煮，炉灶柴火正旺，上面雾气蒸腾，浓郁的豆香弥漫在偌大的作坊里。

大约40分钟，豆浆煮好了。另一个桶里，发酵过的豆浆早已准备就绪。沙县豆腐不用石膏也不用盐卤，而是将发酵过的豆浆注入煮好的新鲜豆浆里，再用水瓢或者脸盆在豆浆表面游动，俗称"游浆"。

游浆是个技术活，全程要保持缓慢的节奏，不可操之过急，那架势，像是绝代高手在打太极，看似云淡风轻，实则功力深厚，整个过程大约需要一个小时，既考验技术也考验耐心。随着张建新行云流水般的动作，水状的豆浆渐渐凝固成块，慢慢沉淀，就像一个顽皮的孩子在父亲的安抚下渐渐平静。

随后，张建新用小瓢将大桶里的豆花舀到50厘米大小的木框里，木框上平铺着纱布，将细嫩的豆花裹好。一版版叠放在一起，用重物压上大约20分钟，就成了豆腐，据说，这种方法制作的豆腐比石膏制成的豆腐质嫩，无粗糙感。豆腐放到特制的模具上继续压，直到压成约1厘米厚的薄片，再切割成4厘米大小的方块，这就是豆干的雏形。

此时的豆干还是白色的，豆干放到大锅里煮，水中放入栀子，栀子水将白嫩的豆腐染成金黄色，不仅色泽诱人，还散发着淡淡的清香。栀子有护肝利胆、降压镇静等功效，是一味常用中药。

栀子豆干煮至水开即可捞出，码放在特制的烤架上，过去，他们用传统的烤网，烤网成圆形匾状，烤豆干时需要人工不停地翻动，后来订制了平整的方形烤架，每个烤架可以码放180片左右的豆干，一面烤好了，转一面继续烤，受热均匀又省力。

几分钟后，豆干烤好了，焦黄的外皮散发着浓郁的香味，轻而易举地勾起你的食欲。

一片小小的豆干，历经十几个小时，凝聚着制作者的辛劳和智慧，只有亲身体验，才能明白美食如此来之不易。

阿眉豆干的秘诀在于"尊重"，尊重每一道制作工序，尊重每一步等待的时间，将技巧和心思与美食自我转化的过程相融合，不偷工减料，不投机取巧，耐心细致，才能沉淀出经久不衰的美味。

传承，美食的延续

阿眉豆干好吃，自然吸引了不少人学习，吴进妹手把手教了3个徒弟，至于指导过的，记不清多少个了。很多人来问他，他都毫无保留地教人家，有的是自家食用，有的成了竞争对手，目前沙县有几家比较出名的豆干都是从他这学的手艺。

好的手艺需要传承，吴进妹的子女们在他几十年的指导下学到了阿眉豆干的精髓。但是，做豆干很辛苦，收益却不高，几个孩子都改行外出做小吃了，唯一坚持下来的只有女儿吴柳清。

吴柳清说："做豆干啊，赚不了大钱也饿不死。"她也想过放弃，可是觉得父亲的手艺没人继承很可惜，便坚持到现在。

如今陈阿眉已经过世，阿眉豆干却留在很多人的记忆里。有个福州人找到吴柳清，说十几年前在吊桥对面的巷子里吃过一次豆干，印象深刻。可是过了一段时间再去，摊位换了别人。他不知道原先的老板叫什么，小摊位也没有招牌，这一找就找了十几年。后来他无意中得知原来那家叫阿眉豆干，在朋友的带领下找到这里。他说他也吃过其他好吃的豆干，可是始终忘不了阿眉豆干。

对于很多吃过阿眉豆干的人而言，阿眉豆干不仅仅是美食，还是一种情怀。

这件事对吴柳清触动很大，她体会到品牌的重要性，也坚定了要把这一手艺传承下去的决心，在她和丈夫的指导下，儿子张其祥也掌握了整套手艺，阿眉豆干有了第三代传承人。

一个家庭的小吃记忆

◎肖广奇

一

沙县小吃的火爆是沙县人共同打拼出来的。沙县小吃的性格就是沙县人的性格。而沙县人的性格，是沙县的水土养育的，是沙县的风俗、沙县人的境况塑造的，流淌在每个小吃家庭的血液中。我的家就是其中之一。

我家坐落在一个偏僻的小乡村。20世纪90年代，这里包产到户的红利已经耗尽，由于物价猛涨，农民手里的现金快速贬值，而用钱的地方却多了，一来一去，普遍感觉到现金不足。我家七口人，爷爷多病，姐弟仨的学费更是一笔大开销，全靠父母两人的收入。父亲身强力壮，有的是力气，但田里、山上的产出有限，变现能力更是不足。记得20世纪90年代中后期，强劳力一天的工钱是二十元，而姐姐、我、弟弟的学费：五百多元、四百多元、三百多元，一年近三千元，沉重的负担压得父亲喘不过气。父亲求变，间或做些小生意，但也没赚来稳定足够的收入。于是，每次开学父亲都在借钱。

在我读二年级的时候，父亲通过远房亲戚牵线，获得了水泥纸袋订单。于是借钱、租房，办起了小工厂。为赶工期，父亲又发红包又涨工资，春节求乡亲们糊纸袋，一时红火。谁曾想，纸袋运去了，货款却一直不能结；父亲等啊等，等来法院的传票。

父亲一度消沉，大白天也躺在床上。这时，一个亲戚的店铺要脱手。这店铺生意一般，但工钱是有的，穷得揭不开锅的时候，能赚一点是一点；再说，事在人为嘛，别人不行不代表自己不行。父亲是个急性子，说干就干，他一边在店里学习，一边请亲戚帮助办贷款。母亲将家里的纸币硬币整币毛币搜罗一空，才凑足车票。一个典型的夫妻店就成型了。

　　小吃是碗硬饭，工作时间长，睡眠时间短，全年无休，干活、吃饭、睡觉、干活，循环往复，几乎没有娱乐活动。每天五六点开门，母亲先做准备，七八点钟父亲起床。下午吃完饭轮流睡一个小时。晚上十一二点母亲休息，父亲则要干到深夜二三点。睡眠这么短，不困吗？店铺里也准备一把躺椅，但就躺不下去。包饺子、打扁肉、做炖罐、煮茶蛋、换煤球、洗碗筷、搞卫生……零零碎碎消磨人。我说品种少一点就有休息时间了。父母却说少一个品种就会少一些客人，没生意更消磨人。因此，父母也就忘记了苦，忘记了累。而饭点客人多，很累，很饿，却很开心。

　　早期开店烧的是煤炉。无论多大的店，门前都是几个小煤炉。上面摆着一盆茶叶蛋，一锅炖罐，一个汤锅架子。为控制成本，烧的是最便宜的劣质煤，散发着刺鼻硫黄味。父亲因此得了皮肤病，手痒难耐。很多次我陪父亲去小诊所打针，针管直接扎在手指上，一个一个往里打药水。父亲没有吭声，但手在抖，应该很疼吧。

　　开店赚的是辛苦钱、身体钱，这几乎成了小吃从业者的共识。不过父母不怕，辛苦钱也是钱，身体钱也是钱，有债要还，有家要养，有收入就好。但我总是不明白，一定要这么拼吗？为什么不能早点睡？为什么不能稍微休息一下？为什么生病了也扛着？父母却总说这家怎么怎么拼，那家又怎么怎么拼，总之一句话，他们已经很偷懒了。也许，吃苦耐劳是刻在土地里讨生活的人基因里的吧？也许大集体赚工分忙双抢，黑天干到天黑干习惯了吧？也许是想早点回家吧……

就这样，同所有做小吃的人一样，父母脸上总是挂着疲惫。父母干了二十年，疲惫也挂了二十年。近几年，大概是干不动了，但也要十一二点才肯关店，视频中的他们仍是一脸疲态，不同的是，苍老了许多。

二

父母离家，我们仨就成了留守儿童。如果可以，父母是不愿意外出的；但小小的沙县城机会太少，只能向外求索。当时奶奶已经去世，爷爷身体不好，我们三个孩子尚小，母亲在村里代课又有一份一年一千元的收入，原计划父亲一个人去，另请小工帮衬。但那个店铺营业时间很长，收银又必须信得过的人，若遇到头疼脑热的时候，一个人怎么行？再说家庭也经不起失败。母亲终究不能放心，交代了工作，把我们仨托付给同村的外公外婆。

那时我还懵懂，弄不清是怎么回事，只见母亲把我们仨的衣服装进大袋子里往外婆家运，然后稀里糊涂就和姐姐弟弟住了进去。母亲似乎也走得挺匆忙，留了封信给我和弟弟，还有一百多元零用钱，放在一个黑色箱子里。信里母亲讲了她的无奈与不舍，劝我们好好学习，听外婆的话。每次翻出来看，鼻子都酸酸的。

外公外婆对我们挺好，左邻右舍孩子多，日子也算自由自在，就是总感觉缺了点什么，有些话没人说。我五年级起到学校住宿。宿舍是一个大仓库改的，全校男生住一起。旁边是厨房，虽有小门隔开，却与宿舍共用大门。食堂阿姨养了些鸡，常常跑进宿舍，在草席上排泄。我和同铺兄弟都不会处理，用破布沾了点水擦，怎么擦都留着痕迹。我上初中时，周末带着弟弟住在自己家里，吃饭的时候再去外婆家。我们没有生活经验，稻草床垫未及时晒，长了很多灰色小爬虫。等到我们发现再晒，已经来不及了，怎么晒都赶不跑。我们不敢告诉外婆，也没想过换一床，囫囵着睡了好久。好在虫子不咬人，隔着草席关了灯，也没什么可怕的。

父母虽然身在外地，却一直想着我们。外婆家通电话后，父母总会定时打电话来。那时的长途电话可不便宜，一分钟八角钱，一轮聊下来就是十几二十元。可唠叨来唠叨去总是那么几件事，真有点奢侈。因此最后轮到外公的时候，没讲两句，就匆忙把电话挂了。

考虑我们在长身体，父母专门寄了一笔钱用于买肉。那时同学住校多是带咸菜，如果咸菜里有几条炸泥鳅、几块五花肉就算美味了，而我的瓷罐里却是满满的瘦肉。同学们多找我换菜吃。

一次姐姐从宿舍上铺摔了下来，还好未伤及筋骨。父母已托亲戚去看望，但终究不能放心，赶了回来。第二天又走了。

母亲最担心的是我们的学习成绩。母亲第一次去开店的时候，姐姐刚上初中，成绩很好。等母亲开店回来，竟有科目不及格了。要上重点，以 100 分算，平均可要 85 分，这怎么成。记得一个晚上，气氛很严肃，父母坐在饭桌上，拿着姐姐一份满是错误的卷子批评。姐姐沉默不语，我也因此得了教训。此后姐姐的成绩有了进步，但最终还是差重点线几分。我读小学，还没有升学压力，不过母亲也没有放松。寒暑假，母亲给我讲解三字经、千字文，借故事书。六年级春节还给我买了精装《古诗一百首》《名言警句两百条》，花了五十元，个把月的肉钱啊，太贵了。我翻书都小心翼翼，也是在这段时间里养成了自主学习的习惯。但母亲还是很自责，因为母亲又要去开店了，而我这个年段第一的也没能考上重点中学。母亲多次跟我说，她犹豫了很久，班主任告诉她没问题，店铺也脱不开身……其实我失败的原因在于自己的心理素质，逢大考就失眠，她来了也没用。但高考前，她还是提前几个月关店回家。亲戚劝她经常来看我反而不好，于是送了几次肉汤，就不敢来了，只是焦急地等在亲戚家里。

母亲总是把责任扛在自己肩上。她从不想自己付出了多少，只盯着没做到的。她在店铺里日思夜想，头发早早就白了。其实她已经做得够好了，许多同学可没我的福气。但只能这样，生存与陪伴必须做出选择，这是时代的无奈，农民的无奈，怪不得她。

其实，父母在城市，也是我们的机会。我们第一次坐火车、坐电梯，见识了霓虹灯；参加麦当劳的猜谜活动，领店庆气球；泡超市、书店；见识了城市人，见识了城市的繁华。在此之前，我们只是一年进一次县城的"土包子"。而姐姐锲而不舍进军大城市，最后成功在省会定居，这大概也是当年种下的因果吧。

三

父母开的几家店都算不上火爆。第一个店日均营业额才四百元。如果每日卖到五百元，就会很高兴，我们也跟着高兴。有时午饭晚饭后没客人，我和弟弟帮忙理钱，十元五元凑一百，交给父母放起来。每日赚的不多，但日积月累干了两年，父亲竟还了欠款，还在村里盖了一栋楼。

不过盖楼还是勉强了点，在亲戚的帮衬下，也就搭个壳子；墙都没钱刷，更不要说软装了。姐姐上了高中，我们的学费也涨了不少。怎么办？思来想去，也就小吃最稳妥。就这样，父母断断续续开了几家店，解决了我们仨的学费，在城里买房；现在60多岁了，又为了养老不拖累孩子们，继续开着个小店。

二十多年来，父母支撑着这个家，小吃支撑着父母。虽然辛苦，但父母总算在时代巨变中站稳了脚跟，更为我们的发展做了铺垫。

父母是第一代小吃人。他们中有一些人借小吃实现了阶层跃升，成为企业家，成为包租公；但多数人像我的父母，将吃苦和耐劳发挥到极致，解决了生计问题，赶上城市化的列车，成为城乡两栖农民。他们受益于沙县小吃，也成就了沙县小吃。

如今，沙县小吃的主力已经是第二代，当年的留守儿童。他们得益于时代的发展，有了更好的供应链，更好的工作环境，更友好的城市政策。他们更懂得享受生活，也不再把去异乡做小吃看成权宜之计，抱着"赚了钱就回家"的心态，眼界心胸都更加开阔。他们中的一些人不再满足于"赚辛苦钱"，而是继续探索，在连锁、品牌、供应链上下力气，将夫妻店企业化。他们的故事，将是不同的精彩！

小店里的故乡

◎罗岩衡空

在与大姑的此次长谈之前，我一直认为沙县小吃仅为民间美食的集合，或者至多是一种成功的商业模式。然而，虽年近花甲，谈起当年往事，大姑依旧眼含泪光。对于沙县人来说，与沙县小吃结缘，可能出现在生命中的任何一个时刻。

我有一种强烈的感知，给大姑一副行囊、一双长筷，她仍然能够征服世界。

一

大姑小学二年级辍学，字铁定是认不全的，一直在家里务农，后来为了找些事干，去学了几年裁缝。她自诩天赋异禀、术业专精，无奈乡里需求不大，零散出些工也就够吃个饭。

20世纪90年代初，父母从农村考入中专辗转到县城工作，分别从政行医，都忙得不行，我尚年幼，大姑就时常被叫进城帮忙看着我。那会儿正值沙县小吃从本土向沿海地区逐步蔓延的阶段，人口和信息开始产生密集交互。大姑总能在接我上下学的时候，看到贴在矮旧电线杆上的各种招工信息。改革开放之后，山区跟沿海发展差距逐步拉大，那时父亲月薪不过百元出头，厦门纺织厂在山区县城的招工广告，竟能给熟手女工开到三百元底薪，还包吃住。虽不知真假，但大姑作为村里最好的裁缝，总无法按捺内心的躁动。

当年多是如此，农村人征途的开始，往往伴随着最直白的困境，穷。1994 年 5 月，因村里生活毫无起色，眼看就要揭不开锅，大姑到县城找父亲商量外出务工的事。父亲问她准备到哪儿去、做什么？大姑其实从来没想过这个问题，她只是想出去，走出困境，即便是走向未知。大概是想起电线杆上的广告，她说要去厦门，去工厂做裁缝，彼时小姑在集美上中专，说是也有个照应。父亲答应了，挤出一百五十元钱，算是给了最大支持。他让大姑到厦门先找沙县办事处，看看能不能帮着介绍工作。

当晚大姑就出发了。那个疾风骤雨的夜晚，她挤上去厦门的火车。她的行李装在编织袋里，不过就是一套换洗的衣物和一套睡衣。经过一整个雨夜的颠簸，到了厦门站，居然放晴了。她觉得这是一种向好的预示。她说，她就没想过要回头。

"实说实干、敢拼敢上"的精神特质，确是一早就印在每个沙县人心里。对于混沌和未知，他们缺的从来就不是意志，而是路径。

二

买车票花了四十九元五角，大姑身上剩下一张百元大钞和五角零钱，她琢磨着先到小姑那睡一晚，左右打听上了去集美的公交车。车费五角钱，就是这么刚好。

到了集美，她饿了，发觉自己将近一整天没吃饭。看到路边的豆花摊，她挪不动腿，就坐下吃了一碗。也是五角钱，这会儿就不那么刚好了。大姑掏出百元大钞，摊主震惊了，倒不是有多稀罕，只是走摊讲究短平快，一时半会找不开。摊主说出门在外都不容易，就免了吧，大姑则在确认摊主每天都出摊后，承诺明日来补上。

一路问询辗转，大姑终于找到小姑，在学校宿舍里挤了一晚。第二天一早，大姑兑出零钱，准备进岛找沙县办事处，才发现，她被指引到的车站十分陌生，而她更是不知道昨天的豆花摊在哪个方向……

更糟的是，拿着父亲给的地址在岛内转了一整天，她也没找到沙县办事处。

大姑说，她那时才意识到，孤身进城，天然少个支点，最怕就是迷路，毕竟四向皆是畏途。至于办事处和那个豆花摊，她这辈子都没找到。那碗豆花，是她人生中唯一一次"骗来东西吃"，每每想起，犹是愧疚。直到现在，看到豆花摊，她总会去吃一碗。

"摊边小吃总是最暖的"，从那天起，大姑就锚定了小吃应有的人间温情。

三

大姑不再执着于找办事处。从第三天起，她敲定了另一个计划。每天清晨，先上进岛公交，哪里繁华就在哪里下车，下车就找招工信息，且只看包吃住的。

几天过后，大姑手头的钱已经不够返乡了。她说这样更好，省得灰溜溜地逃回去。她真的没想过回头。

第七天下午，她终于在莲坂谈定了一家服装厂，老板是做自有成衣品牌的，三百元底薪，包吃住。真是太巧啦，她说。

第八天一早，大姑包好行李，准备到厂里出工。然而，她的方向感又失灵了，整个白天，她背着行李硬是把莲坂走了个遍，怎么也找不着那个服装厂。直到傍晚，她放弃了，想到要自己掏钱吃原本该在厂里吃的饭时，她少有地感到失落。问到回集美的公交线路，找到车站，她抬头看着公交车缓缓驶来，拉上编织袋排队上车。身后有人在推搡，她黯然回首，给了城市一个无助的回望，结果猛地瞥见了巷口那个服装厂招牌……真是太巧啦，她说。

大姑没有吹牛，她确实天赋异禀，而且不仅限于做工。裁缝出工第二个月，由于技艺娴熟，底薪给她加到了三百五十元，第三个月加到了四百元。做了半年厂工，老板看她能说会道、处事大方，直接给调到前端门店卖成品衣服去了。厂里的成衣品牌叫作"大家族"，大姑总跟顾客说福建人都是一个大家族，遇见外省来的，就说中国都是一个大家族。驻店头月，她一个外地人就干了三万元营业额，相当于每天卖出去二十多条牛仔裤，得到的抽成自然也相当丰厚。

自此，已没有什么可以阻拦大姑的脚步。不到一年，她在厦门就扎下了根。我清晰记得，二年级我被大姑接到厦门过暑假，她在市场里砍价买螃蟹，说的已经是我听不懂的闽南话。

衣服卖了三年半，大姑觉得大众市场已经做到天花板，经人介绍，到一家啤酒厂门市部当了销售主管。很快她发现，厂里的啤酒跟同时期的大品牌质量上差得太多，根本卖不动，倒是厂里自产的矿泉水平日卖给工人，销得不错。大姑考虑矿泉水在外头也能销，就开始从厂里拿货，自己到小商铺去推。这可一发不可收拾，很多繁华地段的商铺，溢价两倍都能轻松推出去。很快门市部里的几号人就不够用了，大姑甚至帮着招人，一个小门市部销售团队配到二十多人，而本来月销不到一百件的矿泉水，最多一天出货两千多件。后来厂里拆了两条啤酒生产线，干脆都做矿泉水去了。

到 2000 年初，大姑的积蓄已相当殷实。作为 20 世纪 90 年代进城务工大潮的一员，她凭借自身硬实力，触摸到了时代的脉搏，无疑是相当成功的。

四

2003 年大姑选择回乡，在县城置办了一套"楼中楼"。我问她为何不在厦门置业，她的回答颇有些懊悔和神伤："赚得再多，也总觉得没有底气。"这令我感到惊讶，因为就她此前表现出的惊人忍耐力和适应力而言，我不知道这个"底气"怎会缺失。

其实那几年，沙县本土商业环境也有很大改善，大姑也考虑过在县城找些事情做，结果前后待了一年多，"根本就待不习惯"，她又回厦门去了。

这次回去没多久，小叔在农村实在熬不住，跑去厦门投奔大姑。原本自食其力不成问题，此番要带弟弟出头，大姑就得考虑自己创业了。千禧年后，沙县小吃已经走出福建，扩张到江浙沪和珠三角一带。如此光景，一对沙县姐弟在厦门能做什么，已成了"单选题"。

大姑带着小叔，在自己早已熟门熟路的莲坂商圈找店面。由于是第一次开店，大姑还是比较谨慎，她不考虑主街，不追求规模，坚持小投入、先试水，按现在的逻辑，这就是"最小可行"的 MVP 创业理念。经过半个月的蹲点算人流，大姑最终把店面选在了一个南北向贯通的宽巷里。这个门店周围虽然住宅小区不少，但布局过于窄长，门头又过小，对于多数业态来说都不算优质，租金自然也比较低。大姑把主灶设在入口处，将部分桌椅外摆，把二楼小吊层稍微打理了一下，姐弟平日轮班就住店里，可以说在成本上控到了极致。

虽然做好了生意冷清一阵子的准备，但接下来的情况，按照大姑的说法，"虽然非常累，但是从没想过钱可以这么好赚"。沙县小吃完美填补了那个时代的餐饮业空白，比盘餐快，又比快餐热乎，可作正餐，亦可为点心，关键是真切的便宜实惠。姐弟俩这小店，平日早、中、晚三餐高峰期自是翻桌不断，经常深夜一两点还在进客，大姑的原则是食客不断就不结摊，有时客人走得迟，就得熬到深夜。比之此前销售工作的巨大回款压力，开小吃店看似单价不高，实则聚沙成塔，都是现钱结账，资金回笼高效。在顾客的一声声"老板"中，姐弟俩凭着创业热情，无昼无夜强撑了三个月。

一个较为闲散的下午，大姑在小吊层中惊醒过来，突然发觉这样下去身体肯定是吃不消的。她起身找到隔壁常来店里的房产中介大姐，直接说要买房。大姐表示手头就有优质房源，邀大姑去看看。大姑离店后开始忐忑，到了楼幢更是不安，她站在楼下问大姐卖的是哪套，大姐指向某高层边套，说了户型价格，正要拉着大姑进楼。"好，就它了，"转身大姑就回店里去了，"晚上的蒸饺还没包。"

第二天大姑就交了定金。多年没找到的底气，在这个小吃店里，突然全找到了。

五

小吃店成了大舞台。半年时间，大姑把周边环境和人群需求完全摸透。

东面北面是两片公寓小区，多住商务白领，要的精致，喜欢米食和汤盅，傍晚和周末多单；南面是电子市场和五金家装集聚区，多为流动务工人员，讲究快捷，偏好炒食和蒸货，午间和工作日多单；西面更繁华的路段遍布娱乐场所，入夜到凌晨这个方向总会不间断来客，多是补汤水寻清醒的，当然寻不清醒的也不少。按这套理解，店里分时段雇了临时工，错峰备料，还送起了外卖，单量和效率飞速上涨。大姑依然保持着敏锐的销售嗅觉，客人多来几次，稍有寒暄，她就能记住姓氏、相貌、职业和喜好。老板模样的，不缺钱，炖盅直接上党参乌鸡、莲子猪肚，够香够补就成；白衬衫夹着材料看表的、穿快递制服听电话的、耷拉着背包看着书的，一坐下直接蒸饺摆上，人真没啥时间耗着；出工晚归的，点了炒粉要了清汤，干脆直接就给送几瓶啤酒，哥几个爽快了下次铁定还来。很快，店里熟客就占了多数。

既是如此平顺，我问大姑为何不换个大点的门面。她说够用就行，大了分心，来了客人看似没地儿坐，腾一腾也能跟陌生人凑一桌。我霎时明了，遍布全国的沙县小吃店，为何总是不大。因为人情冷暖，距离远了就难以感知。

说起这段，大姑总是牵着微翘的嘴角，那是寻得寄托、掌控生活的舒畅，是潜在心底的由衷欣悦。

六

多年之后，小叔讨了媳妇，总琢磨着自立门户的事儿。大姑也感年岁渐长，索性把店留给了叔婶，自己同多数中年小吃业主一样，荣归故里了。

回到县城，大姑几番尝试，最后竟然做起了土木工程生意。我却不感到意外。

三年前，我在沙县城区小店偶然碰见大姑，她正带着一位商人模样的银发老人品尝本土小吃。老人家看起来颇为儒雅，而把烧卖往嘴里塞的时候，还是不禁啧啧称奇，说在厦门怎么就没吃过这个东西。

大姑向我介绍，老人家是之前厦门店里的一位常客，台湾人，常年在大陆做生意，现在也已经返乡了。这几天正巧回厦门办事，就给接到沙县来住几天，尝尝正宗的沙县小吃。

原来大姑前两年土木生意也有波折，由于被拖欠工程款，资金链上出了点问题，一时犯难、四处筹措，随口跟老人家问了一句，结果人二话不说就帮着垫上了，大姑自己也很意外。确实难以置信，此前不过是食客和老板的关系，更何况海峡两岸相隔。想来，或许是大姑足够真诚，也或许是沙县小吃提供的味觉记忆最为沁入人心，在人与人之间的信任危机逐步扩大的当下，反而是即时的美食会给人带来经久的温暖。

老人家很是热情，说沙县这儿的商业氛围不错，生活感也很充盈，人人提起小吃都洋溢着自豪感。

我对老人家说，若是在沙县城跟生意人聊天，就觉得人人心性泰然，做啥都是不带犹豫的，最常听见的就是"不行就去捞面条"。沙县小吃如今仍然占据国民小吃影响力头席，在于它提供的不是"求生之路"，而是贯穿一生的"解决方案"。在生命中任何灰暗的时刻，即便前路渺茫，即便退路不再，沙县人从未觉得山穷水尽，也从未想过畏缩却步。

老人家为之动容，说离家奔劳的感受，他懂，晚年归乡才有些许安定。他跟我分享了许多闽台两地不同的人文风情，还一个劲儿邀我去台北吃台湾小吃。他说，辗转大陆多年，他去过不少城市，进过不少小吃店，大姑这样的沙县小吃店主，最与众不同的就是——她不太像是生意人，更像是家宴上好客的主人。

可以确定的是，无论社会如何变化，无论经济如何发展，小吃的本质在沙县人心中始终没有改变。只要世上仍有对生活的热爱与恋慕，仍有对自强的追逐与渴求，仍有对逆境的不羁与反抗，这种自食其力的创业形式就会继续存在，且滔滔不绝、代代相传。

我终于明白，沙县小吃人的故乡，不仅在沙县城，也在那个纵横南北、可宽可窄的店里。

一面报缘

◎王长达

人生有时是一面之缘，有时因一碗面结缘，有时会因一碗面记起难忘情缘。想起报社旁边的沙县小吃店，我就想起了三十多年报人之缘。

那年，来到三明入职报社，不久就开始上夜班收电讯，那时报社大楼重建还未完成，编辑室、电脑房在工地里运行，电讯收讯室则暂借在麒麟山下市气象局的办公楼里。每天下午，收讯室开始接收打印新华社的电讯稿，晚上中央电视台新闻联播播出要及时录下，到了八点，夜班编辑开始边看新闻联播录像，边挑选新华社稿件，等画好版，就要把新华社电讯稿拷下来送到报社电脑房组版，一般都要到十一点多，时常半夜等新华社紧急来稿，收到稿件，骑单车送到报社。

那年冬天特别寒冷，三明高山曾下大雪，夜里手都冻僵了，返回收讯室，或者编辑、校对们下班同行，经过三明师范附小旁的大树下，那里开着一家小吃店，我们通常会吃一碗拌面或馄饨，那时工资低，一碗面就五角钱，但很暖胃暖身子。那小吃店是沙县人开的，与我自小吃的尤溪清汤面、尤溪大条面风格完全不同。尤溪的清汤面，用的是白面，扁薄绵软，大条面粗大筋道，沙县拌面则居于二者之间，粗细均匀，放上花生酱、香葱，别有风味。

报社大楼正式投入使用后，电讯室搬进报社三楼，夜班宿舍在四楼，我白天当记者，晚上收电讯，以社为家。大楼底层架空层是市委食堂，报社和周边单位员工在这里用餐，但记者经常在外采访，有时难免误了饭点。不久，报社旁边市人防办楼下开了一家沙县小吃店，一对夫妻开的，男主人叫阿基，大家都打趣说那人是同事陈光基的兄弟。其实阿基来自沙县琅口茶丰峡。那时的报社总编办主任邓纶渠早年曾在茶丰峡插队。1990 年春天，茶丰峡村妇女程柳仙因不识字吃尽了苦头，来到村小学学文化。邓纶渠了解到这个故事，1990 年 12 月 25 日在英文版《中国日报》发表了《扫盲年里新鲜事 三十五岁的村妇上小学》。

沙县人好学上进，敢闯敢试。20 世纪 90 年代初，沙县乡亲开始走出沙县，把沙县小吃这一传统美食带到四面八方。或许是因老知青邓纶渠的这份缘分，阿基来到三明，在报社旁开了一家小吃店。

小店装修简单，烧煤，灶台临街，卫生当然有些欠缺。不过，那时周边的小吃店很少，报社、周边单位工作人员大多在这小店吃早餐，拌面飘香，馄饨热乎，于是唏唏嗦嗦间聊业务、谈新闻再自然不过了。到了晚上，夜班结束时，编辑、校对会聚在小店，并起小桌，摆在路边，除了拌面、馄饨，再点上一盘田螺，一份清汤，开两瓶啤酒，于是谈天说地，深夜食堂不亦乐乎。小店客人口味不一，拌面，有的要花生酱，有的要放酱油，夫妻俩对常客所好了如指掌。同事朱仑爱吃生蒜头、鸭胗，嗜辣如命、无辣不欢，拌面、清汤面嫌不辣，每次辣椒酱几乎要用掉小半罐。

阿基的小吃店品种丰富，烫嘴豆腐、肠子面、菜肉大馄饨，还有泥鳅粉，吃起来很过瘾。烫嘴豆腐，放目鱼用煤炉文火炖，豆腐炖得如蜂巢，孔隙通透，吸满目鱼的美味，浓鲜可口，撩动味蕾。肠子面，肠子处理得格外干净，先焯水用桂皮卤过备用，煮好面做浇头，荤素搭配，一碗面活色生香，那肠子脆 Q 有嚼头。泥鳅粉，与尤溪管前泥鳅粉类似，阿基处理泥鳅也有一套，活泥鳅每天早早由班车从沙县寄来，先放在清水里，滴茶油养半小时，吐清土腥味，加工后放在酒糟里备用。这店做的泥鳅粉，汤色红酽，粉嫩溜滑，泥鳅鲜而不腥，让人欲罢不能。

相处久了，我们才知道阿基育有一女一儿，还在老家读书。到了暑假，两个小孩也来店里帮忙。父子俩都爱穿人字拖。酷暑时节，中午烈日灼人，记者们躲在办公室吹空调，边加班，于是就叫小吃店送餐。每每听到过道传来"啪啪"的脚步声，我们就知道是父子俩送来了午餐。

小店薄利，但生意很好。四年后，阿基回老家盖了新房，把小吃店转让了，到别处发展，小店变成了龙岩牛系列、建宁辣肠粉，至今还开着。

那时紧挨小店的储蓄所关了，下岗的张阿姨就在这开起了沙县小吃。张阿姨的丈夫老杨，沙县青州人，在人防办工作。老杨在部队当过炊事班长，下了班就成了妻子的好帮手。那时他们女儿念高中、上大学，小吃店成了这一家子的饭碗，市委食堂停办了，这家小店也成了我们报社单身汉的食堂。直到小杨工作了，小吃店也结束了它的使命，变成了一家烟酒店。

阿基来三明开店一年多，邓纶渠调到《厦门日报》。张阿姨的小吃店没开了，朱仑去了广东《江门日报》。缘浅缘深，总有一面之缘；人生相逢，总有交错的步履。报社旁的小吃店，如同驿站，许多报社同仁、新闻界朋友在这里相聚，又各奔远方，或者走进了记忆深处，那份深厚的报人之缘依然如昨。

十年前，阿基与妻子回到三明，在东新一路对面重新开起小吃店，店名叫"阿基小吃店"。阿基说，离开三明，他与妻子去福州、上海等地开店，孩子工作成家了，自己不想出远门，又回三明来开店。陈光基还为此写了一篇文章发表在报纸上。这店装修敞亮，厨房在后面，用的是液化气，环境卫生，菜品更加多样，除了小吃，还有小炒，我曾去过两趟，味道仍然可口，只是觉得少了点过去的滋味。想不到，这家小吃店开了一年，又盘了，阿基也不知去了哪里，或许他又在别的城市有了新的一面之缘。

春香的小吃人生

◎卢素平

天刚蒙蒙亮，吴春香就在后厨里忙碌，身旁的扁肉锅、炖罐锅冒着腾腾热气，香味渐渐弥漫开来。

"做小吃辛苦，但是有盼头。"吴春香今年58岁，半辈子与沙县小吃打交道，靠着勤劳的双手，她和丈夫撑起了一个家。这是她的心里话，也是大多数沙县人的心声。

春香做小吃的故事，要从2000年说起。

那年夏天，由于家里在镇上买房，春香掏空了所有积蓄，就连身上仅有的几件金饰也换了钱。家里还有两个年幼的孩子。和当时大多数人一样出去开小吃，是最好的选择。

由于手头拮据，经过一番"考察"后，他们把目标定在福清市港头镇芦华村。没错，就是一个村子。不过这里和三明不同，地势平，村村连片。并且，当地人大多出国捞金，经济条件好，"百万富翁"随处可见，出手阔绰。

春香说，当时她身上只有借来的一百元，普通话讲不好，不识字，就连夜坐火车跟着大侄子去往远方的目的地。刚开始，她还有些期待，因为在此之前自己从未出过远门。

然而，事情并没有想象中顺利。

一个扁肉锅，一排不锈钢操作台，几张木桌子……他们刚支起简陋的小摊，就因为没有办理健康证被责令停业。由于人生地不熟，几经波折办理好后才重新开张。

一开始，生意也不好，每天营业额不足百元是常有的事。后来，他们主动创新了菜品，把口味改成当地人喜欢的口感，还增加了炒卤菜、炒田螺，生意才慢慢有起色。

"那时候条件不好，也不讲究，别人吃剩的菜，我们洗一洗，炒一炒，继续吃。"说到这里，春香笑了。

后来，大侄子选择北上创业，春香盘下了店铺，改名为"春香小吃"。很快，她的丈夫——一个从未下过厨的男人来到小店，开始掌勺。由于常常忙到顾不上理发，脑袋看起来又圆又大，村里人给他起了个外号——"大头"。

那时候，他们每天清晨五六点起床忙碌，捞面、炒菜、包水饺、做炖罐、洗碗、送餐……样样都得自己做，直到晚上十一点过后，才开始收摊休息。夏夜里，有些食客喝了些酒，兴致高昂，就得陪着他们熬到凌晨歇业。

他们租来的房子在三楼。窗边有台面机，这是"大头"的天地，他隔三岔五就要自己做面条，总是满身面粉。面机边有两张上下床，上床堆放着大袋衣物。到了夏天，天气炎热，舍不得装空调，就在阳台上的竹椅睡觉。房间的灯时常坏，到了夜里，常常一片黑暗。厕所里没有热水器，每晚都得从店里提水上楼，衣服则在一楼房东家的院子清洗。

这样的工作时长和生活环境，对当时的沙县小吃业主们来说，是一种常态。他们勤劳肯干却省吃俭用，身上留下一身顽疾，就为了给家人带来更好的生活。就像春香说的，他们背井离乡，为的是以后孩子不开小吃，少吃苦。

提起儿女，春香又打开了话匣子。她说，每年暑假，自己的一双儿女都会到店里帮忙，负责"站扁肉锅"，给客人煮拌面、扁肉，除此之外，他们也帮着端菜收碗，结账。"你的两个孩子很乖"这样的评价，让春香很满足。

那时，一位白头发的老人成为常客，他为人慷慨热心，常给孩子们送点好吃的零食。作为回报，春香也时不时回赠老人一些沙县特色小吃。春香说，当地人的善意，让她和"大头"对这个充满海味的异乡，有了特殊的记忆。

当然，每个地方都一样：有像"白头发"这样的好人，也有一些看不起外地人的人。春香小吃店对面有家牙科诊所，医生是个清瘦之人，医术不错，为人却不讨喜。他常常戏谑地称呼春香为"沙县央"，就是"沙县仔"的意思。作为"回报"，他们也背地里叫他——"拔牙仔"。

在这个充满人情冷暖的小村子，春香一待就是十八年。在这里，他们还完了债，还供出了两个大学生。

春香最开心的记忆，是儿子拿到福州大学录取通知书的那一刻。那天，月亮很圆，海风很轻。收摊后，她特意到对街的炸鸡店买了炸鸡腿、烤翅，还从冰箱里掏出几瓶啤酒，让儿女陪她喝上几杯。她心想：两个孩子都上了大学，以后各自成家，加上另一半，家里就有四个大学生了。

春香"失算"了。上大学后，她的儿子得了抑郁症，大二退学，这也成为春香心底永远的痛楚和遗憾。或许，这就是许多沙县小吃从业者的无奈——因为无法腾出时间陪伴远方的家人，留守儿童和空巢老人成为时代之痛。

2018年5月，春香离开了芦华村，她与这座村子的牵绊，从此画上句号。但"春香小吃"并未消失在大家的视线，而是由春香的妯娌接手，续写另一个家庭的小吃人生。

这次离开，是为了更好的开始。

春香说，当时儿子想要创业，大家自然而然地又想到沙县小吃。她和"大头"决定陪伴儿子启程，既是一种支持，也是对多年前让孩子留守在家，缺失了陪伴的弥补。

几番考察后，当年 8 月，他们看中了江苏省无锡市宜兴新庄大道这个新区，租下一整幢商墅——一楼是装修一新的店铺，二楼为一整层储物空间，三楼有个临时休息室。这样的工作环境，春香和"大头"以前想都不敢想。

　　2019 年，儿子的小吃店加入了沙县小吃集团，改造升级后的店铺，灯光明亮、座椅整齐，装修古色古香，营业额翻了一倍。如今，原材料由子公司统一配送，以前很多需要自己动手的事，他们只要在店里坐等送货上门就行。

　　看着儿子的事业走上正轨，春香心底的遗憾慢慢放下。她说，辛苦做了半辈子小吃，现在自己有房有存款，等儿子成家后，她就和"大头"回家安度晚年。

烟火里的幸福

◎郑丽萍

于慧出生在闽北一个偏远山村。20世纪90年代，大山环抱的村子里，土墙黑瓦的房子、崎岖的山路、昏黄的灯光，给这个村庄增添了一些与世隔绝的色彩。

家里虽然穷，但于慧从小被父母捧在手心里，他们一直希望于慧嫁到城里去，找个条件好的改变命运。初中毕业后，没有考上县重点高中，于慧就到省城打工。在一家电子厂里，她遇到了现在的丈夫。

21岁那年，于慧不顾父母反对，跟随丈夫回到了他的家乡——尤溪县管前镇。在亲人和朋友的见证下，他们摆了三桌酒席，算是结了婚。

结婚时，家里除了几亩薄田，就剩下祖上传下来的两间矮房。婚后，为了照顾老人和孩子，夫妻俩不再外出务工，丈夫终日在田间劳作，于慧则操持着家务，操劳不停。两人忙忙碌碌一年，收入却不足万元。

那时，在村里赚不到什么钱，很多人外出闯荡。没文化、没技术、没资源，做小吃是最多人的选择。没过几年，外出做小吃的很多年轻人，回家翻修了祖房、买了小汽车，有的甚至在城里买了新房，于慧和丈夫心里别提有多羡慕。

"我们也出去闯闯吧。"一天晚上，一向寡言的丈夫，试探性地问妻子。昏暗的灯光下，看着丈夫窘迫又坚定的神情，于慧知道这是他深思熟虑的结果。"行，明天跟爸妈商量商量。"看着不满周岁的儿子，于慧摸了摸孩子的头，若有所思。

在小山村里生活了大半辈子，父母不希望孩子们再走自己的老路——守着几亩薄田，全靠老天赏脸吃饭，脸朝黄土背朝天干一辈子，到头来还是过着苦日子。

"你们放心去吧，孩子我们会照顾好。"年迈的父母全力支持。商量好后，丈夫便托"关系"开始找活干。很快，这件事就有了着落，隔壁村的老乡在上海开了一家沙县小吃店，正想招一对夫妻工。消息一放出来，十里八乡很快就有人抢着应聘。得知每天需要工作 13 个小时，中途不得离职，很多人又对这样的工作望而却步。

"做小吃还能比干农活更累？"从小到大，于慧特别有主张，认定了的事一定要做到最好。不想错过这个机会，他们当下就把这份工答应了下来。

安顿好家里的一切，带上一千元现金和几件衣服，夫妻俩踏上了去上海的火车。因为没有做小吃的经验，到了上海后，他们每个月工资要比别人少一千元。但他们觉得这合情合理，权当交了学费。

捞面、包饺、点餐等，夫妻俩手脚勤快，特别能吃苦，学着师傅们的样子，虚心求教，每个环节都不敢掉以轻心。看别人轻松指挥着手上的锅铲，到了自己手中，却不听使唤。一天下来，从手臂到肩膀处处作痛，睡觉时疼时醒到天明。

凭着不服输的韧劲，夫妻俩很快融入了打工生活。心里记挂着父母和孩子，他们将每月存下来的工资，大部分寄回家里。有了稳定的收入，日子有盼头，生活有奔头，他们干起活来也更有干劲。

在这里，一干就是五年。"我们自己开店吧。"有一年春节回家，余波渐熄的灯光下，丈夫再一次试探性问妻子。看着丈夫满怀期待的样子，她知道这次也是丈夫深思熟虑的结果。

于慧记得，第一次外出找自己的店，是一个寒风凛冽的冬天。夜里，她和丈夫背着行李走在上海的街头，马路上没有车，也没有行人，这座繁华的大都市显得十分冷清。

寒冬腊月，冷冷的冰雨拍在脸上，他们被冻得面红耳赤，却又汗流浃背。这时，她总会想起山坳里的那个小山村，觉得自己像极了骑着三轮摩托车收鸭毛的商贩，虽然灰头土脸，但依然对生活热情高涨。

最终他们在一家服装厂旁，找到了心仪的店。店租便宜、人流量大，旁边也没有竞争对手，当下他们就和房东签下了三年合同。用时一个月，花去了大半积蓄，夫妻俩把这家店装修好了。楼下是小吃店，楼上隔出一个一米高的阁楼，摆一张床，就是他们休息的地方。

此后，在他们心里只有一件事，就是开好店。

服装厂是全天候生产的，于慧值夜班，丈夫守白天，夫妻俩每天迎来送往，一刻也不得停歇。他们待人热情、服务周到，小吃店的生意越来越好。等一切步入正轨后，他们算了一笔账，每月扣去成本，还能赚得一万余元，心里别提有多高兴。

对来之不易的生活，夫妻俩加倍珍惜。每天勤勤恳恳、起早贪黑地干活，几年后，他们就存了一笔钱。"我们回老家盖一栋新房吧。"在璀璨的灯光下，丈夫眼里有光，心中早已有了主意。家里的老屋太旧了，不能再住人了，于慧知道盖新房是家里几代人的心愿。

夫妻俩说干就干。小吃店雇了一个帮工，于慧负责看店，丈夫负责回家盖房子，分工明确。花了一年多时间，一栋三层楼的新房盖起来，一家人住进了新房，别提多开心。住上新房后，他们又琢磨着去考驾照，买辆小汽车，方便回家过年。

在外讨生活十余年，忽略了孩子的成长，夫妻俩心中满是愧疚。每次回家，于慧看到孩子有了同龄人少有的成熟和独立，觉得既欣慰又莫名地难过，这也成了夫妻俩的一块心病。

由于农村小学撤点并校，到了上学的年纪，儿子就必须到镇上中心小学上学。家里离学校10多公里，无奈，他们只能将孩子寄宿在老师家里。在外寄宿了两年，孩子挑食，不长个也不长肉，夫妻俩再也无心开店了。

"在城里买套房吧，接孩子出来。"丈夫依旧惜字如金，却字字说到于慧的心坎上。现在，他们在县城买了一套 90 多平方米的房子，老人负责接送孩子，虽然每月房贷压力不小，但没有了后顾之忧，他们把这家小店打理得有声有色。

两口子的日子越来越美。过完这个春节，夫妻俩开始琢磨起新的经营模式，他们想再找个适合做小吃的店面，找个人合伙再开一家店。他们也在思考，现在人讲究绿色、养生、健康，能不能开一家高端特色小吃店，以后最好能开成连锁店。

小吃三题

◎张盛钏

白蜡的扁食

白蜡是一位开扁食铺女人的外号，因为她长得白皙，人们就给她取了外号，至于她的姓名叫什么，还真没有几个人知道。

她长得很美很甜，身材高挑，鼻子秀美，脸庞白净，而最让人动心的是那双黑亮灵光的眼睛，据说迷倒了许多男人。我说的是我上中学时，她年轻的模样。说年轻，其实也不年轻了，应该在三十开外，那时她已生了两女一男，连最小的孩子也上小学了。

开小吃铺其实很辛苦，每天早上，凌晨三四点就起床，用松明点灶烧火，然后开始和面。慢慢和好面，再擀成薄薄的面片，天已经蒙蒙亮。她就一溜烟去不远处买精瘦的猪肉和龙骨。龙骨下到锅里熬高汤，把瘦肉锤打成肉糜。大概早饭的光景，准备就绪，她打开店铺，陆陆续续就有人进店里吃扁食。

村上的人都把扁肉叫作扁食，从来没有"扁肉"的叫法，一直到现在还是如此。"扁肉"一词不知是何时在普通话中流行起来的。

上中学时，我有时从她的店铺经过，但是极少进去，因为我家里非常穷，每星期只有一两角零用钱，而这钱是用来买作业簿和铅笔的，不可能去吃扁食。读三年高中，可能就进去吃过一回扁食。那是一个星期天的傍晚，从自己村里走了十五六里路，到学校当寄宿生，因为那天食堂没有蒸饭，怕冬夜里饿着，而口袋里又正好有几角钱，就怯怯地走进去，要了一碗扁食。

一碗扁食20多粒，是白蜡亲手一个一个包出来。只见她动作非常麻利，一手从一叠圆圆面食皮拖过一张，一手拿着竹片，从肉糜中划出一小团馅，然后一卷，再趁势一捏，一个扁食就做好了，大约一分钟一碗的扁食就下锅了。

一会儿工夫，一碗青花瓷盛着的扁食就端到了我的面前。只见碗里飘零着葱花，青翠的葱花下面是一个一个扁食，如浅灰色的金鱼簇拥在一起，而扑鼻的香气早已在我四周萦绕盘旋。用汤匙舀进口中，滑溜香脆，非常鲜美。那时年轻，三下五除二，一碗扁食就下肚了。

在回学校的路上，心头还一直回味着扁食的香味，也许还夹杂着对白蜡秀美的无限想象。

阿秀酸菜煎饼

夏天的某个晌午，我行走在新城东路，一阵微风送来了幽香，抬头，"阿秀酸菜煎饼"的招牌映入了我的眼帘。就这样，我们在时间的煎坊前相遇了。

阿秀酸菜煎饼吃起来柔软，有韧劲，细嚼慢咽，一种浓郁的香在齿颊间盘旋，弥漫，沁入肺腑。这种香还真难以描述，因为一块煎饼吃完了，一时之间还悟不透其中的秘密。是酸菜的香，是酒糟的香，是面粉的香，是煎油的香，是香与香的叠加，是各种香的融合吗？当然，这之间，食盐是灵魂，是勾引出食欲的春江花月夜。多了，太咸；少了，太淡，要不多不少，要恰如其分，如儒家的"中庸"之道。适量的食盐，通过适当温度左煎右熬，把酸菜的香、酒糟的香、面粉的香、油的香、诗意的香，都一一激活了。而一旦香气活了，吃起来就满口灵气。

一块酸菜煎饼，处处都是绝活，譬如酸菜。酒糟腌制酸菜，不能太酸，又不能不酸；不能太干，又不能太湿；不能腌太生，又不能腌太熟，处处都要恰到好处。而炒酸菜更是绝活，不能急躁，要慢慢来，一锅八斤十斤的酸菜，要炒三四十分钟。先旺锅，再添油，热锅冷油，再入酸菜，再慢慢炒，左翻右翻，上挑下铲。这火不能太旺，太旺把酸菜炒焦了，但是，如果火不旺，则香气出不来。把控好火候，同样是技术活，特别是油煎食物。

别小瞧一块小小的酸菜煎饼，从买面粉到揉面团，从腌制酸菜到炒酸菜，从面团制作酸菜煎饼到最后油煎起锅，每一个环节都不能不用心，都要恰到好处，都讲"中庸"之道，都暗含从技术到哲理的升华。

难怪这阿秀酸菜煎饼，人人都喜欢！

"青州街"的甜烧卖

青州街原本是一条街道的名称，是镇上一条圩市长街，自古以来，每月逢4逢9的日子，邻近四面八方的人就来赶圩。而这里所说的"青州街"，却是一位妇人的名字，是从青州街嫁过来的女人的名字，就如艾青的保姆以"大堰河"为名一样。

据说，她从小家穷，长到十六七岁时，已出落成一位楚楚动人的大姑娘，被国民党军队驻镇连长看上，成了他的小情人。她用青春混吃混喝，手头积攒了一笔钱。她人聪明，学了不少做吃的手艺，做甜烧卖即是其中之一。

后来新中国成立了，她嫁给一个老实巴交的农民。本来从此做个本分的女人生儿育女，煮饭浆衣，过着平平淡淡的生活。可是丈夫不养寿，才30多岁就走了。这样，她迫于生活，再嫁到我村里，做了人家的后娘，成了我的邻居。她曾说，别人是毛毛虫蜕变成蝴蝶，我是蝴蝶退回成了毛毛虫。

　　她擅长做吃的，偶尔做甜烧卖吃。那时我才是一个 10 岁左右的小孩，她会给左邻右舍送十个八个，给大家解馋。她做的甜烧卖，其实并不复杂。买上几块甜饼、几两紫菜、半斤白糖，料就备好了。把紫菜用清水发开，把饼蒸一蒸，加些白糖，再把紫菜、甜饼、白糖揉在一起，拿捏成一个一个形如烧卖的模样，蒸熟即可食了。有时外面包一层芋子与地瓜粉做成的外皮，如袖珍版的金字塔。过去交通不便，紫菜是海货，在山区来说，那是稀罕物，因此这种小吃我们很少吃得上。

　　在那物资匮乏的年代，物以稀为贵，甜烧卖就成了难得的珍品。吃起来又香又甜，如果包了外皮，那皮又柔又韧，总之味道美得叫人灵魂出窍。

琅口"三汤"

◎江郎子

"有钱冇钱,琅口过年。"天下这么大,为什么非得到琅口这个小村庄过年?我是土生土长的琅口人,对此也纳闷。

琅口位于沙溪十里平流下游,古时有一个著名的"黄公渡"客货码头。明清时期,琅口被称为"琅口市",村里茶庄林立,商贾客旅长居于此,专做茶叶和笋干生意;众多的域外采茶女、制作工、船工提前到来,以迎接春茶开采与上市。当年,市井繁华,五方杂处,但美茶、美食和美女这"三绝"是三乡五里公认的。有了这"三绝",便能让有钱的生意人和缺钱的打工者在琅口过上一个安好的年。琅口的扁肉汤、饭汤、猪血汤"三汤"是不是在这个时期应运而生的,现无考。但可以肯定一点,它是从祖上传承下来的,乡亲们对此有着深深的记忆和浓浓的乡愁。

琅口扁肉汤

茅坪村民、残疾人魏火生,1973年初中毕业后,跟随爷爷学习面点制作。1977年左右,为了谋生,他撑着双拐,在琅口尾大树下(琅口卫生院边上),开办了第一家流动扁肉担,就在公路边摆摊,专卖扁肉和韭菜面(指像韭菜一样又细又扁的面条)。随后,在大树下盖了路边店,成为乡村第一家小吃店。他私自经营和乱搭盖行为,在那个年代,是要被"割尾巴"的,但得到了公社市管会和大队干部的同情与默许。他制作的扁肉皮，靠人工碾压使之又薄又韧。鲜选的猪后腿肉，乘肉有余温之时用木槌反复锤打，使之成膏糜。他的扁肉馅多、皮薄、汤美，又Q又脆，一碗才卖二角，价格便宜，路过的客人都会进店歇歇脚，品上一碗热腾腾的琅口扁肉汤。村上的人每到开饭之时，也常带着大盆子来买一大份扁肉汤配饭。

魏火生凭着制作技艺、经营头脑，赚到改革开放后的第一桶金，不仅娶妻生子，还在琅口街盖了一栋砖混二层小楼，让人羡慕不已。后来，茅坪大队（琅口只是一个自然村）的众多乡亲拜他为师，学习扁肉皮和肉馅的制作工艺，每个学徒收两百元，他很认真地把祖传的手艺教给大家。20世纪80年代中后期，茅坪大队的乡亲们用掌握的小吃制作手艺，到三明市区开店。因乡政府盖财政所，他的小店被拆，之后，到永安开了一家扁肉店。没有店名，永安人管小店叫"拐拐扁肉"，走红永安。他开创了"琅口小吃"走向域外的先河。

琅口饭汤

20世纪90年代中后期，琅口村民张民贵在自己住宅开办了"富民饭店"。他没有学过厨艺，全靠擅长烹煮农家菜的母亲指导，他拿起铁勺子试着把家里的日常菜品搬上餐桌，主打菜品有饭汤、猪血汤、蕨粉肉、蒸蛋冻、泥鳅粉、内脏汤、浓鱼、炸瓜鱼、蒸田螺等。经过一段时间的观察，发现每批客人进店必点饭汤。于是，他找到农家饭店的商机——主攻饭汤。

提起饭汤，"50后""60后"的一代人都有痛苦的记忆。当年较好的家庭，笊篱"上为饭，下为菜"，也就是捞饭后的汤汁，加一把盐、一勺咸菜，撒上一点葱花，就成为一大盆餐汤了（困难家庭连饭汤都没有）。日复一日就这么吃着，对于正值长身体的年轻人来说，无非茅草遇秋风——毫无生机。随着时代变迁，人民生活水准提高，百姓家里不再吃捞饭了，而是用铝制饭盒蒸饭、高压锅焖饭、电饭煲煲饭，再也吃不上饭汤了。老张抓住"品味乡愁"的机会，赴"汤"蹈火，专攻饭汤煮法，将饭汤作为"镇店之宝"，便"一炮打响"。他根据不同季节开发了不同汤品，比如，春季芥菜饭汤，夏季木槿花饭汤，秋季咸菜饭汤，冬季冬笋饭汤、白菜饭汤等，但每一种饭汤里虾皮和葱花是不可少的配料，以增加鲜味、色相。

为了适应市民舌尖上变化，他不断开发农家菜品新系列。前些年，他把餐馆搬进城里，开了三家连锁店，生意十分红火。

琅口猪血汤

20世纪80年代中期之前，农家养的猪要优先保证国家征收。一个生产队被征去五六头，剩下的由生产队自宰自供。农户喜欢自宰，自宰才有"猪下水"。农户辛苦养了一年，猪肉分配给各家各户，只留下一些"猪下水"给孩子们解解馋。于是，猪血汤应运而生。

煮猪血汤还是有技巧的。首先，取决于猪血的品质。杀猪师傅要视猪的大小，判断血量多少，配制好水与盐的比例，这是关键。血凝固之后，能够做到嫩、滑、韧、多，就是制血高手。其次，取决于农家煮法。我家和隔壁邻居的猪血汤，都请庄氏婶婆来煮，她是民间厨师，煮的猪血汤浓滑、味香、量多。其技巧在于配料，在汤里加入"蓝梗苋"（学名"紫背天葵"）、菜芋或大薯羹、脖子肉（即刺血肉）等，好一点的加入大肠、削骨肉等，那就更加美味了。一盆猪血被她一煮，变成一大锅的美味汤。东家就将猪血汤给左邻右舍送去一大碗，与大家分享。还要请舅舅、伯伯、叔叔、姑姑等亲朋好友到家里办上一桌，民间称"吃猪血"。在不富裕的年代，能吃到"猪下水"，堪称是"盛宴"了。

琅口"富民饭店"搬进城后，家在琅口的小范瞄准商机，在琅口街开了一家"老家琅口饭汤"，主打菜品就是"琅口猪血汤"和"琅口饭汤"。他聘请琅口的农妇做主厨，以骨头汤为主，加入脆骨（即软骨）、猪油渣等，使猪血汤味道更加香美、汤品更有内容，成为顾客进店必点的一道菜品。

琅口的传统"三汤"，虽然登不了大雅之堂，但一定会让你尝出新时代的味道。

我的重生石

◎木　雷

　　风雨有度，岁月如梭；季节交替，一年又过一年。想来离开湖北黄冈已多年，离开那热腾腾的厨房已多年……

　　湖北省黄冈市余川镇（松山咀），给了我五年较为安定的生活。那时我因生意失败，到妹妹开的小吃店帮忙，后来学会了，总想自己开店。记得那是一个春天的午后，我在地图上搜索寻找，当看到这个乡镇名字时，总觉得与之有种莫名的缘分，于是导航行至。那时阳光明媚，道路两旁开满油菜花，风里含香，远林屋角，呈现出一幅安居乐业、和谐美丽的新农村景象。

　　到镇上，我沿街行走，观察每个店面，这是一个小乡镇，却有很浓的商业气息，我故意找不同店铺买些小东西，借故与店主简单闲聊，发现这里的人与人之间交往都很友好、朴实，眼睛里都透出善良的光。不知是巧合还是缘分，在镇中学对面有一个门面出租，我很顺利地联系到房东，交流得也愉快，他长期在杭州工作，刚好回家处理门面的事，出租广告是上午贴的。我说明租店用途，他表示大力支持，并与我分析该镇经营餐饮店的可行性，同时还表示愿意配合我装修并对店面进行改造与扩建。就这样，我算是在这里暂时安定下来了。

　　因为房东的支持，我很快开始动工装修。水电，灯光，广告支架，厨房陈设这些我自己做，木工与广告牌找专业的，用时十五天。因为是在乡镇，这里其他早餐店都比较简单，像我们这种针对性专业装修的基本上没有，办营业执照与食品卫生许可证的工作人员到现场，对我们的装修及卫生大为赞叹，说我们带给他们乡镇一个肯德基、麦当劳式的餐饮店。

卫生做好，经过两天的准备，我的店开业了。那时我妈过来帮我，妹妹与妹夫担心我不熟练，也来帮忙。早上七点，街上还是冷冷清清的，几乎没什么人，不免有些担心，但终究是要面对，于是，我拿着一串很长的鞭炮点燃，热热闹闹了几十秒，一个路人从鞭炮的浓烟中走进来，问了我一句："有东西吃了没？"我说："有了，欢迎光临。"他停车招呼后面的两辆摩托车，共三个人，进店点了三份煎饺抱蛋与鸽子汤，这可是我们店早餐系列单价最高的，我被这样的开始与捧场所感动。带着开张的愉悦，我动手煎饺子，妹夫端上三罐鸽子汤，他们喝了起来，对我们独特的味道连连称赞。由于我不太熟练，所以整个精力都用在煎饺子上，不敢回头，只听得整个店里人声鼎沸，当我做好三份煎饺抱蛋时，发现整个店的座位已满，客人自觉排队到公路上，可能是因为新鲜吧！以至我们四个人忙不过来，巧在隔壁镇的老乡打电话问我们开业生意行不行，他们听到杂乱的点餐声，马上约了另外一个老乡一起赶来帮忙。

蒸饺与罐汤特别畅销，或许是方便快捷，也或许是新鲜感的原因，好在我做了充足的准备，然而蒸饺每份蒸熟需要八分钟，一次只能蒸十五笼，所以老是断档，好在这里的顾客都很好商量，都表示理解。那天妹妹告诉我早餐营业额两千二百多元。

接连几天都是这样，早餐总是这么热闹，然而午餐却不是很理想，早餐过后就慢慢闲淡下来，来这吃午餐的人很少，纵使有些人来，也都是点早餐的东西。是我们广告不到位还是没有客流量？午餐期间，我也多次去观察当地的饮食店，发现他们生意都还不错。这种情况持续了一段时间，直到有一天，与一个熟客聊天，他才说这里的人口味重，我们的食物太清淡，早餐可以，午餐与晚餐大家就不习惯了。于是，我开始慢慢改变，卤味辣椒加倍，时常去当地快餐店打包回来品尝，同时配菜按当地的味道炒，盖浇饭的味道也根据当地的口味进行调整，其他小炒类在保持自己特色的前提下也进行改变，经过与当地口味相磨合，午餐与晚餐的生意慢慢好了起来。

那时，由于整个镇上只有我们一家装修比较整洁，所以很多人都到我们店用餐，用当地人的话说，我们店那就是文明、干净、档次的象征，也的确，我常有意无意中会听到他们说："某某请我吃饭，请我去沙县小吃店吃……"每天我们都认真地做每一份食物，后来生意好了，我又请了两个人帮忙，我常与他们说：每天把事情做好，卫生做得像有人来检查一样，每份食物都像做给自己吃的一样，尊崇"己所不欲，勿施于人"的原则，把每一个客人，都当作是我们的贵宾。

有段时间，每天下午，有一个老人，拄着拐杖，来我们店吃一碗馄饨，他吃得很慢，一颗颗慢慢嚼，汤也是一小口一小口喝。起初以为是习惯问题，直至有一段时间他没来，有一天一个中年人来我们店里，问前段时间是不是有个老人天天到我们这吃东西，我们以为出什么问题了，了解后，才知道老人这段时间生病了。他住在离镇上三公里的一个村子里，每天就想着吃一碗馄饨，前几天他儿子打包回去，老人吃两口就不吃了，询问多次才知道他想吃的是我们这家。那时我才知道，他吃东西的慢速度，是在品尝，是在享受。原来我们的一道小吃，也能让人天天惦记着。还有一家客人来我们这吃东西，说今天是他妻子生日，他妻子说什么都不要，只要到我们这请她喝一份炖罐吃几样小吃就可以了。如此种种，鞭策着我们必须认真，因为，我们所做的这些食物，也许就是别人内心的慰藉。

镇里来了一群专业搞土地测量的年轻人，找我们订餐，为期三个月，他们说沙县小吃全国有名，价格透明，不用担心被乱收费。类似这样的团队订餐，这些年来我们接了无数，当地的施工队，也长年找我们订餐。

经营了一年多后，每餐我的小吃店都是客满，后来房东看到这情况，又把二楼清出来租给我，而我依旧小心翼翼，认认真真地做好每份食品。

这样持续了五年，其间我到另外的地方又开了两家小吃店，直到疫情在湖北爆发后才离开。那些年虽然辛苦，却让我还上了生意失败落下的大部分债务，让我重新回归正常的生活。沙县小吃是创造，可重生，可持续发展的。数以万计的人离开家乡，离开父母孩子，用这一传统的小吃手艺做出一道道美食，在他乡分享故乡美食的同时，更是把它当作一份产业，我们把这一产业叫作——沙县小吃。

亲近沙县小吃

◎曾旗平

在餐饮界，沙县小吃无疑是一颗璀璨而独特的明星，一个充满活力、魅力与智慧的存在，它以其独特的方式在餐饮界书写着属于自己的辉煌篇章。作为一名餐饮人，我对沙县小吃有着别样的观察和感悟。我从事烹饪职业三十年，味蕾有特别的记忆和敏感，沙县小吃，它一次次刷新我的认知。

沙县小吃以其广泛的分布和亲民的形象深入人心。几乎在每一个城市的角落，都能看到那熟悉的招牌。它像是餐饮界的"蒲公英"，将美味的种子播撒到了各地。从菜品上看，沙县小吃虽然看似简单，却蕴含着独特的魅力。飘香的拌面，那筋道的面条与浓郁的花生酱完美融合，每一口都是满足。还有那皮薄馅大的扁肉，轻轻咬开，鲜美的汤汁在口中四溢，让人回味无穷。蒸饺也是其经典之一，精致的外形下包裹着美味的馅料。形形色色的炖罐，令人目不暇接，增添一份诱惑。这些看似普通的小吃，却有着令人难以抗拒的魔力。沙县板鸭又是众多美味中，满足我馋嘴记忆的一道佳肴。

从小在农村长大的我，对腊鸭有着独一无二的美食之恋。每到冬天，大约冬至前后下霜时节，父母亲总会杀几只家养半番鸭用来做腊鸭，那是我心心念念的"腊鸭节"。半番鸭宰杀煺毛，开膛破肚清洗。鸭身均匀涂抹上盐，再加入生姜、蒜蓉、料酒等佐料，整齐叠放在一大缸内，腌渍 48 小时后，取出用竹片撑开，挂到阳光下自然晾晒。鸭胗用来制作腊味了。剩下的鸭血、鸭杂、鸭翅、鸭爪就是我们的加餐菜肴了，焖、炒、煎煮。腊鸭经风霜洗礼、阳光沐浴就成了人间至味。只有春节亲朋好友拜年，或有长辈贵客到来，妈妈才舍得拿出来。鸭脖、鸭头用大蒜苗、辣椒粉烹炒，下酒佐饭都是美味。

1996年12月，我跟随烹饪师傅到了厦门同安宾馆当厨师，有机缘接触各类生猛海鲜等众多风味美食，而我情有独钟的腊鸭总是萦绕心头。就在这个年底，临近春节，有位三明籍的同事回乡后带来了沙县板鸭，请同事们分享。夹一块咀嚼，它的香味，以及触发舌尖那股浓浓乡情油然而生，那股"乡情、亲情、热情"瞬间点燃。此后，我对沙县风味小吃有了更多的青睐。在我所烧制的菜肴里，融合沙县风味特征的菜品常常登上餐桌，老鸭馄饨、烧肉拌面、客家芋饺、笼香蒸饺、烧卖、牛系列等等，数不胜数。

在我的认知里，沙县小吃的成功不仅仅在于其美食本身，还在于它的经营模式。它以小店经营为主，成本相对较低，却能提供高效的服务。它满足了人们快捷、方便、经济的用餐需求，无论是忙碌的工作日午餐，还是深夜的加餐，都能看到它的身影。再者，沙县小吃有着强大的适应性和包容性。它能够根据不同地区的口味和饮食习惯进行适当的调整和创新，在保持自身特色的基础上，更好地融入当地市场，带动了许许多多的群众增收致富。

我的弟弟曾旗旺就是其中一员。受我从事餐饮职业和沙县小吃的影响，我弟弟从2013年9月也开始试水开沙县小吃店。他在广东省惠州市惠阳区淡水镇选了一家店铺，与好友一起合作，首家沙县风味小吃店正式开张。他善于学习钻研，常常同我交流探讨，我们总结出经营沙县小吃六要素：在口味上注重精准，在品质上注重稳定，在环境上注重整洁，在服务上注重热情，在价格上注重公道，在选店铺的地理位置上注重周边人流量。第一家小吃店生意越做越好，从中积累了经验，增强了信心。

守正创新是餐饮人必须具备的思维。我们商讨是不是应该结合一些本土地方元素，打造一个有特征的小吃品牌，这时，我想到了我们山区特有的野生菌——红菇。2014年12月，第一家以红菇元素为符号的沙县小吃店001号开业，主打"四大金刚"——云吞（扁肉）、拌面、蒸饺、炖罐，及炸酱面、卤肉饭等系列，其中的炖罐红菇炖鸡汤味道鲜、卖相好，很受欢迎。生意做得红红火火，在经营沙县小吃的圈子里产生较大影响，邻里乡亲常常电话咨询，有的也会到店里学习。

从餐饮人的角度来看，沙县小吃是一个值得学习和借鉴的典范。它让我们明白，即使是最平凡的美食，只要用心去做，也能在餐饮的舞台上绽放光芒。

有时在外旅行、出差、办事，到了用餐时间，看到沙县小吃的牌子，总会进店，来份拌面或扁肉等，闲聊几句——"老板，您是沙县人？"有时也会遇到"我是大田的""我是清流的""我是永安的"。或许是同为三明人、福建人的缘故，油然而生的乡情，增添一份亲切感。

沙县小吃人的足迹，如同沙溪河的流水，源远流长，流入街坊，汇入江河、汇入五洲四海，仿佛有水的地方就流淌沙县小吃的味道。

烧卖豆豉香

◎罗联浔

"邀几许清风斯间作客，约二三好友此处寻香。"这是沙县区政府前方池尾巷的入口对联。

池尾巷呈南北走向，从府前路至李纲中路。旧时，因位于龙池坊之南而得名。现在，堪称"沙县小吃集市"，是豆干、烧卖、喜粿、米冻皮、芋头粿等地道小吃的荟萃之地。

春节后和朋友走访沙县，一个人无意间走进池尾巷，看到熟悉的烧卖店，一股久远的记忆从舌底涌起，那是二十多年前留下的余味——豆豉油的清香。

一

我是永安槐南人，从小在乡村长大。1995年秋天，才离开槐南到三明读书，于我而言城里的一切都是新鲜的，我也对很多东西充满了好奇。

学校在半山腰，我几乎在校园里生活，偶尔才会和同学下山逛逛街。逛街是奢侈的，毕竟那是要花钱的，而我的生活费却很有限。虽然钱少，但偶尔嘴馋了吃个新鲜还是会的。

我第一次吃沙县小吃，就是图个新鲜。具体是哪一年记不得了，但清晰记得是在麒麟山脚下的一家小店吃的拌面。至今，我路过那个地方都会有记忆，虽然除了那个店面还是店面，其他的早已物不是人已非。

或许，因为从小吃米饭的多，很少吃面食，更谈不上拌面的吃法。我对吃拌面没经验，老板怎么做就怎么吃，结果吃不惯花生酱，觉得涩涩的，还有一股怪味，以致对花生酱拌面没有好印象。

后来，在店铺里看到有人吃葱油拌面，闻起来很香，于是换了口味。一吃，果然好吃，香、滑。

如今，在三明生活已近二十年，早已适应城里的习惯，更知道第一次吃的花生酱拌面，是因为花生酱不够好，才会涩涩的、有一股怪味。真正好的花生酱，是用上好的红衣花生爆炒后研磨而成，不仅细腻，而且有花生爆炒后浓浓的香味。但是，我现在到店里吃拌面，大抵点的还是葱油拌面，偶尔才吃花生酱拌面。我想，这就是味蕾记忆的力量。

在读书期间，我极少离开三明市区，第一次离开便是去沙县秋游。那是班级组织的集体活动，我们先去沙县城郊的淘金山，登完山再到城里逛街。第一次吃烧卖，就是那时的事情。

记得下山后，在沙县同学的带领下，我们在县城到处逛，看看这个看看那个，对陌生的沙县好生新奇。

最后，在县政府前方的街道找了个店面吃沙县小吃。我点了好几种东西，最感兴趣的是烧卖。毕竟没有吃过，看起来晶莹剔透、小巧玲珑，很有食欲。特别是那薄薄的皮里，包着细细的粉丝、虾仁、瘦肉，那粉丝和家乡的粉干极其相似，顿生好感。

老板上完烧卖，还特地提醒我要蘸豆豉油吃。或许，老板见我是学生，一看我那个好奇的眼神，就知道是第一次吃烧卖。看着一小碟墨绿色的豆豉油，我更加好奇，特地问同学这个和酱油有什么区别？

他们自豪地告诉我，这是沙县独有的酱料，是由黄豆或黑豆煮一天后，历经多道程序发酵，添加青矾、五倍子、食盐等慢慢熬制而成的汤汁，不易保存，只能当天食用。

听后，我便学着他们的样，把烧卖蘸满了豆豉油，一口塞进嘴里，满满的清香。二十多年过去了，至今还口有余香。

二

一座古城，一碗小吃。这是沙县给我的印象。

沙县是千年古县，文化底蕴深厚。《沙县志》（中国科学技术出版社，1992 年 4 月第 1 版）记载："东晋义熙中（405—418）设沙村县，属建安郡。宋、齐建置、隶属不变。隋废。唐武德四年（621）复置，改名为沙县，隶属建州。"从此，沙县一名沿用至今。

一方水土养一方人，沙溪是三明境内三大溪流之一，沙县是沙溪在三明境内流经的最后一个县城。或许是因为沙溪的滋养，沙县小吃才更具独特性。

沙溪，发源于建宁县均口镇严峰山南麓，流经宁化、清流、永安、三元再到沙县，一路汇聚了各地的大小溪流，汇聚了各地的文化。在沙县，沙溪从城西南向东北穿城而过，开阔平稳，一派大江大河的景象。出了沙县，沙溪与南平的富屯溪、建溪汇合，注入闽江。

直通闽江的沙溪，在古代成为沙县连接外面世界的主要通道，成为沙县经济社会发展的大动脉，给沙县带来许多新鲜的事物和文化，当然也包括饮食文化。

比如烧卖就是外来的。据记载，沙县烧卖产生于宋元时期。宋话本《快嘴李翠莲》记载："烧卖扁食有何难，三汤两割我也会。"沙县烧卖源于山西太原，古称"稍梅"，因收口处褶皱簇拥，形似梅花，故名。后制作师傅移居沙县，传承至今，后因语音变易称为烧卖。

这些既饱含文化，又好吃的烧卖、扁肉、拌面等小吃，看似简单，实则不易。往往需要下大功夫，才能出味，讨人喜欢。比如扁肉，用的肉馅，必须将整块猪腿肉不断捶打成肉泥，才能够入汤不散，入口脆嫩。

这显然是一项耗体耗时的力气活，没有吃苦耐劳的精神，是做不出来的。

随着时代的发展，沙县小吃不断发展壮大。改革开放后，更加兴旺发达。然而，是何人、何时带领沙县小吃走出三明走向全国，却没有一个具体的说法。

据说，早在20世纪80年代就有人因为创业失败，率先干起做小吃的生意。他起早贪黑，一头挑着小煤炉，一头摆着食材，走街串巷，摆起小摊，很快挣了钱，还清了债务建起了楼房。

一传十、十传百，虽然做沙县小吃辛苦，但是吃苦耐劳的沙县人很快走上了这条阳光大道。在地方政府的引领下，在人们的不懈努力下，沙县小吃品种不断丰富、口味越来越好，产业链逐步形成，最终成为带动全县人民共同致富的大产业。

据悉，沙县小吃兴于唐宋，盛于明清，以品种繁多、风味独特和经济实惠而著称，全县小吃品类多达240余种，常见品类约110种。沙县小吃不仅流行于全国各地，甚至走出国门，遍及日本、美国、新加坡等66个国家和地区。目前，沙县小吃全国门店超8.8万家，年营业额超500亿元。

沙县小吃中，最为知名的是——扁肉、拌面、蒸饺、炖罐，被称为"四大金刚"。其中扁肉、拌面形影不离，最受人们喜爱，二者又并称"情侣套餐"。因为沙县人通过开沙县小吃店建起了楼房，深受欢迎的扁肉被称为"砖头"、拌面被称为"钢筋"。

饱含文化、浸满汗水的沙县小吃，不仅给沙县人带来美食，更给他们带来了幸福生活。

三

"祈求身体健康，外出做小食生意兴隆、财源广进，万事如意、合家平安。"

这是我在尤溪县管前镇秀峰亭正殿，看到的数百个烧香盘的许愿内容之一。此愿是管前镇洪村村民陈某、吴某夫妇，在 2020 年农历二月十五日许下的，这也是许多外出做小吃的管前人共同心声。

管前镇离沙县很近，镇里很多夫妻、父子一起外出做沙县小吃，而且大多挣到了钱，回家建起了新房。可见，沙县小吃产业，不仅带动沙县人发家致富，也带动周边县（市、区）的人们一起致富。

在我亲戚中，就有很多从事沙县小吃的，从他们的创业中我感受到做沙县小吃的艰辛与快乐。

姐姐的女儿三年前结婚。婚后不久，就和丈夫到厦门做沙县小吃。她的公公婆婆，十多年前就到厦门做小吃，挣钱建了房子。后来儿子长大了，就带在身边做，儿子结婚了，就把儿媳妇带去。

外甥女瘦小，饭吃得很少，从小很少从事体力劳动。公公婆婆看着她瘦小的身子，舍不得她干重活，就让她干点轻松的活。但是她闲不住，总是尽力帮忙。生了儿子后，就专心带儿子，偶尔打打下手。

今年春节回家，听姐姐说这两年经济不景气，外甥女的丈夫去年开的小吃店，没开多久就关门了，回到了公公婆婆开的店一起帮忙。我听说后，深感不安，担心他们今后的生活来源。但愿经济早日好起来，让更多人过上平稳的日子。

春节期间，去二舅舅家做客，听大表弟说准备买房子，我感到很高兴。这是他多年努力的结果。2014 年以前，他因为经营不善，家里负债，日子过得紧巴巴的。从 2014 年去上海找同学做小吃起，他就长年在外开小吃店，先后在江苏无锡、广东等地开店，2019年到了武汉才稳定下来。经过几年的努力，他们不仅还清债务，而且有了积蓄。

他告诉我，在外做小吃，吃苦是第一条。开沙县小吃店的大多和他一样是夫妻店，刚开始都舍不得租房子，住在店铺狭小的阁楼里，一是便于工作，二是为了省钱。等挣到钱了，大家才会舍得租房子，改善一下条件。

他还说，沙县小吃店一般营业时间长达13个小时，夫妻轮流休息。有的店铺，甚至营业时间长达18个小时，每天凌晨四点多就起床去市场采购，六点左右开门营业，一直干到晚上十一点左右才休息。

"喜粿烧烧，豆豉油麻椒。"走在沙县的街道，一声声绵长的吆喝随处飘荡，这是沙县小吃的故乡。走进福州、上海、北京……依然可以轻易地找到沙县小吃，那是沙县人奋斗的地方。

每次去外地出差，只要时间允许，我都会走进那里的沙县小吃店吃一份"情侣套餐"，或者点一份蒸饺、炖罐，以此致敬勤劳的沙县人，点赞浓浓的沙县味。

虬城寻味

◎练为泉

打油诗：一笼蒸饺一碗汤，咸甜烧卖芋饺鲜。美食岂止二百种？何时可吃遍此城？

从沙县回来后，他们问了我一个很严肃的问题："什么时候可以把沙县小吃吃个遍？"

"只要你想，周周安排，一直到你们吃个遍。"

在沙县这座城，我们幸运和美食邂逅。

解忧食堂

手机突然弹出条信息。友（江燕）："我失恋了，有空陪我出去吃个夜宵吗？"

从学校宿舍走出来，一边听她诉苦，一边走着。月光点点映在湖面上，秋日的鸣蝉比较悲伤，正如她被甩的事情一样。

我："要不就这家沙县小吃店吧？"

走进店，老板："两位吃点什么？"

友："老板，来一碗小份的拌扁食，麻烦放花生酱，更好吃。人生很苦要来点甜。"

我："我也一样。"老板应下，就马上去做了。

友："我记得你说过沙县是在你家附近？"

我："哎，是啊，记性真不错，沙县其实离我家还远。"

老板："同学，你是三明人？"

我："是，我宁化的。老板你就是沙县的吗？"

老板："是啊，那宁化是挺远的。不过也是老乡啊！"

"您来新的订单了，请及时处理。"机器人的声音响起，老板继续去忙了。

"其实花生酱也不算甜，老板那个甜烧卖有吗？"我喊道。

老板："还有，刚好今天孩子想吃，多做了些，您要几个？"

我："帮我来四个。"

老板："好嘞，老乡多送你两个哈，这是小菜，可以解腻。有空常来吃。"

友："好的，谢谢老板。老板您几点歇业啊？"

"没这么早，晚上会有人点外卖，一般做到十一点左右。"老板一边做着小吃一边回应道。

守一家店，从早到晚。不禁令我想起一段歌谣："凌晨一点，关门歇业，睡到两点，调馅和面，三点四点，择菜备料，太阳升起，将炉火点燃……"时间是最好的炼金石，不仅磨炼着沙县小吃，也磨炼着每一位沙县小吃从业者。

我："怎么样，吃点甜的，心情有没有好点。"

友："还别说，这甜烧卖还挺好吃。"

我："当然，沙县小吃又不止拌面扁肉。"

老板："我们家的甜烧卖是用沙县三元饼掰成饼丁，加上紫菜、白糖、碎花生捏成团，上锅蒸熟，会比较甜。"

友："老板，甜烧卖可以再加两个吗？"

老板："已经卖完咯，下次再来吃。"

"那你什么时候带我去沙县玩？"江燕期待地看着我。

我："还真别说，沙县我都没去过。"

老板："现在沙县好玩了嘞，你看这些抖音博主去沙县打卡的视频。"

我："是挺不错的，看看元旦假期还有没有别的同学有空，到时候我们一起去。"

店铺的灯光护送了我们一段路程，慢慢走在街道上，路灯和月光把我们的身影拉长。友："吃完那甜烧卖，心情好多了，果然美食可以使我心情愉悦。"

我："化悲愤为食欲。"

友："我是真想去沙县，你快点安排啊。"

我："这么想去呀？"

友："对呀，沙县小吃现在就是我的解忧散！"

不一样的沙县味道

我和江燕邀请了徐强和许欣在元旦前一天前往沙县，同行的还有沙县本地的同学张楠。

列车平稳驶进三明北站。放好行李后，张楠开车带我们去小馆用餐。

沙县板鸭、牛肉芋头、烫嘴豆腐、金包银……"喜粿可以淋上我们本地的辣椒，知道你们爱吃辣，看看合不合口味。"张楠推荐道。我们赞不绝口，果然是"酒香不怕巷子深"，若是我们自己探寻美食，那肯定找不到藏在这巷子里的私人小馆。

吃得九分饱，我们在沙县散步。"哎，那是哪儿？挺好看的哎，我们要不去那里。"江燕发现了一块新大陆。

灯光随着栈道镶嵌在七峰叠翠上，不是桥，胜似桥。沙县古称虬城，七峰叠翠的栈道下便是虬江。

翌日清晨，这座城下起了雨。沥沥细雨，没有降低我们对这座城的热爱，反而，更加深了我们对这座城的喜爱。

虹江两边临水而建的房屋，一座座粉墙黛瓦，在高低错落地站立着。雨线在白色的墙壁上留下划痕，斑驳出岁月的沧桑。烟雾、雨雾上下缠绕，缠绕成沙县这千年的往事。

午休后，张楠带着我们去小店里打包好甜烧卖、烙粑、百果糕、烧饼等，走进曲巷躲雨。撑着伞，踏在石板路上，一株不知名的花竟然想要拦住我们的去路，拍下它、绕开它。

听雨，自古便是件雅事。坐在茶馆里，雨顺着屋檐落下，滴滴答答，发出平仄而又温柔的音律。城市里汽笛声、吵闹声，喧闹中喧闹；但古城的流水声、鸟鸣声、风声、脚步声，在喧闹中寂静，在寂静中喧闹，在这里总归是不同的。

看着身边的游客拍照打卡，我们几人也留下合影。悠悠淡淡的花香，酥脆可口的点心，配上红边茶解腻，味觉和知觉上的舒适，尘事种种在这一刻，都将抛却。

总会有一位襦裙女子，手持纸伞，迈着小步，走在这座古城的青石板上。只一个回眸，想来，足以惊艳时光。

灯光、细雨，朦胧中，尝到不一样的沙县味道。

何时可吃遍此城

翌日清晨，张楠带我们去"沙县小吃第一村"俞邦村。"张同学，为啥这里叫第一村啊，是小吃第一吗？"许欣问。

"那也不能这么说，听家里人说，是因为这个村是当时最多人出去做沙县小吃的，所以叫第一村。"张楠回答。

古樟树下，龙峰溪潺潺，山野还是绿衣，不时飞过几只鸟雀。"沙县小吃有 200 多种，俞邦村这里主要是扁肉出名，关键在于它的馅十分讲究，而且是用木槌捶打出来的。手打扁肉的口感很紧致，咬起来脆脆的，你们一定要尝尝。"张楠接着说。

"200多种吗，什么时候才可以吃个遍？"许欣又问。

"那我们得常来了。"

"好吃哎，跟学校的比，这个清汤都是不一样的味道。"江燕说。

字典里对"扁"的释义有多种，在沙县本地方言中，"扁"还有"打"的意思。而"扁肉"其义也就是手工捶打肉块。江燕想体验一番捶打的乐趣，洗过手后就向俞老板借来扁肉的木槌，于是她问："老板，这木槌挺重的啊，是有什么说法吗？"

这时我们才注意到案板上不起眼的木槌，相比于其他美味，这个平平无奇的木槌的确得不到行人的特别关注。"这木槌是实心的，一般有2斤多重嘞。我们要把一块猪后腿肉制作成肉馅，至少需要捶打两千次左右。"老板回应道。

美味出自千锤百炼。踏踏实实、辛辛苦苦做事的沙县小吃从业者，就是用那平平无奇的木槌，一锤、一锤，"锤"出了200多种美味。

"实说实干、敢拼敢上"，一代代沙县小吃从业者，无论是满足味蕾，还是美食本身品质，他们坚守初心，认真做好每一道沙县小吃，打造出沙县品牌。

沙县味道，出自千锤百炼。

后　记

从事媒体工作后，出差的时间较多，平常赶路我都会选择沙县小吃。

一次偶然的机会，我走进福州一家小店吃扁肉。"老板，一份小份扁肉，加一个卤鸡腿。"我快速地吃着。店老板夫妻俩用乡音在交流，是熟悉的客家话。

即使是老乡，这次我也没有搭话。"老板，钱付好了哈！"说完，背起行囊，前往下一站。

沙县味道，是我赶路的慰藉。

水晶烧卖

◎张　珊

小县城的街巷是最市井、最抚慰人心的地方，巷口的小吃摊充满了人间烟火，包子馒头、豆浆油条、锅边芋粿……一天在各种美食升腾的热气中开始。

顺昌南北街与后街的交叉路口，往前走十米，有一家沙县小吃，那是我年少时最常光顾的小店。店门口的大锅，长年累月生着旺火，店里整齐地摆放着几张方桌，每天清晨都坐满了吃早点的食客。

老板是沙县人，也是在这家店，我第一次吃到沙县的水晶烧卖。水晶源自煮熟的粉丝馅料，区别于常见的肉馅和糯米馅。烧卖皮是用高筋面粉压制，光薄而富有韧劲，包的时候在粉丝中加入肉丁、香菇、胡萝卜，收口朝下放置。出锅后，在表面刷上一层熟油，饱满的烧卖形似水晶，晶莹透亮。

水晶烧卖本身味道比较淡，所以吃的时候一定要搭配沙县特有的豆豉油，浸入馅后粉丝吸足汁水，鲜美无比。

扁肉是水晶烧卖的绝佳搭档，老板对于自己的手艺很自信，说沙县的扁肉馅是靠木槌打出来的，经过无数次人工捶打才能出来"脆"的口感。用煤炉熬了一个晚上的骨头高汤做汤底，出锅时放少许酱油提色，适当加葱头提鲜，皮薄肉脆，口味鲜香。一屉烧卖、一碗扁肉就这样相互依存，成了我的独家记忆。

上了中学，时间变得紧张起来，每天天未大亮就要到校早读。那段时间，早起时常会发现，桌上已经摆着母亲打包回来的水晶烧卖，还有用搪瓷碗装着的扁肉。轻吹开热气，送进口中，舌尖轻压，美味顺着舌根，连滚带爬地滑进喉咙，就着期待了一夜的味道，瞬间提起了一天的精气神，那种幸福感无与伦比。

记忆中，母亲也会在家里做水晶烧卖，我总是像个小尾巴一样跟在旁边，看她在厨房熟练地忙碌着，仿佛在演绎一场精彩的表演。笼屉热气氤氲，烧卖整齐地在笼屉中排排坐好，十分乖巧可爱，迫不及待地咬上一口，外皮晶莹剔透，内里鲜香四溢。母亲包扁肉也有讲究，自己擀皮、进馅，分寸自在手中。端上桌的扁肉，馅料与皮并非紧密结合，皮薄恰到好处，不会破，却能看到若有若无的肉馅，褶皱里尚有一丝空气，煮熟后轻巧地浮在汤中，绽放如花。

后来，在重庆生活四年。麻辣，是这座城市的底色。作家曾磊曾这样描写重庆的早晨："随手一抓，一把水面，几根青菜，三两分钟煮毕，五六分钟下肚，小面之小，莫过于此。"小面、火锅、酸辣粉、红油抄手……其实，重庆的小吃众多，是一座名副其实的美食之都，但家乡的味觉习惯是每个人深入骨髓的印记，食物本身也成了诸多在外游子极具共鸣感的话题，提起那种相似的清晨体验，总有数不清的思绪万千。

一次，路过一条小巷，意外发现一家沙县小吃，欣喜地进店，竟然有水晶烧卖，点了一份，它的香味穿越时空而来，散发着熟悉的味道、家的味道、爱的味道。在一刹那间，让我想起，某个悠闲的冬日清晨，母亲蒸了一笼冒着热气的烧卖，一家人围坐在一起细细品味的幸福时光。

这些年，天南海北，走过不少地方，深觉各地小吃对"因地制宜"的理解透彻，江河湖海、山川高原，全都可以化作美食的智慧，那些习惯与风俗，融入每一粒辣椒、每一碟酱料之中。一方水土养一方人，不知从什么时候开始，无论去到哪里，我都会下意识地寻找沙县小吃，不知不觉中沙县小吃竟成了我的乡愁。一千个故乡就有一千种味道，令人怀念的，其实不仅仅是味道本身，更是小小牵挂，这份牵挂走得越远，拉得越紧，被小心翼翼地保存在舌尖，藏于心间。

在外工作，逢年过节，回顺昌第一件事，先到沙县小吃店里，吃上一笼水晶烧卖，才觉得到家了。夫妻俩的小店照常忙碌，老板每日接送女儿，雷打不动地奔波于小店与学校之间，工作的辛苦，曾让他萌生关店的想法，虽然嘴里一直说，但依然坚持做过了这些年。

闲聊中得知，老板从小就在父亲的这家小吃店帮忙，十几年间，从店里的烧卖师傅，到如今的店主。他说，有很多像我这样从小吃到大的食客，小店默默承载了一代人的早餐记忆，现在还在坚持经营，不是为了要赚多少钱，而是想让大家吃到沙县的味道、儿时的味道。听了他的故事，我就知道，他跟这里早已无法分开。

如今，老板的儿子已经成为店中的干将，这种家庭单位组成的小店，占据了行业的主流，如此架构，似乎出锅的每一份吃食，都会多几分温暖，为家而做，自然用心。味道是有厚度的，它的积累来源于传承，也依靠时间，这种亲人间的互相接力，是沙县小吃最好的样子。因为那味道里，除了生活本身还会有爱，小店与你一同成长，自然也就成了牵引故乡思念的一个节点。

年关归家，一大清早，母亲就忙活着煮粉丝、包馅儿、蒸烧卖。家人闲坐，灯火可亲，聊着那些有关漂泊、有关理想、有关生活的故事。这一刻，这世间的一切美好，都渗透进这缕缕白烟之中，眼前这小小的烧卖承载了故乡清晨的锅气和母亲水晶般纯粹的爱。

舌尖上的修行

◎孙世明

　　几十年过去，虽未曾跨出国门，但我还是走马观花似的到过不少地方，比如：北京、南京、上海、昆明、济南等，养成了两个习惯：一是买一本书，作个纪念；二是吃一两样当地小吃，饱个口福。现在又增加了一个习惯：寻访、品味沙县小吃。

　　沙县小吃的个中滋味，恐怕只有"润物细无声"和"人间至味是清欢"这两句诗揭示得最妥帖，既道出了其不可言说的色香味，又道出了其"此时无声胜有声"的真善美，还道出了其不可思议的哲学思辨。色香味，不足为奇，任何一种地方小吃都有让人一见倾心的魅力。其真的平常，善的内敛，美的圆融，如一束金黄的稻穗，不事雕琢，不事声张，和光同尘。然其哲学思辨，即那见不着摸不到说不清的天人合一的意志品质，不禁让我想起《庄子·逍遥游》鲲化鹏的寓言。沙县，无异于庄子笔下的"北冥"；当下经营沙县小吃的地方，无异于鲲鹏眼中的"南冥"；而这群走到哪里就把沙县小吃种在哪里的沙县人，不正是"怒而飞"的鲲鹏吗？

　　记得二十年前去过一趟北京，在大栅栏的一条煤气味笼罩的深深小巷子，我撞见了一家沙县小吃。店面很小，仅容两个人并排进出，狭长的热气腾腾的经营场所，靠墙一排七八张小方桌，桌上一小瓶辣酱、一小瓶酱油、一小瓶醋，墙上一张小吃价格表，再往里走有一个柜台，柜台后有一扇同样贴着小吃价格表的玻璃窗，窗后是火苗呼呼的厨房。老板娘白白净净、热情大方，三十几岁，见我们一口福建腔，便迎上来招呼我们坐下……当我们一身热乎乎地走出小店，但见隔壁一家北京风味的早餐店，煤球垒了一人来高，一口大锅沉浮着油条、油饼，豆汁浓烈的味道让我眩晕了好半天。

后来，我们转车到了天津，谁想在一条欧式建筑林立的街道的一个夹缝中，又撞见一家沙县小吃。小小的店面，狭长的热气腾腾的营业场所，白白净净、热情大方的老板娘。我们每人要了一份拌面、一小碟煎饺，吃完抹抹嘴，转身又去寻找天津小吃——煎饼果子。

十五年前，我去了一趟泰安，一是冲着泰山，一是冲着孔老夫子，一是冲着泰安周易文化。怀揣着"孔子登泰山而小天下""会当凌绝顶，一览众山小"的诗情画意，我们游览了岱宗坊、关帝庙、一天门、孔子登临处、中天门、五松亭、十八盘等，吸纳了泰山的"泰气"，加持了泰山的"泰度"，同时造访了孔府孔庙孔林的"泰然"，感知了"学而时习之，不亦说乎？有朋自远方来，不亦乐乎？人不知而不愠，不亦君子乎"那"天下第一家"的乾坤与经纬。

流连在两千多年前孔子湿了鞋的街道上，我不免生起"访泰安周易文化不遇"的失落感。作为万经之首的《周易》，孔子曾说："加我数年，五十以学易，可以无大过矣。"着迷到韦编三绝，撰写了"易传"。然而，一切都是那么的不可思议，在百无聊赖地一边品尝泰安火烧一边走街串巷时，我们竟然又撞见了一家沙县小吃——依旧是小小的门店，依旧是狭长的热气腾腾的经营场所，依旧是七八张小方桌，墙上依旧张贴着小吃价格表，老板娘依旧白白净净、热情大方……那味道，比长江更长，比黄河更黄，比珠穆朗玛峰顶的雪更白。

此时，我身在孔子故里，心却如鲲鹏"抟扶摇而上九万里"了。沙县小吃以一碟拌面、一汤勺花生酱，走出一个个小小家庭的厨房，走出一个个村庄的一亩三分，走出三明，乃至走出福建，走出国门，走上专业化、产业化、连锁化、科技化、数字化，甚至国际化的发展模式。我以为：沙县小吃不再仅仅是一种味蕾的享受，它超越了时空、超越了人我，成为一种智慧、一种美学、一种修行，蕴藏着"须弥藏芥子，芥子纳须弥""一沙一世界"的辩证法。

回望"沙县小吃"那个谦卑的小小店招时，我仿佛在一个更高的层次见天地了，在更新的领域见众生了，在一个更美好的境界见自己了。从此，我下定决心：以后无论走到哪里，都要寻访一家沙县小吃店，品味扁肉、拌面、芋饺等小吃，探索一种舌尖上的修行。

人生如江河，从未停下那哒哒的马蹄。之后，陆续又去了深圳、成都、厦门、西安、拉萨等城市，沙县小吃均以其本色静静地守候在我人生的一个个驿站——不起眼的一条条小街小巷。印象最深的是那年去昆明，沙县小吃竟然与过桥米线、破酥包子、洋芋粑粑等昆明小吃为左右邻里了。沙县小吃的门店依旧那么小，小吃依旧那么本色，老板娘依旧那么白白净净、热情大方……在小店里，我们讲老家话，拉家常，天南地北，海阔天空，把云南的省会城市昆明聊出了"一沙二尤三清流"的荤素搭配，把金马坊和碧鸡坊上的星空"吹"成了沙县乃至三明、福建的灯光秀。

有个同伴出了个"拉郎配"的主意，从隔壁昆明小吃店买来一盆过桥米线、一盘洋芋粑粑和一包烧饵块，就着沙县拌面、扁肉、豆腐丸子、烧卖、芋饺、米粿、辣椒酱，一人一听啤酒……闻讯赶来的两位昆明诗人诗兴大发，一个摇头晃脑地给我们朗读了著名诗人于坚的《怒江》，一个跳着孔雀舞给我们朗诵了著名诗人雷平阳的《澜沧江在云南兰坪县境内的三十三条支流》，小小的店铺好似一片江流奔腾、和风习习、星光闪烁、虫声唧唧的旷野，而我好似怒江或澜沧江中的一条小鱼小虾、一块鹅卵石，跨越了白天与黑夜的界线，裹挟着闽江源、沙溪的浪花，融入过桥米线、拌面与市井庸常生活那锅碗瓢盆、柴米油盐的交响曲。

于坚的诗《怒江》说："这条陌生的河流，/ 在我们的诗歌之外，/ 在水中，/ 干着把石块打磨成沙粒的活计，/ 在遥远的西部高原，/ 它进入了土层或者树根。"雷平阳则掐着指头，如数家珍，用三十个"又"道出了"澜沧江由维西县向南流入兰坪县北甸乡 /……一意向南的流水，流至火烧关 / 完成了在兰坪县境内 130 公里的流淌 / 向南流入了大理州云龙县"。两位昆明诗人的朗诵，瞬间化解了过桥米线、洋芋粑粑等昆明小吃的福德，合上了扁肉、豆腐丸子等沙县小吃的福德性。而两首诗看似写江流，实际上在写离开了家乡的人，在写走进了比昆明四季如春更为神奇天地的沙县小吃。

哲学家苏格拉底说："未经审视的人生，是不值得过的。"我想，未品尝出沙县小吃"清欢味"的日子，是不值得回味的。不信？你瞧，那锤打扁肉的节奏，那烫面的手法，那花生酱的醇香，那萤火虫一般散落在小街小巷的沙县小吃……昆明回来之后，我一个人，一个双肩包，专程去了一趟沙县，随机找个街边或小巷深处的小店，靠窗，一双筷子、一把汤勺，一口一口地把日子吃成了"春有百花秋有月，夏有凉风冬有雪"的心志。那两三天，我像一只燕子，谁家的屋檐下都有"好梦留我睡"的巢穴；像一只轻轻划过小桥流水的萤火虫，谁家的竹篱笆上都有迎接我歇脚的喇叭花。早餐：扁肉、白粿，一缕和风；中餐：瓦罐汤、拌面、芋饺，遍地阳光；晚餐：豆腐丸子、烧卖和煎饺，外加半帘月光。

如今，我已解除了"饥者甘食，渴者甘饮"的尴尬，但隔三岔五，便会拉上妻子，或呼朋唤友，一步一呼吸地踱进一家沙县小吃，像品味张若虚的《春江花月夜》一样品味一碟拌面，像品味王羲之的《兰亭集序》一样品味一碗豆腐丸子，像品味古琴曲《平沙落雁》一样品味一盘水晶饺。对我而言，每一次的品尝，即是捡拾岁月的美好，又是追寻生活的诗意，更是唤醒"百姓日用而不知"的人道地道天道。

沙县小吃，舌尖上的修行。

吃 沙 县

◎林生钟

吃沙县。"吃沙县"？

是的，移居浙江多年的好友在电话里不容置疑，当地人下馆子尝沙县小吃，就叫吃沙县！

福建出省的"美食"有两样极出名：沙县小吃、铁观音茶叶。沙县小吃算得上是一张国际性的名片了，食材新鲜，现做现卖，价格实惠，主打品种扁肉和拌面搭配，人称"情侣套餐"，与蒸饺、炖罐组合，谓之"四大天王"。这四样美味是小吃店的标配，也是客人点餐的标准，干、汤、荤、素冒着热气起锅，让人吃得快意。我那朋友不是沙县人，因小吃来自三明同城，有家乡味，于是身在异地跑业务，必不忘光顾，吃得满口流香，吃出浓浓的乡愁来。

这让我想起了第一次吃沙县小吃时的情景。那年端午节后，我和妻子刚认识，结伴去三明看望她的哥哥。班车到沙县后已是下午四点钟，我停留了下来，第二天才继续赶往市区。从大田来的路不平坦，沙土路颠簸，尘土飞扬，如此往返连续两个晚上住在沙县长途汽车站前的小旅馆里。这是我第一次到沙县，初来乍到，对山城陌生。记忆中的车站广场不大，隔着一条街道，对面是一座跨沙溪河的公路桥，广场人声鼎沸，街上车水马龙，周边的地摊摆满了各种待售的水果等物产，古邑为闽中商品集散地显露繁华。忘了当时是否有晚霞，但我可以确定那天妻子穿的是新做的连衣裙，白底子上印有紫色小圆心，料子丝滑，经过桥头时轻风摇摆，如同夏季早晚的阳光照在脸上一般柔和，尽显女孩的青春大方素雅。我们俩拿着她哥哥的来信，顺铁路的路轨一路徒步走向郊区。当然，这已是第二天中午的事情。

那日的车站广场熙熙攘攘，人们脚步匆匆，而我却站在一角茫然四顾，疲劳和饥渴同时上身。在20世纪末，多数的农村还不富裕，我衣袋里藏着不多的钞票，需要在旅途中掂量着花，尽管是第一次带妻子出远门，不敢瞎逛，也不敢胡乱买吃食。

目光在寻觅间发现了广场边上的小吃摊子，露天灶台，侧旁摆着方桌，但没有顾客落座。摆摊的男子可能是新手，在人流中闷声不响，只顾埋头搅拌着锅里的东西，热气在面前不断蒸腾。我上前，见他做捞面，便小心询价。得到回复价格不贵，就要了两份，彼时还不懂得这就是沙县小吃拌面。男子抓起一把湿面下锅，同时把酱油、葱花等调料放进盘子，面条片刻间就拌好了，摆到了我们的面前。这种面食和我平素吃的炒面、汤面完全两样，浓浓的酱料把面条裹成了面坨，入口有些黏牙，我着实无法形容其味之异。但食后，口齿留香，如喝了铁观音茶汤后的回甘，都是花生的芳香。止不住，再要一碗，虽然已经没有了饥饿感。

沙县人就是这么晓得吃，摘一朵南瓜花都能做成一锅美味。小时候，村里的老人津津乐道，田多和地气热的沙县，水稻一年种两季，生活在粮仓里的人们最不愁吃喝。因此，我们村里的后生结伴到沙县割早稻打工挣钱。双抢季节赶农活争分夺秒，东家无暇围着灶台转，每天中午吃早上蒸好的木桶饭。那时能吃饱饭是件乐事，尤其能够肆无忌惮地吃干饭，足够老辈人当谈资。晓得吃的沙县人，不会就此怠慢了客人，以及委屈了自己的胃肠。脚下田水滚烫，脊上日头热辣，长时间劳作使人体水分、盐分流失，容易食欲不振、体力不支，东家摘下田头盛开的南瓜花做汤，把花瓣蘸了淀粉炸成美味，汤鲜、花酥。

沙县小吃远不止"情侣套餐"与"四大天王"这般简单，数千年来，北方汉民族的面食文化和南方闽越先民的米食文化在此汇集，米面爱恋的结晶生成了独特的地域小吃，烙上了文化的印记野草般疯长，俘获无数舌尖上的味蕾。譬如：取南烛木茎叶捣碎渍米做"青饭"，《八闽通志》载"日进一合，可以延年"，《本草》记录"吴、越多有之"；在打好的粳米饭团里加入油盐煸炒的鼠曲草，"艾粿"咸香扑鼻，色如宝石碧玉，叫人嘴馋更眼馋……"三月三、生轩辕"，两者节令小吃均为米制品，最早是用来纪念黄帝诞辰。魏晋之后，汉俗兴起郊外春游，水边饮宴。唐末，汉人南迁入闽，承传此俗。传说有闽中先人在匪乱时被绑架入牢，家人为里应外合予以营救，于三月三将信息藏入艾粿，瞒过了狱卒送进了牢内。自此，三月初三食艾粿更加风行，演变为今日情人相邀踏青采艾做美食，沙县也不例外。

沙县人酿造的冬酒别于他处，米饭糖化过程用白釉，酒水香醇绵柔，甘甜爽口。若是有朋自远方来，开坛倒酒，一股持久的凝香随即冲天而起，许多人饮后无不拍手叫好。红边茶的汤色清澈橙红，滋味醇厚清爽回甘，带有明显的兰花香。两样美妙的饮料，突破了我对沙县小吃固有的认知，我原以为一地独有的，且只有能够填饱肚子的食物才叫小吃，事实上如朋友所言，福建出省的铁观音茶叶就是美食，沙县小吃亦是如此。

村里有一户人家的女儿嫁到沙县，姑爷是早年来粮站当仓管员的小哥，他们在离开村子回沙县前，把面皮擀制成薄饼，还切了粉丝、胡萝卜丝、豆干等，生的和熟的卷起来一并吃，吃法别致，味道鲜美，留下了美名叫"春卷"。做春卷的姑爷和远嫁的姑娘我均为见着，他们的年龄比我父亲还大，夫妻俩把生下不久的儿子留给了娘家。往后，在沙县出生的弟弟来看望亲哥，带来面食类的小吃有扁肉和拌面，扁肉即食即做，馅多、皮薄，下到汤锅里如云朵翻滚。在米类加工的小吃中有米冻、灯盏糕等，米浆搅拌慢煮，米冻香糯劲道，抹在铁勺里往热油煎炸，饼子一般金黄酥脆。

四根竹竿一块布，两个煤炉两口锅。在沙县小吃刚起步的时代，浩浩荡荡的沙县人背起鸳鸯锅、拎着木槌走南闯北，让小吃遍地开花。小吃大艺术，其时我在广东当兵，当地人盛行吃"早茶"，街坊小聚、托人办事都上茶楼，叫一壶红茶或者菊花茶，身边不断有服务员推着餐车走过，各种点心琳琅满目，人们自己取用，犹如流觞曲水。多年前我还到了兰州看拉面，厨师切下一块发好的白面，双手抖动，揉揉捏捏，一阵拉扯之后竟变戏法似的把面团拉成了无数细条。一大碗白面盖上几片酱牛肉，淋一些鲜红的辣椒油，在微寒的夜晚吃出一身薄汗，惬意无比。山西刀削面的技艺表演如杂耍精妙绝伦，师傅隔着两三米远的灶台，把面团顶在头上，手中刮刀挥舞，面片长了眼睛和翅膀似的，纷纷扑入沸腾的铁锅，北国雪飘，江南飞絮，水面上顷刻间像浮起了一群游鱼，煞是迷人。

如今，沙县小吃的连锁店一半经营小吃，一半经营茶点，饮食店和奶茶店的功能被兼收并蓄。沙县小吃融合天南地北的长处，不仅走到山那边，还走到海之外，带动乡村振兴和许多人发家致富，吃沙县的新叫法也愈发亲切可人。

小吃情缘

◎陈培泼

　　沙县小吃，对我来说，既是曾经遥远的记忆，也是当下最美好的相遇。遥远是因为我当时还不知道那叫沙县小吃。20世纪90年代的乡镇小吃并不盛行，作为一个普通的乡村代课教师，吃小吃的机会也不多。那时，我从老家大田县汤泉，到五十公里外的上京镇当代课老师，沾了在政府当领导的堂叔的光，我住在上京镇政府的后楼。出了镇政府大门，左拐，往前五十余米，右手边，就有一家搭建在河道上方的小吃店。

　　小吃店的具体名称，已在岁月的长河中流逝，再也记不起来了。隐约记得，店老板是一个敦实的中年男人，大脑袋，个不高，身上似乎永远扎着一条分辨不出底色的油乎乎大围裙，腆着个不小的肚子，手中总是握着一把大勺子，不停地边忙乎着应答客人，边为客人捞面下饺子。店不大，摆着六张四方桌，十六张小凳子，油乎乎的店面，主营就是馄饨，一碗五角钱。卫生一般，生意却不错。特别是集日，店里满满的都是村里到镇上赶集的农民，卖了鸡蛋或是笋干、菜干，就到小吃店点一碗馄饨，或是米粉汤，坐在小店里，嗞嗞啦啦，津津有味地吃起来，感受小吃独有的美味。小店一时人声鼎沸，热闹繁忙，一派人间烟火。平日里，特别是晚上时间，九点以后，便有镇政府七所八站的干部，三三两两、陆陆续续到小店来，各点一碗馄饨，来一两个卤鸡爪，喝一瓶啤酒，给半饿的肚子，垫个底，充充饥。

　　当然，那时我并不知道，这就是沙县小吃。

而让我与这家小吃店有了更加紧密联系的，是我的稿费。那时我和政府干部余新然、周调城、陈春发年龄相差无几，互相投缘，于是就成了好朋友，常在一起聊天、散步、喝酒。当时，大伙都还只有二十郎当岁，精力旺盛，每天除了饭后散步，就是上乡镇舞厅跳舞，跟着他们，我学会了跳三步四步的交际舞，也学会了跳两步的伦巴，常跟着他们一起吃香喝辣。

　　我是代课老师，工资低，收入少，心中常戚戚。好在那时，我常给报社和广播电台写稿子，于是每个月都能准时收到一次广播电台或是报社寄来的稿费，一篇五角钱。每个月会有三五篇的稿子被采用。电台和报社便在次月，用信封以现金的方式寄来。两元钱稿费，刚好四个人一人一碗馄饨。收到稿费的当晚，我们便会兴高采烈地来到镇政府门口的这家小吃店，叫上四碗热气腾腾的馄饨，在昏黄的灯光下，撒足了胡椒粉，加上陈醋，酸辣爽口的馄饨，既满足了口腹之欲，在寒冷的冬天，又温暖了青涩的身体。那一口飘散着胡椒粉和老陈醋独特味道的滚烫热汤下肚，温暖友爱与朴素情感也在各自的心中荡漾开来，在清贫岁月中，留下了许多温馨的青春记忆。

　　向上是人类最美丽、最朴实、最原始的动力，一根草如此，一棵树如此，一个人也如此。从村到乡，从乡到县，从县到市，我领略了人生前进的艰辛，也收获了风雨彩虹的光芒，更是感受到了播洒汗水之后收获成果的欣喜。

　　十几年之后，我走过了风雨，一路披荆斩棘，从上京来到三明市区工作。放慢行进的脚步，安顿下疲惫的灵魂。在这里，我终于可以摆脱为温饱所紧逼的生活，有了一点从容时间，审视和品味生活。

　　在三明市区，沙县小吃的身影，遍布各个角落，在住宅小区出口处，在单位楼下，在车站边上……沙县小吃店遍地开花，她的足迹，不仅遍布全省，还在长城内外、大江南北处处留下印迹，甚至走向异国他乡，走向世界，令人感叹，又让人骄傲。

沙县小吃，一路见证了我在三明的快乐与友谊。刚来时，我住在列西五四新村单位的宿舍楼，出了列西移动营业厅，右手边就有一家正宗的沙县小吃。也是在这里，我才认识了真正意义上的沙县小吃。

你看沙县拌面虽然简单，但她的制作却别具一格。将面条煮熟后捞出，沥干水分，然后加入特制的酱汁，搅拌均匀。这看似简单的步骤，却蕴含着多年的经验和技巧。面条的筋道与酱汁的浓郁相互交融，带来无与伦比的味觉享受。沙县小吃的扁肉，更是以其独特的制作工艺令人赞不绝口。上等的猪肉，打成细腻的馅料，再加入适量的调料，搅拌均匀。将薄如蝉翼的面皮轻轻包裹住馅料，手法娴熟而灵巧。下锅煮熟后，扁肉浮起，晶莹剔透，散发出诱人的香气。

在这家小店，除了最经典的"夫妻套餐"拌面与扁肉之外，还有海带、萝卜、党参、冬瓜、排骨、鸽子等各类炖罐，还有卤鸭翅、卤鸭胗、卤蛋等各种卤料，还有芋饺、南瓜饼等各种具有沙县地域特点的小吃，种类齐全，应有尽有。沙县小吃的种类丰富多样，每一种都有着独特的风味，如同一部美食的百科全书，每一页都写满了惊喜。

除了好吃，沙县小吃的另一个特点，是经济实惠，便捷简易。这里很快就成了我招待家乡亲朋好友的一个好去处。冬天点上一盘芋饺，来一份酸辣血汤，点几个卤翅膀，切一小盘鸭胗，上一瓶小四特，与好友推杯把盏之间，既感受了沙县小吃美食的无限魅力，满足了舌尖上的味蕾盛放，又感受到了亲朋好友之间的浓烈情谊。夏天，就先来一份"夫妻套餐"，然后再上两样卤料，叫上一件啤酒，坐在大街边上，吹着带点阳光气味的晚风，大口大口地喝着冰镇啤酒，共同回忆在乡村的儿时难忘故事，在沙县小吃的陪伴下，一同走进亲密无间的童年岁月。

而让我心灵感受特别震动的，还是我的妹夫胡初上。在我印象中，他是大田太华镇十里八乡第一个出去做沙县小吃的。2000年左右，他背井离乡，孤身一人，来到广东佛山打拼。在佛山为了找一个好店面，他在七月南国的骄阳下奔走，汗水洒遍佛山市区的每个角落，每条街道。最后，他以商人敏锐的独特眼光，选中一家店面，并盘下它。

开小吃店赚的是辛苦钱，每天凌晨四五点起床买原料，晚上要一直忙到半夜一点多，披星戴月，不辞辛劳，连轴奔忙，不论刮风还是下雨，从不停歇。一年下来，到年底一算，竟然净赚 26 万元，辛勤的付出，带来丰厚的回报。

春节回到家后，成了全镇人人都在传颂的传奇故事，更有许多人要跟着他一起去广东做小吃。当年，他就带了一帮人，到广州做起沙县小吃，一带二，二带三……短短几年时间，太华镇，还有周边的建设镇、广平镇、上京镇、石牌镇，竟然有成百上千人，跟着他一起出去做沙县小吃，进军东莞、佛山、广州、北京，在大城市的各个角落里点亮一盏盏明灯，吹响进军城市的号角。

不到五年的时间，我的左邻右舍，陈桂端、陈培仕、陈桂满、陈桂利、蒋先登、胡初宝、胡生明、廖传叶、杨大兰……这些原来在家中赚不到几个钱，如今在外面做小吃的乡亲，都在家里建起小洋房、买了小汽车、娶了媳妇，在县城买了商品房，依靠沙县小吃，挣回大把的钱，不仅填补了原来的亏空，还脱贫致富，走上幸福的康庄大道。

都在风中

◎萧爱兰

那是很久远的往事了。

三十年前，好友李书梅嫁到沙县，婆家在大洛镇。彼时我在管前乡税务所上班，到大洛镇并不远。她特意叫丈夫小吴开了一辆边三轮来载我去大洛，我叫上了一个女友一同前去。书梅丈夫的祖上留下了一座古朴的老院落，院内草木扶疏，正房带有宽阔的走廊。她家吃饭、休息、会客都在这走廊里。厨房在走廊尽头靠里的一间，我们在走廊絮话时，厨房里在做什么菜，是可以听得到也闻得出来的：泡椒生姜小葱滑进油锅，刺啦一声，那是煎鱼的味道；泡椒仔姜滑进油锅，刺啦一声，那是爆炒田鸡的味道；豆瓣酱蒜苗滑进油锅，刺啦一声，那是回锅肉的味道。

那天到她家不久，就下起了蒙蒙细雨。晚饭摆上桌的时候，屋檐水已经滴答滴答的了。我们就在雨帘边吃饭，煎鱼、爆炒田鸡、草根炖兔、手撕嫩姜、酸菜肉片汤，热腾腾的。

酒过半巡，她公公老吴说："还有一个菜。"

父子俩去厨房先端出几个碗来，是用在灶膛里烧熟的红辣椒切细做的蘸水，透出火烧的香味儿。那蘸水里只加了开水及盐和味精，未添酱油醋。还有一盆从灰堆里扒出的用南瓜叶包着的茄子。拨开南瓜叶，茄子皱巴巴的，用筷子从头到尾一划，米色的茄肉就露出来了，水分都裹在里头，无丝毫氧化。软糯的茄子肉蘸蘸调好的蘸水，入口即化。其味，不可追想。那天书梅叫两位同事来陪客，都是青春少艾的年纪。我们听着屋檐滴雨，蘸着烧辣椒做成的蘸水吃烧茄子，把汤匙放在盘子上转圈圈，勺柄指向谁，谁就得喝一杯酒。轻挽袖，素手斟酒，击瓯轻歌。聊了些什么，已经忘了。现在回想，所谓名士风流，大概也不过是这样小小的风雅凑起来的。

数年后，书梅和小吴移民去了美国的加利福尼亚。不知他们是否还记得大洛烧茄子的味道？是否还记得坐着边三轮、用条纱巾裹住脑袋奔赴相聚的我？

我在福建税务学校念书时，书梅在福师大，节假日时，两人互相串门，有时我去榕城找她，有时她来荔城找我。税校左大门附近有一家火锅店，冷冽的冬日，有时和同室的女孩子们去光顾。也有过落雨落叶的日子坐在临窗位置，和小姐妹喝点酒，聊些矫情的话题。点的菜里一定有炒兴化粉、海蛎爆蛋，还有清蒸竹蛏，味美甚。特意带书梅去尝过。现在回想，皆前尘往事，令人怅惘轻轻。

往事随风，如今鬓已星星也，我忘了很多人、很多事，但汤匙作酒筹却是记住了。我酒量极浅，偶尔和女友小聚时，三杯即头昏目眩，着实扫人兴，所以有时索性破罐子破摔，要求以汤匙作酒筹，赌个运气。当然，更多的是坚持行"飞花令"，并坚持只能在"风花雪月"四字中取一字，那我基本不会输，因为我特意强记强背了一些相关的诗词。这也算作一则雅事吧。

尤溪与沙县相邻居，我多次到沙县，或学习培训，或其他公务。印象深刻的沙县小吃，我说不出。因为沙县有的，尤溪也大多都有。但有一两回与友外出小聚，却是印象深刻。

有一年在马岩山庄培训，几个沙县好友特意驱车前往山庄，将我带出来吃夜宵。在水南西大桥附近，在某个大排档吃烤鱼。材料是青鱼，每条都在两斤以上，盛在一个大大的长方形盘子里，满眼都是泡椒、朝天椒、花椒、洋葱、大葱，得用筷子把这层配料拨开，才可见到浸在红艳艳辣椒油里的鱼。鱼是整条烤的，带着烧烤的香味，再加上满盘子猛料浸入肉里——辣劲香猛！这是我吃过的最辣的食物了。我一向惧辣，小试一筷子，一下就被辣得发晕，涕泪交下，然而筷子却再也停不住了。跟一般的水煮鱼相比，烤鱼多了一道烧烤过程。水煮鱼是用热油迅速地把鱼片汆熟，从而保持鱼肉的鲜嫩。而烤鱼则是把整条鱼烤到七八分熟，表面焦香，然后下熬制的油和各种配料，不仅味道更容易渗入，而且口味也更加丰富。

烤鱼的辣劲香猛，让我们不得不在狂啖之余，猛灌冰冻啤酒解辣。

那晚我们撑得都不能动了，笑叹：会不会被撑死？

这样的美味，即使被撑死，也是快乐的幸福的啊。何况，是和知心知意的朋友在一起。清代文学家张潮在《幽梦影》中说："上元须酌豪友，端午须酌丽友，七夕须酌韵友，中秋须酌淡友，重九须酌逸友。"我深以为然。品茗亦如是。小聚，当求合适的环境，合适的时间，合适的朋友，合适的心情。

记得还有一道菜很质朴也很放肆——猪油渣炒小白菜。在这个讲究环保、乐和、简约生活的年代，公然卖这么高热量、不健康的菜肴，几乎是一种挑衅。但我们吃得很快乐。好吃，就是好吃。我在不得不灌几杯啤酒解辣后，即头晕目眩。蒙蒙醉意中，想，饮食和人生一样，何妨偶尔放纵自己？管他的卡路里，管他的养生——让味蕾来决定一切！这是一种任性的吃法，就好像任性地去爱一个人。

还有一事，会偶尔想起。

十三年前我去沙县考驾照，回尤溪时特意给老母亲和儿子带了烧卖，用一个透明的塑料袋装着。其实那时我路考挂科了，一个月后还要再去沙县补考，心情颇为沮丧。但在老母亲和孩子面前，我却是开开心心的样子，一到家，就把烧卖放锅里蒸上了。母亲和孩子开开心心地吃，我在一旁邀功："沙县带来的哦，好吃吧？"

我不记得十年前沙县烧卖的味道，但记得母亲夹起烧卖轻轻吹气的样子。写到这里，泪垂长睫。吾母四年前仙逝了。略感欣慰的是，那些年老母亲在城关帮忙带孩子时，我若去出差，必定会带一些外地的吃食，捧到母亲面前。

晨光里的烟火味

◎陈晓根

当清晨的第一缕光点亮新的一天，勤劳的沙县小吃人已经开始了一天的忙碌，小吃店内被暖暖的水汽包裹着，四周弥漫着沙县小吃的烟火味。平日里学习生活工作忙碌，早餐基本在外解决，沙县小吃成为叫醒我味蕾的第一味。

我出生在三明，儿时肚子一饿就喊着爸妈带我到家门前的沙县小吃店吃馄饨，一碗下肚全身得劲。无论是骄阳似火的夏日还是寒风凛冽的冬天，一碗香气飘飘的拌面、一碗热气腾腾的馄饨能为我驱散夏日的炎热及冬日的寒冷，沙县小吃陪伴我度过了美好的童年时光。高考结束后，我到外地读大学，可能是我嘴巴比较刁，学校食堂快餐式的饭菜很快就吃腻了，幸运的是宿舍的门口开了一家沙县小吃店，我像发现新大陆一样高兴坏了，从此我成了那家沙县小吃店的常客，吃到后来就跟老板说了一句"照旧"，老板就笑容满面地把我爱吃的蒸饺、烧卖放在我桌上，还细心地给我递上特制的酱料。临近大学毕业的一天，我最后一次去那家沙县小吃店，点了陪伴我大学四年的蒸饺、烧卖，跟老板说："老板我毕业了，没有留在这座城市，去另外一座城市工作，但是我会想念这座城市，想念这家沙县小吃店。"老板说："工作以后有空常来吃，我在这等你，这顿我请你吃。"

年轻时身上有一股闯劲，想去看看外面的世界，大学毕业后没有回到家乡，去了外地工作。大城市的快节奏，让在山区长大的我很难适应，一大早从住的地方坐公交车到上班的地方要一个多小时，早餐只能在公司附近解决，公司不远处就有一家沙县小吃，这家店很卫生，服务员着装很规范，有着沙县小吃特有的装修风格，与以往街边的"夫妻店"不同，店里小吃品种很多。公司附近这家沙县小吃店成为我在外闯荡的"后援团"，晚上经常要加班，每到深夜下班时，街上零星驶过几辆车子，陪伴我的只有昏黄的路灯，就在略显"孤独"的时候，远处的"沙县小吃"显得格外闪亮，走进店里老板热情地询问你要吃些什么？"蒸饺、炖罐。""好嘞！"这默契好像相识多年的老友，吃着沙县小吃，感觉能放下一天的疲惫，一种家的暖意涌上心头。在外闯荡的日子，无论是伴着晨曦的清晨还是伴着路灯的夜晚，每当我走进沙县小吃店都有一种"回家"的感觉，在外的"孤独感"被一份份暖意浓浓的拌面、扁肉、蒸饺、炖罐所冲淡。

青春在现实里落下帷幕，在外闯荡的日子终归不是父母所期望的，几年后我回到家乡工作。我认识了在苏州做沙县小吃的夏茂人彭茂清，让我对沙县小吃有了更深的了解。彭茂清早年跟随父亲在福州做沙县小吃体验了做小吃的艰辛，成家后与同为夏茂人的妻子赴深圳、武汉、南京、上海等地开沙县小吃夫妻店，经历了"挤店"、欠钱、压价等各种困难，靠着勤劳与汗水赚到了人生第一桶金，回到老家县城盖起了一幢三层楼房。

随着时代发展，传统沙县小吃夫妻店由于消费环境、食材口味、小吃品种等无法达到消费者的需求，经营面临困境，生意一天不如一天，只能勉强维持。2015年起，沙县依托沙县小吃集团，推进沙县小吃"标准化管理、连锁化经营、产业化发展"。人在外地的彭茂清重回沙县培训，学习规范化经营管理，他在苏州的沙县小吃加盟店经过统一的装修及规范化管理，第一个月营业额上涨了近50%。彭茂清说："现在的沙县小吃加盟店，在环境卫生、餐具消毒、员工着装、服务态度、食材品质上都有统一的标准规范，这样的提升让顾客进店后有更好的消费体验，增加了营业额，也提升了我们做沙县小吃的信心。沙县小吃给了我很多，结婚、生子，盖房、买车……这些都是从事沙县小吃后才有的，我感恩沙县小吃。"

许多人同我一样，因为一碗拌面、一碗扁肉开始认识沙县小吃，沙县小吃伴随几代人的成长，温暖无数在外独自闯荡游子的心，许许多多像彭茂清一样的沙县小吃从业者靠着勤劳、好政策过上了好日子。时光荏苒，环境在变，人在成长，可唯一不变的还是那叫醒我味蕾的第一味——沙县小吃。人间烟火气，最抚凡人心。

美食与美发

◎赖书生

"把你的名字拆开又缝合，一遍遍而不知疲惫"，这是临出门时风声递来的模糊构思。那时住在沙县金鼎城，周围被各种美食包围，到离最近的庙门扁肉店觅食，忘了当时点了什么，在等待过程中，诗句犹如惊雷落下，"无论睁眼或闭眼，都有你名字的芳香和踪影"，只记得吃了几口，灵感已如大雨般倾泻，"我把我反锁在梦里，像个忠诚的卫兵，日夜守护着你的梦，前世我不曾醒来，在你今生的旅途里"……来不及吃完，付了钱就猛跑，是的，猛跑，那种感觉惯性般稍纵即逝，我立即赶回住处，用笔将灵感之滴接住。正是那首诗，把那个普通的夜晚和小吃紧紧固定在一起。

除了三明，我待最久的地方就属沙县，俨然第二故乡。机缘巧合下，我入了美发的行当。混迹过美发圈的都知道，由于上班晚出晚归，正常早中晚一日三餐，就餐时间后推成为中餐、晚餐和夜宵，早餐、午餐几乎并在一餐吃。如果碰到旺季，吃饭时间就得依手上关键的活什么时候干完来定，有时就算快餐店还有剩菜，也是冷的，所以方便快捷的小吃成为最佳选择，毕竟还能是热乎的。有一次，傍晚六点多我才吃一天中的第一餐，没备小零食，中间就靠喝水充饥，手上同时接好几个客人，软发是烫发成功与否的重中之重，在客人之间闪转腾挪练习分身术，店铺就像战场一样。另一个同事的纪录更不得了，晚上九点多才有空吃第一餐，胃病在我们这一行业属于高发。

做美发和做小吃有相似之处：软发需要到几层，跟拌面扁肉等什么时候出锅，凭感觉和经验，早了晚了都不行，临界点只在一瞬间，刚刚好才是最好，讲究火候。区域染对应起锅时撒的葱花，甘做配角，讲究点缀。染膏的调配和小吃配料的配方，比例多一分少一毫，都会失去精妙，讲究平衡。每当有新人入行，我总说烫发、染发、剪发、造型等，必须有一样特别拿手，得让客人做哪个项目时，能够第一时间想起你。而想在小吃之乡博得头筹，可不是件易事，如何在众多高手中脱颖而出，得到公认须经过多少严格挑剔的嘴，美名口口相传后方赢得赞誉，最终成就了今天的招牌，如"庙门扁肉""阿狗烧麦""佳兰烧麦""罗兰烧饼"等。成功者背后是看不见的汗水和智慧，讲究工匠精神。

到小吃店就餐有个乐趣——拼桌，无论学生、商人、农民工或其他身份的人，大家卸下各自标签，以食客的身份齐聚一桌，吃完即走，位置空了马上又迅速被补上，有位置必须毫不犹豫上坐，要知道随时有新客人进来虎视眈眈盯着空位，除了下午少部分时段之外，基本享受不到一个人独占一张桌子的特权。身边是陌生人，这画面却颇有一家人的味道。当然在这里碰上熟人是常有的事，边吃边聊，好不惬意。

在庙门扁肉店，通常我会来份扁肉。肉馅都是木槌严苛敲打出来的，次数和力度是确保Q弹的前提。扁肉上桌，香气从碗里源源腾起，在热气的仙境中，葱的小舟荡漾着，个个浑圆饱满的大扁肉召唤着胃，鼻息随之一动。店内还提供拌面、芋饺、金包银、烧卖、锅贴等，满足各路吃货的需求，因为我是老食客，不必在众多品类中左挑右选，偶尔会加个鸡翅或鸭肝。

如今放下"Tony老师"的"屠刀"已多年，一路走来扬起的尘埃，渐渐垒成我现在的模样。而夜退去了，露出浅浅的心事，当朝阳从三千座大山外升起，有些街道还在沉睡中，熙攘声却早已把美食店拉入视线。沿着视线迁出更多景象，一回头，仍能看见17岁时的天空，那里埋藏着懵懂和热血……在灿烂的狂想中具体。

食客的温暖港湾

◎孙 强

午后的阳光透过窗户洒在桌面上，温暖而宁静。我坐在沙县小吃店的角落，品味着一碗扁肉和拌面，闲适而怡然。在繁忙的生活里，吃上一碗扁肉拌面是一种放松，更是一种热爱。

我常去的这家小吃店位于繁华的街角，虽不起眼，却深受周边食客的喜爱。我第一次来到这儿是因为好奇，听说这家小吃店的扁肉拌面是一绝，堪比大饭店的美食。如今，十五年过去了，每每有空，我还是来这里，不仅是为了美食，更是为了那份熟悉的情感。

每次踏入这家店铺，都能感受到一股浓浓的人情味，老板娘笑容满面地迎接着顾客，熟练地制作着各种小吃，仿佛她的手艺融入了对生活的热爱和对食物的独特理解。在这里，店里的常客们也成了我的朋友，每每来到这里，总能与他们畅谈生活、聊聊家常。有时，我会听他们述说年少时的往事，有时，我会分享自己的心情和见闻。

而这家小吃店也见证了时代的变迁，岁月在这里流逝，但小吃店依然熙熙攘攘，生意兴隆，虽然周围的高楼大厦不断拔地而起，但这家小吃店依旧保留着那份原汁原味的味道和那份朴实无华的氛围。这家小吃店就像是一座食客的温暖港湾，为人们提供着一份宁静和温暖，无论是疲惫的上班族，还是匆忙的路人，都能在这里找到一份慰藉，让人感受到时光的温柔和生活的美好，它既能做你的深夜食堂，又能寄语你的早安时光。

这家店的老板姓张、老板娘姓罗，夫妻俩都是勤劳善良的沙县夏茂人，我每次来都笑着让他们"张罗"一下。他们的沙县小吃店并不是一开始就如此受欢迎的，刚刚开店的时候，附近的人们并不太关注，因为大家已经有了固定的吃饭地点。然而，爱"张罗"的夫妻俩并没有放弃，他们每天都会准备新鲜的食材，认真制作出最美味的小吃。

　　就在夫妻俩几乎要绝望的时候，一位老奶奶走进了他们的店里，在品尝了老板娘做的小吃后，老奶奶表情愉悦地夸赞道："这简直是我吃过的最好吃的沙县小吃！"

　　老奶奶的一句夸奖，改变了一切。很快，她的朋友们也纷纷来到店里尝试，她们被这里的美食和热情所吸引，开始成了"张罗"的忠实顾客。随着口碑的传播，越来越多的人来到这家小店。

　　老板娘并没有因此就骄傲自满，相反，她更加努力，不断增加小吃品种，提升服务质量。前些年还开始了外卖送餐服务，方便那些忙碌的上班族，渐渐地，"张罗"的店铺变得越来越繁忙，生意越做越好。

　　在三明，随便走进一家沙县小吃店，你会看到各种各样的人，有年轻人，有老人，有上班族，有学生，他们或是三五成群，或是独自一人，但食客们都有一个共同目的，那就是品尝这份家的味道，感受这份家的温暖。

　　哪怕在外地，突然看到"沙县小吃"四个字，它代表的不仅仅是一种美食，更是一种情感，一种对家乡的思念。如今，沙县小吃已经成为三明的品牌和骄傲，走出家乡，走向世界，每个人都为之感到自豪。

　　在快节奏的社会中，沙县小吃如同一缕清风，它不仅满足人们的味蕾，更是滋养人们的心灵，让人们感受到生活的美好和情感的温暖。或许，当我们品尝着一碗扁肉和拌面的时候，正是在品味着一种生活的滋味，一种情感的寄托。

难忘的午餐

◎ 邓新华

2004 年，是我来沙县的第二年。我和堂弟在当时琅口镇麦元村的一家纺织厂上班。听一个朋友说，他的老家在对面高处的山峰村，那里风景很优美。仲夏的一天，我约上堂弟，和一对表姐妹一起上山峰村游玩。她俩是宁化人，在南平读中专，到厂里来做暑期工。

我们步行到大水湾水库，沿着水库边上的千年石道拾级而上。石径两边，竹木掩映，让人身处盛夏却不觉得酷热。我们一路谈笑着，不知不觉就登完三四千米的陡峭石阶路，到了海拔 700 多米的山峰村。站在村口，只见四面是高大的古树和苍茫的竹海，鸟儿的清唱和蝉儿的欢叫声此起彼伏。两层土木结构或纯木结构的房屋如蘑菇般地散落在林海间，村部和学校合一，是村里唯一的钢筋水泥结构楼房，雪白明亮，特别耀眼。我们沿着石径随意走着，俯瞰着田口、曹元、麦元等几个村庄，图画似的铺展在脚下。对面的大钟山似一口巨钟倒扣在连绵群山中，壮观极了。

临近中午，我们回到村部旁边的一个代销店，买了一把面条，看到边上一栋木房前坐着一位年过花甲的阿姨。我们走过去对她说："阿姨，我们在您家煮一下面条，好吗？"她站起来，看了我们一眼，笑着说了一句什么，我只听懂前面两字"好的"。同行的表姐妹，父母在麦元种了多年烟叶，她们从小跟着来，听得懂当地话，对我说："阿姨叫我们进去呢。"

进门去，只见客厅正中摆着一张饭桌，右边开个小门，里面是间厨房。阿姨拿出大碗给我们倒茶，接过面条进入厨房，两个女生也跟进去。阿姨应该是听得懂而不会说普通话，她用当地话和这两姐妹的普通话交谈着，两姐妹对我们说："阿姨要给我们煮清汤面吃呢。"

只见阿姨从壁上挂着的竹篮里拿出一小把腌菜交给表姐，指着水龙头，应该是让她去清洗。她拿出几瓣蒜头放在砧板上拍碎，娴熟地把它们切碎剁成蒜泥。过了一会儿，她往锅中倒入菜油，待油微温，倒入蒜泥而迅速翻炒几下后，铲起倒进碗里。锅中再次加上油后，迅速地在砧板上切碎腌菜，入锅翻炒，铲入碗中。表妹往灶膛添柴，阿姨迅速地把锅刷洗了一遍，舀入两瓢清水，待水微开，她把面条抖落到锅里。一会儿，热气氤氲，锅中"咕噜咕噜"响，又再加入少量清水，手持小铲搅动。水开后，她往锅里加入一勺猪油，倒入蒜泥和腌菜，再掐取屋旁盆栽的几棵青葱切碎并着盐巴、味精入锅，一盆清汤面便端上桌来，浓浓的清香便弥漫屋中。

阿姨拿出碗筷招呼我们坐下。堂弟也招呼阿姨坐下一起吃，阿姨摇了摇手，走进厨房，掀起后锅锅盖，端起一只大盆出来放到桌上。顿时，肉香扑鼻，原来是大半盆的大块五花肉炖黑木耳呀！"馇饱饱，馇饱饱……"她热情地招呼着。这"馇饱饱"，我是听得懂的，意思是"别客气，敞开吃、吃饱来"。我不禁鼻头发酸，有一种回到家乡，回到母亲身边的感觉。

我转头装着不经意的样子，用那半生半熟的方言招呼阿姨："馇，馇，馇。"阿姨笑着摇摇头，拿出个长柄勺子舀了大块肉往我碗里装。我忙婉拒道："不用，真的不用。"但还是没法抗拒她的热情，我们四人碗中都被加了肉。咬上一口大块肉，油而不腻，满嘴生香，那鲜美的肉香还夹杂着八角的浓馥、鲜姜的甘甜和微辣、香叶的芳香。阿姨一再给添肉，我们借口说，吃了面条后再继续吃肉吧。从两个女生的翻译中得知，肉是早晨山下屠夫送上来卖的，炖好准备给她儿子与媳妇下午割松脂回来吃。

我们每人舀上一碗面，面条劲道十足。喝着面汤，清香浓郁而又不油腻。这就是最纯粹的美味。

阿姨又几次给我们舀肉，一再劝："镲饱饱，镲饱饱。"我们都端着碗转过身子，谢过她的好意。堂弟问道："阿姨，您为什么对我们这么好呀？"她笑了笑，说了些什么。表姐说："阿姨说，这大山里面，一年到头也难得有几个山下人来，何况是我们这些不会说本地话的外地人。今天看到我们年龄不大，特别是我们姐妹俩才十几岁，不禁让她想起她那二十几岁在外地打工的小儿子，太苦啦。她还说，不过是帮我们煮煮面条，叫我们不要太客气。"

我不由得心头一热，多么淳朴、多么热情善良的山里人！

我们告别阿姨下山，她一再对我们说，有机会再上山玩时，一定再到她家去坐坐。

二十年来，我在沙县城关或乡下，以及自己的家乡，不知吃过多少回的猪肉炖木耳、清汤面，可再也吃不出山峰村阿姨家的味道，那独特的肉香与面香，永远沉淀在我的心灵深处。

小吃大餐

◎ 曾春根

前些天，在匈牙利经商的侄儿来电话告知，今年初从国内进口的几万份沙县小吃拌面速食品热销，计划增加进货量，继续拓展除匈牙利外的欧洲市场。对于食品安全监管体系健全与标准要求严格的欧盟，沙县小吃能够顺利进入市场，并获得广泛认可与高度赞誉，说明了中国食品质量安全，已经同世界发达国家接上了轨。

近期旅居罗马尼亚友人的大型中国餐馆开业在即，来电向笔者咨询沙县小吃的进货渠道。相信在不久的将来，罗马尼亚首都布加勒斯特，甚至偏远的山区小镇都能品尝到来自遥远中国的美食"沙县小吃"。今年春节前据《三明日报》报道：春节临近，在法国巴黎经营沙县小吃的侨胞翁丽玉，在店内挂起"福"字等体现中国文化的挂饰。瞬间，小吃店被营造出一片福气满满、喜庆祥和的节日氛围。福建省新时代特色文艺示范基地——沙县小吃文化研究院联合三明市文联、沙县区文联组织市、区两级书法家书写了800幅"福"文化书法作品挂饰，寄往美国、法国等10个国家的22家沙县小吃海外品牌加盟连锁店，表达家乡的深切关怀与美好祝愿，让海外顾客在品尝小吃时感受到中华传统文化的魅力……

在大洋洲的澳大利亚与新西兰，华侨华人占其全国人口比例近百分之五，沙县小吃与其他欧美发达移民国家一样早已传扬开去，制作工艺与烹饪方法已经十分成熟。华侨华人品尝沙县小吃不仅是一种文化基因，也是一种思乡思亲情结的真实写照。笔者长女一家四口定居于澳大利亚南澳州首府阿德莱德市，对沙县小吃情有独钟。笔者与妻每年都会从国内飞往长女家，长则三两个月，短则十天八天，或探亲访友，或度假休闲，或旅行观光。长女与妻子对于本市的大街小巷、超市餐馆等场所早已了如指掌，至于沙县小吃的门店更是闭目可寻，熟如家厨。2019年夏日的某一天，妻在长女家突发疾病，头痛欲裂，双眼模糊，几近失明，同时伴有呕吐不止症状，身体极度不适，病情危急。迅疾送医急诊，初查为不明病因的血压狂飙，压迫脑神经以及眼底神经，几经周折身心俱疲，只有入院继续接受检查救治。两天两夜茶饭不思，滴水未进，身体极度虚弱。医生警告必须在用药之后进食补充营养。任何饭菜妻皆闻之反胃，毫无食欲。长女心急如焚，突然想起母亲平时喜爱沙县小吃，询其可否，妻点头应允。长女快速前往唐人街门店购来沙县小吃乌鸡炖罐与扁肉拌面。妻喝下几口乌鸡炖罐汤后，胃口渐渐打开，一天后食欲明显恢复。经过几天药物治疗与饮食调养，病情得以控制并逐渐稳定。几天后，妻的血压相对稳定正常，体力得到基本恢复后飞回国内入院继续治疗调理，一个多月后，妻的血压恢复正常，双眼视力得以恢复。在此次危情中，乌鸡炖罐打开了妻的胃口，缓解了危情。

更为难以忘怀的是2014年初，笔者在"南极大陆探险"之旅中与沙县小吃有一次奇妙的际遇，十年过去了，依然记忆犹新。我们乘坐的"俄罗斯波塞冬号"探险船在南太平洋与滔天巨浪搏斗了两天两夜，探险队的队员们在翻江倒海的遇险中几乎死去活来，肠胃似乎被剧烈的颠簸扯出了体外，21个国家的104位探险队员狼狈不堪，大多数人已两天两夜未进食，趔趔趄趄从舱室来到餐厅时基本已体力不支。我已无力从舱室走出，绝望地等待救援。幻觉中被俄罗斯探险队长用牙签戳人中而醒来。从生死的边缘返回，任何美味佳肴也唤不起味蕾食欲。土耳其大胡子厨师长竟然神奇般地端来了一碗热气腾腾的漂着葱花的扁肉，与端着一盘拌面的菲律宾籍男侍者一同进入舱室，我精神为之一振，胃口顿开。这国际探险船上，究竟哪里来的沙县小吃？后来得知，探险组织团队在出发前做食品储备时，考虑到此次探险有19位中国队员参与，便精心准备了中国人的饮食菜肴，在出发地阿根廷乌斯怀亚的中国餐馆采购了沙县小吃。厨师长说，这是为中国人准备的"中国大餐"。如此细心周到的考量，如此关怀备至的情怀，令我动容。沙县小吃的韵味伴随着我经历似死而后生的探险前程，给予笔者最终顺利完成南极探险的无畏勇气与无穷力量，此番际遇，永生难忘。

笔者常年出差海外，时间久了。每当思恋故乡，思念亲人，抑或身心疲惫食欲不振的时候，我都会独自或携同外国友人一起去寻找一处中餐厅，端坐一隅，从菜谱罗列的扁肉、拌面、煎米冻、蒸饺、芋饺、金包银、豆香糍粑、烧卖、包心豆腐丸、卤鸡爪、状元饼、喜粿、烧饼、炖鸡汤等等系列小吃中点上一桌丰富多彩、形态各异的"沙县满汉全席"，安安静静地细细品味，或酸辣可口，或鲜美温润，或香脆舒爽，每一口都充满着浓郁的家乡味。在山川异域，日月同辉的他乡异国，享受着这份独特的惬意和满足，驱逐着疲惫与孤寂；而每当我的国际友人品尝了风味独特的，只有中国人才能制作出来的沙县小吃，总是意犹未尽，伸出大拇指，连连来了几个"列宁赞"，大声说："这哪能称作沙县小吃，分明就是中国大餐……"而我，昂头挺胸，开怀大笑，回应道："对！对！中国大餐，谢谢你的赞美！"

后　记

　　经过广泛深入的"食材"采撷、精心"烹调"，色香味俱全的《沙县之味》终于新鲜出炉，甚是欣喜。

　　沙县是一座小吃之城、美食之城。2023年，沙县小吃文化研究院获评福建省新时代特色文艺示范基地。三明市文联、沙县区文联以此为依托，进一步挖掘、研究、创作、传播沙县小吃文化，组织开展"沙县之味"主题文学创作活动，记录舌尖上的沙县、味蕾里的乡愁，记述日常生活中的幸福烟火。

　　《沙县之味》精选55篇散文作品汇编而成。在征稿过程中，不仅得到沙县区作家和文学爱好者的积极回应，还获得三明市其他县（市、区）作家倾情支持，令人感动的是，一些特约的作家朋友应邀创作，使"沙县之味"更为丰富多彩。

　　作家们深入沙县城区和夏茂镇、南霞乡、南阳乡、郑湖乡等乡镇开展采风活动，感悟历史人文，洞察产业发展，品尝小吃美食，汲取创作灵感，描绘城乡的独特风味，用文学的笔调书写出沙县小吃连接传统与未来的无限可能，充分展示沙县的魅力之所在。

　　如斯美好的时代，恰逢幸福的小吃。谨以此书献给沙县小吃，这一承载着多元文化记忆的国民小吃，未来必将壮阔如海。

编者

2024 年 6 月